Rudi Grande

# Innenansichten

Rudi Grande

# Innenansichten

## Kurzgeschichten, Anekdoten und Erzählungen

neobooks

Mein Dank gilt Till Franke, der mich in einer langen Nacht an der Ardeche überredet hat, wieder mit dem Schreiben zu beginnen. Des Weiteren Owsy, der mich dabei kompetent beraten und begleitet hat, dem Autoren Thorsten Pütz, der das Lektorat von Dr. Martin Ross aus Wien ermöglicht hat, sowie Ludmilla, die mir beim Entstehungsprozess den Rücken freigehalten hat.

Impressum

Verantwortlich
für den Inhalt: Rudi Grande
RudiGrande@email.de

Druck: neobooks - ein Service der Neopubli
GmbH, Berlin

## »Zeig doch mal ...!«

Sie ging mir nicht mehr aus dem Kopf. Lauras Gesicht erschien mir inzwischen fast allabendlich an der heimischen Schlafzimmerdecke und brachte mich ins Grübeln. Ob ich wollte oder nicht, es tauchte immer öfter dort auf. Wie ein Hologramm. Als ob von einer fremden Macht projiziert. Eine Manifestation ehelichen Defizits und außerehelichen Begehrens. Marie fragte mich in diesen Momenten dann meistens, ob ich mit meinen Gedanken noch bei der Arbeit war. Aber das, was mich beschäftigte, was ich im Laufe der Jahre meiner rundum *funktionierenden* Ehe mit Marie immer mehr vermisst und entbehrt hatte, war: Leidenschaft. Diese erlebte ich nur mit Laura, aber leider nur äußerst selten. Einerseits, weil wir zu weit voneinander entfernt wohnten und somit spontane Treffen nicht realisiert werden konnten. Andererseits, weil unsere Partner wegen der langjährigen Freundschaft zwischen Laura und mir misstrauisch waren. Vermutlich hatten wir jeweils unbedachterweise zu positiv übereinander gesprochen. Ich hatte Laura vor gut zehn Jahren als junge Leistungsschwimmerin kennen gelernt und trainiert. Da war sie gerade einmal 16 Jahre alt. Dass Mädchen in diesem Alter für ihre Lehrer oder Trainer schwärmten, war ja an sich nichts Ungewöhnliches; aber Laura hatte sich wohl ernsthaft in mich verliebt. Sie gab nicht auf, mir gegenüber daraus keinen Hehl zu machen und sich mir mit Blicken und Körpersprache permanent anzubieten wie ein wunderschönes, geheimnisvolles Geschenk. Es kam der Zeitpunkt, an dem ich ihren Avancen und Reizen beim besten Willen nicht mehr widerstehen konnte. Und danach auch nicht mehr wollte. Eigentlich ein Tabu, ein No-Go. Sie war nicht nur meine Schülerin, ich war auch gut doppelt so alt wie sie. Niemand hatte etwas von unserer Liaison mitbekommen, keiner hatte uns in den Umkleidekabinen erwischt und für uns war es eine traumhafte und aufregende Zeit. Irgendwann trennten sich jedoch beruflich bedingt unsere Wege und wir fassten Fuß und Trott in unseren jeweiligen Beziehungen. Trotzdem hingen wir an uns und dem gemeinsam Erlebten; wir versuchten, Kontakt zueinanderzuhalten und uns irgendwie irgendwo wiederzusehen. Obwohl die äußeren Umstände eine Realisierung der herbeigesehnten Treffen gewaltig erschwerten, schafften wir es trotzdem - begünstigt durch sich überschneidende Geschäftsreisen unserer Liebsten - die Glut unseres heimlichen Feuers ein-, zweimal im Jahr wieder anzufachen. Das wog die Zeit des ungestillten Verlangens wieder auf.

Vor gut einem halben Jahr sind wir aber leichtsinnigerweise aufgeflogen. Es sollte zum Beziehungs-GAU kommen – und beinahe wäre alles vorbei gewesen. Weil wir es uns nicht verkneifen konnten, Briefe in unsere Dienststellen zu senden, hatte sich im Laufe der Jahre in meinem Büroschreibtisch ein ansehnliches Päckchen Post von Laura angehäuft. Trotz der guten Vorsätze, diese Korrespondenz auf keinen Fall mit nach Hause zu nehmen, brachte ich es nicht übers Herz, diese aus Platzgründen einfach dem Reißwolf zu überlassen. Ich nahm sie also mit und deponierte sie in meinem heimischen Schreibtisch. In stillen Stunden Balsam für die Seele und Zündstoff für die Fantasie.

Als ich eines Tages nach einem Wochenendseminar am Flughafen ankam, musste ich verwundert feststellen, dass ich nicht wie verabredet von Marie abgeholt wurde. Sie ging auch nicht ans Telefon. Da machte ich mir ernsthafte Sorgen. Nachdem ich mit dem Taxi heimgefahren war, sollte sich aber bald herausstellen, dass ich mir weniger um ihre Gesundheit Sorgen machen musste als um die Zukunft unserer Ehe: Bei ihrer verzweifelten Suche nach irgendwas hatte Marie warum auch immer meinen Schreibtisch durchwühlt und dabei waren ihr Lauras Briefe in die Hände gefallen. Sie hatte der Versuchung, diese zu lesen, nicht widerstehen können. Das wurde mir klar, als ich die Briefe alle wild verstreut in meinem Arbeitszimmer und Marie tränenüberströmt in dem ihrigen vorfand. Da der Schriftwechsel überwiegend aus Nachbetrachtungen unserer heimlichen Treffen und den Fantasien für die weiteren bestand, gestaltete sich ein potenzielles Beschwichtigen als von vorneherein zum Scheitern verurteilt. Normalerweise wäre alles zu

Ende gewesen. Für drei lange qualvolle Monate war das auch so gut wie der Fall. Wir lebten von Tisch und Bett getrennt unter einem Dach. Marie redete nicht mehr mit mir, während ich unterdessen gebetsmühlenartig, aber ehrlich gemeint Besserung gelobte. Täglich brachte ich Blumen und Geschenke mit nach Hause – unsere Wohnung glich bald einem botanischen Garten. Ich gab Versprechungen, bat um Vergebung und erniedrigte mich fast bis zur Selbstaufgabe. Natürlich vermied ich in dieser heiklen Phase jegliche Kontaktaufnahme zu Laura.

*

## Die Duplizität der Ereignisse

Nachdem meine ernst gemeinten und dann wohl auch letztendlich überzeugenden Reue- und Besserungsschwüre fruchteten, hatte meine Beziehung zu Marie erfreulicherweise wieder das Level der früheren Normalität erreicht. Aber eines schönen Tages fand Lauras Partner Philipp meine Briefe in ihrem Schreibtisch. Unglaublich. Er ließ es sich daraufhin nicht nehmen, Marie von seinem Fund telefonisch zu unterrichten. Was zur Folge hatte, dass dieses Gespräch der beiden so ziemlich alles des von mir an

Wiedergutmachung Erreichtem schlagartig relativierte. Ich konnte wieder von vorne beginnen. Der Konsens des Telefonats der beiden bestand darin, dass selbstverständlich *jeglicher Kontakt* zwischen Laura und mir *ab sofort* und zwar *ein für alle Mal* abgebrochen werden musste. Zuwiderhandlungen sollte eine *unverzügliche, irreversible Beendigung beider Beziehungen* nach sich ziehen – dahingehend waren Marie und Philipp sich schnell einig geworden. Das war zwar bitter, aber auch nicht anders zu erwarten gewesen. Reumütig stimmte ich dieser sowie zahlreichen weiteren Konditionen bereitwillig zu. Die Monate gingen ins Land und Gras wuchs über die Sache.

*

Durch das Fenster meines neonlichterhellten Büros sah ich ehemals grünen Blättern nach, wie sie braun, leb- und hilflos zu Boden taumelten. Nach der Umstellung auf die Winterzeit wurde es bereits unangenehm früh dunkel. Irgendwie fühlte ich mich verloren. Marie befand sich auf Dienstreise, ein einsamer Feierabend stand bevor, und ich wusste nicht wirklich, was ich eigentlich damit anfangen sollte. »Jetzt bloß keinen frühen Herbstblues …«, musste ich denken. Das Telefon summte. Ich nahm ab und meldete mich. »Philipp musste gestern dienstlich nach New

York. Ich fliege morgen früh hinterher«, begann eine mir vertraute Stimme sofort auf den Punkt zu kommen. »Marie ist auch weg ...« hörte ich mich automatisch antworten und fühlte, wie mir gleichzeitig heiß und kalt wurde. »Von wo aus fliegst Du?« – »Frankfurt.« Ich brauchte keine Bedenkzeit: »21 Uhr, Sheraton-Lounge ...?« – »Schaff ich«, sagte sie und legte auf. Ich versuchte mit einer fahrigen Bewegung das Gleiche. Beim Blick aus dem Fenster ertappte ich mich dabei, mein sich spiegelndes Gesicht übersehen zu wollen. Mit »Verpass mal einem alten Tiger neue Streifen ...« versuchte ich, mein aufkommendes schlechtes Gewissen zu besänftigen.

*

## Frankfurt, Flughafenhotel

Sporadisch in einer Tageszeitung blätternd bemühte ich mich, meiner wachsenden Nervosität Herr zu werden. Ich musste aber nicht lange warten: Pünktlich betrat Laura die Eingangshalle. Jedes Mal, wenn ich sie wiedersah, wirkte sie weiblicher, attraktiver und erotischer auf mich. Wie sie im eleganten und enganliegenden Kostüm lässig ihren Trolley hinter sich herziehend die Lobby durchschritt, zog die Blicke einiger Männer auf sich. Bei der Vorstellung, was mich bald erwarten sollte, blieb mir fast die Luft weg. Hastig legte ich die Zeitung beiseite und erhob mich aus dem Sessel, um ihr entgegenzueilen. Nach einem ungeschickten Wangenkuss meinerseits fragte Laura mich leise, welches Zimmer ich gebucht hatte und blickte mir dabei tief in die Augen. »Die 312 wieder«, sagte ich mit belegter Stimme, während ich ihr den Trolley linkisch aus der Hand zu nehmen versuchte.

Die Tür war noch nicht ganz ins Schloss gefallen, als wir uns schon gegenseitig von jeglicher Kleidung befreiten; wir fielen einfach übereinander her. Es war die leidenschaftlichste Begegnung, die wir je hatten.

*

**D**as graue Morgenlicht dämmerte durch die Vorhänge. Wir lagen aneinandergeschmiegt und hatten bisher immer noch kein Wort gewechselt. »Wann geht dein Flieger?« wollte ich dann aber wissen. »Um neun.« – »Dann müssen wir wohl langsam aufstehen…« – »Bleib du ruhig noch liegen. Lass mich lieber allein gehen.« – »Ja, wenn du meinst… ist vielleicht auch besser so … Mit welcher Gesellschaft fliegst du eigentlich?« fragte ich, obwohl mich das eigentlich nicht wirklich interessierte. Vermutlich wollte ich wohl nur nicht, dass wieder Stille entstand. »Mit Delta.« Abrupt stand sie auf und ging ins Bad. Mit gekreuzten Armen starrte ich zur Zimmerdecke hinauf und versuchte, meine Gedanken zu sortieren. Was mir nicht gelang. Ich hörte Laura duschen, und kurze Zeit später kam sie dezent geschminkt aus dem Bad zurück. Ihr sah man die schlaflose Nacht absolut nicht an. Irgendwie wirkte sie noch schöner auf mich als zuvor. Sie setzte sich auf die Bettkante, streifte sich ihre Nylonstrümpfe über und sah mich dabei aus ihren sanften, braunen Augen an. Ich schaute ihr weiter beim Ankleiden zu und hätte sie am liebsten sofort wieder zu mir gezogen. Und nur zu gerne hätte ich auch die Zeit angehalten, denn der Abschied stand nun unmittelbar bevor. »Diese Nacht werde ich nie in meinem Leben vergessen«, sagte sie leise und nachdenklich, eher zu sich als zu mir und küsste mich dabei auf die Stirn. Dann griff sie nach Trolley und Handtasche, drehte sich noch einmal um, öffnete die Tür und verließ das Zimmer. Ich sprang aus dem Bett und hastete hinterher. Ich hatte einen Kloß im Hals, wollte ihr noch etwas sagen, wusste aber nicht, was. Alles wäre zu wenig oder auch zu viel gewesen. Ich sah ihr nach und schloss die Tür.

Der Duft ihres sündhaft teuren Parfums schwebte noch deutlich wahrnehmbar im Raum. Ich hätte ihn am liebsten konserviert und mitgenommen. Mit weichen Knien ging ich zum Bett zurück, setzte mich auf die Kante und versuchte, das Gewesene Revue passieren zu lassen. Was für eine Nacht! War das alles noch zu toppen? Wann würden wir uns nur wiedersehen können? Und wie sollte das Ganze überhaupt nur weitergehen – und wohin führen? Selbst wenn wir unsere Ehen aufgeben würden: Wäre eine normale, alltägliche Beziehung für uns überhaupt eine gewünschte Option? Oder würde dann alles über kurz oder lang nur so fade werden wie mit unseren jetzigen Partnern? Könnte ich ihr doch nur irgendetwas noch mit auf den Weg geben…!« Ich griff zum Telefonhörer und tippte auf die Eins. »Rezeption, guten Morgen!« vernahm ich eine freundliche Stimme am anderen Ende. »Guten Morgen. Könnten Sie mich bitte mit dem Delta-Airlines-Schalter verbinden?« – »Selbstverständlich. Bitte warten Sie einen Augenblick.« – »Danke.« – »Delta-Airlines, was kann ich für Sie tun?« »Guten Morgen. Ist es möglich, eine Nachricht an jemanden weiterzuleiten, der für die 9-Uhr-Maschine nach New York gebucht hat …? Ja …?! Sehr gut. Der Passagiername ist Renfers. R E N F E R S. Laura.«

## John F. Kennedy Airport, New York

Die Warteschlange dezimierte sich schnell. Laura und Philipp erreichten zügig und in bester Stimmung den Schalter, um für den Rückflug einzuchecken. Während Philipp das Gepäck auf die Waage stellte, überprüfte die Angestellte die Tickets. »In Ordnung, Frau Renfers. Aber einen Augenblick noch bitte ... Ich habe hier noch ein Fax für Sie. Eine Nachricht, die Ihnen eigentlich schon in Frankfurt hätte ausgehändigt werden sollen. Da ist aber leider wohl etwas schiefgegangen. Bitte entschuldigen Sie!« – »Ein Fax für mich …? Danke.« Laura blickte auf das Blatt Papier in ihrer Hand und las:

*Danke für die wundervolle Nacht. In Gedanken werde ich immer bei dir sein. Jan.*

»Eine Nachricht für dich - hier …?« fragte Philipp und sah Laura dabei über die Schulter. »Zeig doch mal…!«

# Volltreffer

Das alljährliche Stadtfest stand bevor. Ich machte mich zu Fuß auf den Weg in die Innenstadt, um zu schauen, was dort alles so geboten wurde. Im Alter von elf Jahren wollte ein Junge wie ich damals in der Regel Pilot, Polizist oder Feuerwehrmann werden. Tatsächlich entdeckte ich ein imposantes Info-Zelt der örtlichen Freiwilligen Feuerwehr mitten in der Fußgängerzone. Ich stürmte hin. Als Attraktion hatten sie einen aufgerollten 25-Meter-Schlauch vor dem Zelt liegen, mit dem man versuchen konnte, beim Abrollen ein aufgemaltes Zielfeld zu treffen. Ähnlich einer Dartscheibe befand sich in der Mitte ein kleiner roter Kreis. So ein Wurf erforderte Kraft, Augenmaß und Präzision. Genau das, was mich reizte an diesem Spiel. Da Kinder wie ich in der Regel wenig Beachtung fanden in der damaligen Erwachsenenwelt, fragte mich auch nach langem Zusehen niemand von den Feuerwehrmännern, ob ich es nicht auch einmal versuchen wollte. Obwohl ich so gerne wollte. Denn im Zelt waren jede Menge Preise für die entsprechend erreichten Punktzahlen ausgestellt. Attraktive Preise: Puzzles und Spieleisenbahnen, Fresskörbe und Spirituosen. Alles hätte ich entweder gebrauchen oder verschenken können. An ein hohes Ergebnis oder gar einen Volltreffer war für mich eigentlich nicht zu denken, aber selbst ein Trostpreis in Form von Süßigkeiten hätte mich sehr erfreut. Ich schaute einigen Kandidaten - überwiegend junge Männer - zu, wie sie vorgingen und was sie jeweils für entsprechende Resultate erzielten. Die Zielrichtung war klar, als entscheidende Komponenten waren dann nur noch der Kraftaufwand und die Geschwindigkeit beim Schwung ausschlaggebend. Nach und nach hatte ich mir eine Taktik überlegt, die ich bei so einem Versuch anwenden würde. Da ich mich aber nicht getraut hatte zu fragen - ich wäre im besten Fall belächelt, aber vermutlich wohl eher ausgelacht worden - blieb mir also weiterhin nur die Rolle des Zuschauers übrig. Bis sich langsam der offizielle Teil des Stadtfestes dem Ende zuneigte und die Protagonisten des Infostandes schon dazu übergegangen waren, sich mit der einen oder anderen Flasche an Spirituosen selbst zu belohnen. Dass Mitglieder der Freiwilligen Feuerwehr nicht ins Glas spuckten, war ja ein offenes Geheimnis. Bald hatte sich eine schon recht lustige Runde im Pavillon versammelt. Ein uniformierter Mann hatte mich dann doch tatsächlich noch bemerkt und forderte mich lautstark auf, den Schlauch doch einmal abzurollen. Wohl eher aus einer Laune heraus, damit ich zur weiteren Erheiterung der bereits recht angeheiterten Gesellschaft beitrug. So schätzte ich diese Offerte jedenfalls ein. Wahrscheinlich traute er mir noch nicht einmal zu, den Schlauch überhaupt hochheben zu können. Geschweige denn abzurollen. Ich wollte diese einmalige Chance aber nutzen und begab mich zur Ausgangsposition. Dort nahm ich all meinen Mut zusammen und hob die Schlauchrolle hoch. Aufgestellt war sie fast so groß wie ich. So schwer allemal. Ich konzentrierte mich und fixierte dann das etwa 25 Meter entfernte Ziel. Ich sammelte alle meine Kräfte und schwang die Rolle langsam mehrfach hin- und her, bis ich dachte, ausreichend Schwung geholt zu haben. Dann ließ ich sie die abschüssige Strecke übers Kopfsteinpflaster hinabrollen. Wobei ich das hintere Schlauchende in der rechten Hand behielt. Ich hoffte, möglichst genau in die gewünschte Richtung geworfen zu haben. Auf seinem Weg bergab beobachtete ich den Schlauch wie ein Speerwerfer seinen abgeworfenen Speer. Alles lief unglaublich gut: Die Messingmuffe am Schlauchende landete exakt im Zentrum der Zielscheibe. Ich konnte es selbst nicht glauben und rannte sofort hinterher. Um dieses Ergebnis wie ein Sportschiedsrichter zu überprüfen und zu dokumentieren. Dabei wild gestikulierend, rufend und hüpfend vor lauter Freude. Am roten Zielkreis angekommen überzeugte ich mich vom perfekten Ergebnis und rannte schnell wieder zurück zum Pavillon, um alle von meinem sensationellen Wurf in Kenntnis zu setzen. Ich zeigte auf den abgerollten Schlauch genau in seinem Zielfeld und alle lachten nur lauthals über mich. Und bezichtigten mich des Betrugs. Niemand glaubte, dass ich es tatsächlich geschafft hatte. Aber niemand hatte mir auch zugesehen. Ich bekam keinen Preis für meine Leistung. Noch nicht einmal einen Trostpreis. Weil ich offensichtlich vorgehabt hatte zu betrügen. Ich sollte mich »was schämen« und wurde dann keines Blickes mehr gewürdigt. Wie ein begossener Pudel trottete ich heim. Im Wissen, dass mir auch dort niemand diese Geschichte glauben würde.

# Tutto bene!

Ich muss vorausschicken, dass ich bisweilen gerne Leute beobachte und mir dabei so meine Gedanken mache. Und bedauerlicherweise auch Vorurteile habe. Bei einer generös inszenierten Verkostung eines italienischen Großhändlers nippte ich entspannt und genüsslich an meinem Probierschluck *Amarone*. Ein feiner Tropfen. Als ich von meinem Stehtisch aus entspannt in die Runde schaute, verharrte mein Blick am Präsentationsstand gegenüber: Dort schaufelte sich jemand ebenso seelenruhig wie ungeniert zwei Teller randvoll. *Parmigiano* und *Prosciutto, Caprese* und *Carpaccio* - von allem mehr als reichlich. Habitus sowie Körpersprache deuteten auf die Spezies Bildungsbürger hin. Basierend auf seinen langen, zu einem Pferdeschwanz gebundenen grauen Haare sowie auf seiner Kleidung - Jeans, stonewashed versteht sich, Batikhemd und Espadrilles - mutmaßte ich, dass er als augenscheinlich Berufsjugendlicher auf einen Ibiza-Hintergrund in den 1970er-Jahren zurückblicken konnte. Wo er nach dem Genuss von billigem Rotwein vermutlich stets zu großer Form auflief. Vor allem bei Frauen. Was sein Selbstbewusstsein nachhaltig geprägt zu haben schien. Ich tippte weiter, dass nun im fortgeschrittenen Alter als Sozialpädagogiklehrer an einer Gesamtschule seine Neigungen vorzugsweise eher zu italienischer Feinkost tendierten. Ein evolutionärer Sprung von Tapas zu Antipasti, wenn man so will. Nicht der erste rot-grün angehauchte Lehrer, der mit der berühmt-berüchtigten »Toskana-Fraktion«, deren Protagonisten sich nicht nur als FDP-Wähler, sondern auch durch einen ausgeprägten Hedonismus erwiesen, sympathisierte. Früher sympathisierten sie eher mit anderen Fraktionen wie etwa der »Roten Armee Fraktion«. Aber ich schweife ab.

Augenfällig kein Fan vegetarischer Kost hatte er aber offensichtlich ein Faible für kostenloses Essen. Als ich diese Szene beobachtete und er mir kurz danach eilig mit seiner reichen Beute entgegenkam, bemerkte er meinen Blick und blieb abrupt stehen. Vermutlich ertappt schien er sich aber auch gleichzeitig gewohnheitsgemäß über jeden Zweifel an seiner Person erhaben zu fühlen; augenblicklich ging er auf Konfrontationskurs: »Ist irgendwas?!« fragte er barsch, wobei er mich ebenso provokativ wie angriffslustig über seine randlose John-Lennon-Brille mit recht hoher Dioptrienzahl anstarrte. »Ach, eigentlich nicht. Scheint dir aber wirklich gut zu schmecken«, erwiderte ich. »Passt dir das etwa nicht?!«, wurde ich gefragt. »Ach, solange noch etwas für andere übrigbleibt, ist das ok ...« - »Was geht dich das an?!« wollte er wissen. »Hab ich *dich* etwa angequatscht oder du *mich*?«, fragte ich zurück. »Ist doch egal, oder?!« - »Nein, findest du?«, gab ich zu bedenken. »Bist du *doof* oder was?!«, legte er nach. »Ich glaube nicht, dass du in der Lage bist, das beurteilen zu können«, antwortete ich. Er glotze mich entgeistert an, um dann mit seinen überfüllten Tellern balancierend von dannen zu rauschen. Zwei Stehtische weiter hielt er an. Wo eine äußerst selbstbewusste, in längst vergangenen Zeiten bestimmt recht attraktive Frau mit Sonnenstudiobräune und *Extensions* - angeknüpft an einstmals vermutlich echte, lange, blonde Rastazöpfe - auf ihn wartete. Direkt vor dem Prosecco-Stand. Wo sie, mit inzwischen ergrauter Haarpracht, versuchte, möglichst vornehm ein Gläschen *Ferrari Rosé* zwischen Daumen und Zeigefinger ihrer linken Hand zu balancieren. Weitere drei gefüllte Sektflöten befanden sich vor ihr auf dem Tisch; eine beachtliche Anzahl an leeren Gläsern hatten sich bereits dahinter angesammelt. Sie hatte sich genauso effektiv um die Getränke gekümmert wie unterdessen ihr Mann um die Speisen. Mit gleichermaßen glasigem wie auch blasiertem Blick vermittelte sie den Eindruck, dass man sich generell besser nicht mit ihr anlegen sollte. Sie hieß bestimmt Petra, also vormals Peggy. Auf Ibiza. Er hieß wahrscheinlich Stefan. Oder Michael. Oder Thomas. Also Steven, Mikel oder Thommy. Vormals *Ibiza-Thommy*. Der seit Jahrzehnten als gut bezahlter Beamter seinen Eleven verheimlichte, dass gemäß seiner aktuellen Maxime sozial am besten immer die anderen sein sollten. Nicht wenige ehemalige, gerne selbst ernannte »Rebellen der 68er-Bewegung«, erschöpft vom langen »Marsch durch die Institutionen« - und dem permanenten Kiffen - waren mit zunehmendem Alter zu selbstgefälligen und spießbürgerlichen Genussmenschen mutiert. Also ihren damaligen absoluten Feindbildern. Im besten Fall, ohne sich dieser Tatsache bewusst zu sein. Oder aber schlimmer noch: das zu verdrängen und sich einen feuchten Kehricht über ihre erbärmliche Metamorphose scherten. Statt »Ho, Ho, Ho-Chi Minh!« und Mate-Tee in Kreuzberg Botticelli und Prosecco in Florenz. Feuchtfröhliches Kontrastprogramm zu Vietnamkrieg-Demos flankiert von Wasserwerfern. Aber: Was tangiert mich schon mein Geschwätz von gestern? Einhergehend mit Arroganz und Bequemlichkeit schwanden nach und nach die Ambitionen, sich über Kriege oder soziale Ungerechtigkeiten zu echauffieren. Analog dazu war man durch gesicherten Wohlstand in seiner persönlichen Komfortzone angelangt. Die es einem ermöglichte, sukzessive seinen vermutlich immer schon latenten Vorlieben für italienische Gaumenfreuden, Ferienziele und -wohnungen nachzugehen. Und am Ende des Tages ist sowieso alles *Tutto bene!*

Ich hätte diese Szene besser nicht beobachten sollen, denn: Ich bekomme beim Anblick solcher Typen immer schlechte Laune. Und zwar nachhaltig. Aber wie erwähnt, ich bin vielleicht nur ein wenig voreingenommen.

# Taschengeld

Ich mochte meine Omas sehr. Sie waren beide sehr unterschiedlich. Wie ich erst sehr viel später erfahren sollte, wurde die Mutter meiner Mutter außerehelich schwanger. Sie war seinerzeit in Holland in einem sogenannten »guten Hause« als Dienstmädchen eingestellt. Dass sie nicht nur gut kochen, sondern auch gut tanzen konnte, bereitete dem Hausherrn großes Vergnügen. Dieser schwängerte meine Oma und schob sie dann wieder nach Deutschland ab. Unverheiratet schwanger zu sein war damals eine absolute Schande: Es galt, alles so gut wie möglich zu verheimlichen und familienintern zu regeln. Die Befindlichkeit der werdenden Mutter war dabei absolut irrelevant. Meine Mutter wuchs also als sogenannter »Bastard« bei ihren Tanten auf - ihre junge Mutter wurde geächtet und musste sich irgendwo im Hintergrund durchschlagen. Erst nachdem sie jemanden fand, der sie trotzdem heiratete, blühte sie auf. Mit dem guten Bergmannslohn ihres Ehemanns - meines Opas, für den ich ihn immer hielt - führte sie ein bequemes und angenehmes Leben. Sie tanzte immer noch gerne. Vorzugsweise, während mein Opa unter Tage mit dem Presslufthammer Kohle abbaute. Meine inzwischen erwachsene Mutter führte unterdessen nebenher den Haushalt der beiden. Obwohl sie selbst verheiratet war, arbeitete und ihren eigenen inklusive zweier Kindern zu versorgen hatte.

Meine Oma väterlicherseits war ganz anders: Zutiefst religiös war sie allem Weltlichen gegenüber eher abgeneigt - wenn nicht gar recht feindselig - eingestellt. Trotzdem gebar sie fünf Kinder. Unter anderem meinen Vater. Der sich unter ihrer Herrschaft geknechtet fühlte in seiner Kindheit. Während seiner »Kinderlandverschickung« hatte er andere Verhältnisse kennen und schätzen gelernt. Was ihn später aber nicht davon abhalten sollte, mich ebenso zu gängeln und »kurzzuhalten«. Mir erging es bei seiner Mutter besser und in ihrer Gesellschaft fühlte ich mich wohl. Von allem anderen wusste ich damals noch nichts. Auch nicht, dass sich ihr Mann kurz vor meiner Geburt umgebracht hatte.

Zu dieser Zeit war es üblich, dass Witwen zu ihren Kindern zogen. Die sie in der Regel dann mehr oder weniger erfreut versorgten, bis sie bei ihnen zu Hause ihren letzten Atemzug taten. Ich besuchte meine Oma einmal in der Woche. Dann schwirrte immer meine Tante um uns herum. Ich hatte das Gefühl, dass sie alles, worüber wir sprachen, unbedingt mitbekommen wollte. Wenn ich wieder nach Hause musste, bestand meine Oma darauf, dass meine Tante ihr die Zuckerdose brachte. Darin befand sich ihre persönliche Barschaft. Dann gab sie mir aus der Dose etwas Silbergeld. Das war für mich immer sehr peinlich. Einerseits war es viel Geld für mich – ein Mehrfaches von dem, was mir ihr Sohn als Taschengeld zugedachte. Andererseits fühlte ich mich aber unwohl.

Denn ich wollte nicht, dass meine Oma dachte, dass ich sie nur aus diesem Grunde besuchte. Meine Tante wurde irgendwann misstrauisch und blieb so lange neben uns stehen, bis sie genau gesehen hatte, wie viel ihre Schwiegermutter mir beim Abschied zusteckte. Eines Tages fischte meine Oma einen 20-Mark-Schein aus der Zuckerdose. Damals viel Geld, nicht nur für mich. So viel hätte ich nicht angenommen; weder war es Weihnachten, noch hatte ich Geburtstag. Aber selbst zu diesen Anlässen hatte ich nie so viel Geld geschenkt bekommen. Damals bekam ich wöchentlich eine Mark und die Hälfte davon hatte ich in den kirchlichen Opferkasten zu legen. Als meine rigorose Tante das bemerkte, nahm sie meiner Oma die Zuckerdose wieder aus der Hand. Und signalisierte mir mit vorwurfsvollem Blick und einer energischen Daumenbewegung, dass es für mich an der Zeit war, zu gehen. Ich erhob mich wie immer latent schuldbewusst, traute mich gar nicht mehr, meiner Oma noch die Hand zu geben und ging gesenkten Hauptes hinaus. Auf dem Weg dahin gab mir meine Tante noch zu verstehen, zukünftig doch besser nicht mehr meine Oma zu besuchen. Ihr Mann, mein Lieblingsonkel, der ein sehr sanftes Wesen hatte, bekam das mit. Im Gegensatz zu fast allen anderen Männern seinerzeit respektierte und mochte er Kinder. Er begleitete mich nach draußen. Und weinte dabei. Ich trat hinaus ins Sonnenlicht und fühlte mich wie ertappt und schuldig. Wie überführt und abgeführt.

Ich sollte meine Oma nicht mehr wieder sehen. Sie starb nur wenige Wochen später. Vermutlich hatte sie sich noch gefragt, warum ich sie nicht mehr besucht habe. Vielleicht dachte sie, dass ich nicht mehr gekommen war, weil sie mir bei meinem letzten Besuch kein Taschengeld mehr gegeben hatte.

# Südindien, Ostwestfalen

Trivandrum, Südindien. Auf dem Rollfeld wartete planmäßig die Maschine nach Madras. Von dort aus wollte ich weiter nach London fliegen, und anschließend weiter nach Düsseldorf. Wenn alles pünktlich verlief, würde ich dort in etwa 24 Stunden ankommen. Von Düsseldorf wollte ich direkt weiter nach Essen, um den nächsten ICE nach Bielefeld zu nehmen. Der Winter hatte Ostwestfalen bereits erreicht; übelstes Schmuddelwetter sollte mich erwarten. Aber nach gut einer Stunde Zugfahrt würde ich dann von der Freundin am Bahnsteig abgeholt werden. Danach schnell ins warme Auto, in die gut geheizte Wohnung und in die heiße Badewanne - so der Plan. Die Flüge waren pünktlich, aber recht turbulent; ich bekam deswegen kein Auge zu. Nicht weiter schlimm bei der Aussicht auf noch eine weitere Woche Urlaub. Meinetwegen auch in Ostwestfalen. Aber: Ich wollte mich keinen unnötigen Schritt vor die Tür in die Kälte begeben, da war ich mir sicher.

*

Essen, Hauptbahnhof. Mein reservierter Sitzplatz befand sich am Zugende; das nicht mehr vom Bahnhofsdach vor dem zunehmenden Schneetreiben geschützt wurde. Mit einem uneleganten Sprint den

Bahnsteig entlang ersparte ich mir den Weg mit meinem Seesack durch die engen Gänge. Der Zug fuhr pünktlich ab. Keine Selbstverständlichkeit, schon gar nicht im Winter. Massive witterungsbedingte Verspätungen waren zu dieser Jahreszeit an der Tagesordnung. Im letzten Jahr war sogar »plötzlicher Laubfall« – so ein Bahnsprecher – die Ursache dafür gewesen, erinnerte ich mich. Eigentlich kein so ungewöhnliches Phänomen im Herbst.

Ein schlecht gelaunt wirkender Schaffner näherte sich mir lustlos. Mein braungebrannter Teint Ende November schien ihm gleichermaßen zu missfallen wie ihn misstrauisch zu machen. »Heute hat er aber Pech«, dachte ich, »mich kann er weder belehren, maßregeln noch bestrafen; ich habe einen gültigen Fahrausweis und reserviert. Und sitze auch noch auf dem richtigen Platz.« Wehe aber dem nächsten suspekten Fahrgast, der nicht alles richtig gemacht hat, signalisierte sein grimmiger Gesichtsausdruck, als er nach meiner Fahrscheinkontrolle missmutig weiterzog. Frierend vom Klimawechsel, von der Müdigkeit und der Eiseskälte am Bahnsteig stellte ich fest, dass die Waggonheizung offenbar nicht funktionierte. Die kann schon einmal ausfallen, vor allem und gerne im Winter. Ebenso selbstverständlich andersherum die Klimaanlage im Sommer. Das wäre jedoch plausibel und zu akzeptieren, wurde mir einmal diesbezüglich seitens der Bahn schriftlich versichert, fiel mir wieder ein.

Damals wollte ich nach der Ankunft am Frankfurter Flughafen mit einem ICE heimfahren. ICE deshalb, weil es sich um den heißesten Sommer seit Aufzeichnung meteorologischer Daten in Deutschland handelte - und ich mir nach langem Heimflug nicht in einer heißen Blechröhre den Rest geben wollte. Die letzten 250 Kilometer wollte ich mir ein wenig klimatisierten Luxus gönnen. Die Realität sah aber vollkommen anders aus: Als sich zischend die Waggontüren öffneten, erschienen augenblicklich gerötete Geschäftsmännergesichter mit gelockerten Krawatten und geöffneten Hemdkragen, die förmlich nach Luft rangen. Beinahe kam ich nicht in den Zug hinein; sie blockierten die Waggontüren und es schien ihnen vollkommen egal zu sein, dass da noch jemand zusteigen wollte - Hauptsache frische Luft. Ich quetschte mich aber mit meinem Gepäck hartnäckig an schwimmflügelgroßen Schweißringen auf Businesshemden vorbei ins Zuginnere. Die emittierten Aromen um mich herum wurden aber deutlich überlagert von einer anderen Substanz: Penetranter Ammoniakgeruch - bestens bekannt von Bahnhofsaborten - verschlug mir fast den Atem. Den gleichen Mief hatte ich letztmalig im Hellas-Express Ende der 1970er-Jahre auf der Strecke von Dortmund nach

Athen in der Nase; allerdings nur auf dem letzten Teilstück. An Gerüche kann man sich - in diesem Fall bedauerlicherweise - sehr gut erinnern. Obwohl das Wort »Geruch« eindeutig zu euphemistisch war. Vor der ersten, zweiten und auch dritten WC-Tür, die ich im ICE passierte, standen Fahrgäste mit starrem Blick, die äußerst unruhig von einem Bein auf das andere traten. Und dabei das Signalrot der Türschlösser geradezu hypnotisch fixierten. Das nicht mehr auf Grün wechselte. Es blieb einfach rot. An jeder Tür. Grund dafür waren aber keine Schwarzfahrer, die sich mittels Einsperrens auf der Zugtoilette der Fahrkartenkontrolle zu entziehen versuchten, sondern von Schaffnerhand eigenhändig verriegelter Klotüren, wie ich später noch schriftlich erfahren sollte. Sämtlicher Klotüren in diesem Zug. Sollte einen Passagier auf der Fahrt von München nach Hamburg das Bedürfnis überkommen, auf die Toilette zu gehen, so hatte er oder sie in diesem Fall Pech. Mehr sie als er, denn: Einige männliche Fahrgäste hatten sich inzwischen augenscheinlich und auch olfaktorisch deutlich wahrnehmbar direkt vor den Toilettentüren erleichtert. Sollte man nicht meinen. Alle, die wenig Zeit oder aber zuggebundene Fahrscheine hatten, konnten aber schlecht an einem Bahnhof aussteigen und dort aufs Klo gehen - inzwischen wäre der ICE weitergefahren. Und um einen anderen Zug zu nehmen, hätten sie sich ein neues Ticket kaufen müssen; kein

Schaffner hätte ihnen die Wahrheit geglaubt. Nach einem Weizenbier im BordBistro hielt ich die zweistündige Fahrt gerade noch durch. 90 Euro *BahnComfort* hatte ich mir anders vorgestellt. Apropos Komfort: *Den Urlaub in vollen Zügen genießen* – dieser legendäre Werbe-Lapsus der Bahn kam mir gleich wieder in den Sinn. Eines der größten Eigentore der PR-Geschichte. Aber das nur am Rande. Nach meiner Ankunft in Oberhausen suchte ich eiligen Schrittes als Erstes die Bahnhofstoiletten auf. Danach das Reisecenter, um eine Fahrpreiserstattung zu beantragen.

Nach etwa zwanzigminütiger Wartezeit erfuhr ich dort zunächst vom diensthabenden Herrn am Schalter, dass es für *so etwas* keinerlei Formulare gab. Ich blieb jedoch beharrlich, bis er, nach tuschelnder Absprache mit zwei weiteren Mitarbeitern, mir eins – von einem Stapel mit geschätzt 500 weiteren – zu holen; um es mir anschließend mit einem gequält wirkenden, beinahe hasserfüllten Gesicht auszuhändigen. Ich hatte mich nach dem Ausfüllen wieder erneut anzustellen. Gesagt, getan. Auf meine Frage, wohin das ausgefüllte Formular denn geschickt werden sollte – es war keine Adresse vermerkt – lautete »Irgendwo in die Frankfurter Zentrale«, die gemurmelte Auskunft, ohne mich dabei anzusehen. Ob er denn bitte dort anrufen und die Adresse erfragen könnte – so als *Serviceleistung*? Ob ich denn nicht sah, dass auch die Leute in der inzwischen ansehnlichen Schlange hinter mir vielleicht auch gerne eine *Serviceleistung* hätten? Doch, aber ich wäre noch nicht fertig mit meinem Anliegen, käme gerade aus Kuala Lumpur und hätte im Zug weder AC noch WC gehabt. Jetzt, nun eindeutig als Querulant angesehen, wurde mir auswendig und unwillig eine Adresse auf das Formular gekritzelt; eine anschließende flirrende Handbewegung sollte mich verscheuchen wie eine lästige Fliege. Der postalische Weg erschien mir als der sinnvollste; am Schalter abgegeben wäre das Formular sicherlich nie in Frankfurt ankommen. Einige Wochen später erhielt ich dann tatsächlich einen offiziellen Antwortbrief, in dem mir lapidar sinngemäß mitgeteilt wurde, dass ich mich doch in dieser Angelegenheit bei meinen unreinen Mitreisenden beschweren sollte, welche die Zugtoiletten derart verschmutzt hatten, dass sich die Schaffner gezwungen sahen, diese alle abzuschließen. Es war schließlich nicht ihre Aufgabe, Toiletten zu reinigen. Also eine erzieherische Maßnahme, mutmaßte ich. Wie viele WC können in einem ICE derart verschmutzt werden, dass es zur Schließung sämtlicher Klotüren Anlass gäbe? Es handelte sich doch nicht um eine Regionalbahn zwischen Gelsenkirchen und Dortmund an einem Bundesligaspieltag. Auf das Thema Klimaanlagenausfall wurde auch noch kurz eingegangen. Insofern, dass man ja wohl Verständnis dafür aufbringen müsste, dass diese im Hochsommer überlastet wären und dann auch schon mal ausfielen. Anbei war jedoch ein Gutschein über 25 Euro – einlösbar bei einer weiteren Fahrt mit der Bahn. Aber nur aus Kulanz, wurde am Ende hervorgehoben. Vergleichsweise so, als wenn ich bei einem Metzger für 90 Euro verdorbenes Hackfleisch erworben hätte, mir der Magen ausgepumpt werden musste und ich dann als Entschädigung für 25 Euro weiteres Hackfleisch bei ihm gutgehabt hätte. Aber ich schweife wieder ab.

Zurück zum Intercity Richtung Bielefeld: Nur noch 50 Kilometer bis zur ostwestfälischen Metropole. Im *BordBistro* war es zwar geringfügig wärmer als in meinem Waggon – dafür herrschte Durchzug. Kurz vor Ölde wurde ein leicht erwärmter Rotwein vor mich hingestellt; laut Karte ein Glühwein. Das klebrige Getränk aus dem Tetrapack war gerade so warm, dass man es am besten schnell herunterkippen musste. Dazu sollte es aber nicht mehr kommen: Nach einem dumpfen Knall begann die Luft im Speisewagen sich zu verdunkeln und sofort nach heißem Fett zu riechen – eine explodierte Fritteuse war wohl die Ursache. Der Zug legte auf freier Strecke – nun kurz hinter Ölde, um genau zu sein – in frühwinterliche Einöde eine Vollbremsung hin. Mein Glas verließ jedoch ungebremst den Tisch in Fahrtrichtung, während ich krampfhaft versuchte, mich am selbigen festzuhalten. Quietschend kam der ICE zum Stehen. Mittels Durchsage wurden alle Reisenden aufgefordert, den Zug doch *zügig* zu verlassen. Aus Sicherheitsgründen. Der Bundesgrenzschutz sei bereits informiert und unterwegs. »Das ganz große Besteck also «, dachte ich, »wegen einer Fritteuse. Und so schnell. Kaum zu glauben.« Wir sollten uns – entgegen der rigorosen Bestimmungen der Bahn – direkt auf das Gleis begeben. Aus Sicherheitsgründen, wie gesagt. Der nächste ICE würde auf freier Strecke anhalten und uns dann weiter mit nach Bielefeld nehmen, konnte man der kaum verständlichen, quäkenden Stimme aus den Lautsprechern entnehmen. Es wurde darum gebeten, die dadurch entstehenden Unannehmlichkeiten zu entschuldigen. Ende der Durchsage. Die Aussicht, etwa zehn Minuten vor dem eigentlichen Ende meiner gut 30-stündigen Rückreise draußen auf den nächsten ICE nach Bielefeld warten zu müssen, hob nicht gerade meine Stimmung. Auf freiem Feld, im dichten Schneetreiben, bekleidet mit luftiger Batikhose, ärmellosem T-Shirt und Flipflops erst recht nicht. Auf den Weg zur inzwischen geöffneten Waggontür, durch die ein eisiger Wind böig auf mich zu wehte, erreichte mich noch eine laute, dienstbeflissene Stimme mit vorwurfsvollem Unterton:

»Darf ich vielleicht eben noch bei Ihnen abkassieren, junger Mann?!«

# Schachmatt

Der Typ konnte kein Wort Deutsch. Nur Bosnisch. Überhaupt kein Wort in einer anderen Sprache. Ich konnte kein Bosnisch. Wir wollten Schach spielen. Beziehungsweise sollten; die Partie war arrangiert worden. Hatte sich doch schnell herumgesprochen, dass in dieser abgelegenen und verminten Bergregion ein »Schwabo« - so wurden dort Deutschsprachige bezeichnet - aufgetaucht war, der gut und gerne Schach spielte. Mein Schachpartner war urplötzlich aus einem Gebüsch aufgetaucht, hatte ein wettergegerbtes Gesicht und war schätzungsweise um die 70 Jahre alt. Er bewegte sich erstaunlich geschmeidig und trug einen schwarzen, verblichenen Polyester-Anzug aus den 1960er-Jahren, wie ihn seinerzeit die sogenannten »Gastarbeiter« aus Südeuropa in Deutschland zu tragen pflegten. Damals en vogue, kleidsam und praktisch, weil pflegeleicht und bügelfrei, erschien mir aktuell bei 38 Grad im Schatten Synthetik-Kleidung generell als eher unpraktisch. Zumal wir keinen Schatten hatten.

Sprachprobleme spielen beim Schach generell keine Rolle. Unsere Partie hatte regelkonform vollkommen unkommunikativ stattzufinden; die jeweiligen Züge sprachen für sich selbst. Ich sah mich kurz um: Im Tal schlängelte sich gemächlich ein kleiner Fluss, die Ribnica. »Was mache ich nur hier oben?« dachte ich. Bei dieser Hitze wäre mir viel lieber nach einer Abkühlung im glasklaren Wasser zumute gewesen; ich wollte aber nicht kneifen: Unsere anstehende Partie war lange im Voraus organisiert worden, und es hatten sich schon einige Zuschauer eingefunden. Als wir an einem wackeligen Plastiktisch Platz nahmen und mein Gegner mir die Hand gab - oder besser gesagt fast zerdrückte - wurde direkt neben uns ein komplettes Lamm über einem Holzfeuer aufgespießt. Komplett bedeutete leider auch, dass aus dem sich über dem Feuer drehenden Lammkopf sukzessive die Augen hervortraten. Immer mehr Leute tauchten aus den Gebüschen auf und wollten den Showdown nicht verpassen. Irgendwie gefiel mir das alles nicht.

Es machte wenig Sinn, sich dem eigenwilligen Spielstil meines Schachpartners entziehen zu wollen. Man hatte mich im Vorfeld bereits darauf hingewiesen, dass der alte Lokalmatador per se nicht bereit war zu verlieren - egal gegen wen. Sah er sich einer schwierigen Situation ausgesetzt, modifizierte er halt kurzerhand die Regeln; selbstverständlich ausschließlich zu seinen Gunsten. Jedes Mal aufs Neue, je nach Lage. Schach, als ein eher kriegerisches Brettspiel angesehen, erschien ihm darüber hinaus auch als exzellente Plattform für psychologische Kriegsführung geeignet zu sein. Seine Strategie bestand darin, dass, wenn er einen Zug gemacht hatte und er sein Gegenüber - in diesem Fall mich - danach in dessen Konzentrationsphase irritieren wollte, dies mit einer unappetitlichen

Performance versuchte. Akustisch bestehend aus absolut nicht dezentem Nasehochziehen, sowie analog auch optisch mit anschließendem, ausgeprägten Sekretausfluss aus derselben Quelle. Ohne Zuhilfenahme eines Taschentuches oder Ähnlichem. Abwechselnd links und rechts neben das Tischchen, auf welchem das Schachbrett aufgebaut war. Darauf folgten unverständliches Gebrabbel und ein eigentümlicher Singsang. Begleitet von hektischem Klopfen mit Fingerknöcheln auf dem Tisch. Was signalisieren sollte, jetzt bald mal den nächsten Zug zu machen. Obwohl wir alle Zeit der Welt hatten und mir jeder Tag schier endlos lang erschien in der bosnischen Hochebene. Für mich sollten auch noch olfaktorische Handicaps spielbegleitend werden: Flankiert wurde das Spiel von einer widerlichen Mischung aus penetrantem Knoblauchatem und Tabakqualm, die mir mein Schachpartner permanent ins Gesicht blies. Was meine Konzentrationsphase nachteilig beeinflusste. Nur das im Hintergrund seiner wässrig-blauen Augen schalkhafte Glimmen verriet die pure Absicht seines Handelns. Als es trotz aller taktischen Winkelzüge im Laufe der Partie richtig eng für ihn wurde, legte er noch eine Schüppe drauf: Er nahm einfach seinen vorherigen Zug zurück und machte einen anderen. Dann musste ich folglich auch meinen letzten Zug zurücknehmen und auf den neuen reagieren. Trial und Error – so lange, bis sich der Erfolg für ihn einstellte. Eine perfekte Strategie. Zu protestieren wäre unhöflich gewesen, denn er war ja eine Autoritätsperson. Um diesen Status zu erlangen, reichte es dort allein schon aus, einfach nur alt zu sein. Autoritätspersonen hatte man sich zu fügen. Egal, was solche Typen veranstalteten. Ich ließ ihn gewinnen.

*

Nur einmal zuvor hatte ich mich in einer ähnlichen Situation befunden. Damals war das Ambiente zwar weniger gefährlich, dafür aber umso mehr das Spiel. Das war lange her. Zu einer Zeit, in der die berühmt-berüchtigten Subunternehmer im Bausektor Hochkonjunktur hatten; in den 1970er-Jahren im Ruhrgebiet. Damals wurde in den Kneipen gerne und oft gezockt. Billard, Karten- und Würfelspiele in zig Varianten. Nur wenige spielten derzeit auch das Spiel der Spiele: Schach. Es hatte sich herumgesprochen, dass ich für mein noch jugendliches Alter gut mit erwachsenen Spielern mithalten konnte. Nachdem ich in unserer Stammlokalität immer häufiger gegen den dortigen Lokalmatador gewann - was ihm und seiner Entourage missfiel - umsäumten immer mehr Zuschauer unseren Tisch. Falls sie die Regeln kannten, kommentierten sie flüsternd jeden Zug. Ansonsten wetteten sie auf ihren jeweiligen Favoriten. Nachdem ich wieder einmal eine Partie für mich entscheiden konnte, beschloss mein Gegner, ein Zusammentreffen mit dem Lokalmatadoren aus der Nachbarstadt zu arrangieren. Seines Zeichens ein skrupelloser und gefährlicher Subunternehmer. Ich fühlte mich geehrt, daher willigte ich gerne ein; Angst kannte ich damals noch nicht. Mein Gegenüber gab mir aber präventiv noch einen freundschaftlichen Ratschlag mit auf den Weg: Sollte ich mir während einer Partie eine vorteilhafte Situation verschafft haben, und dann irgendwann unter dem Tisch etwas Kaltes an meinem Bein spüren, war es angebracht, es sich gut zu überlegen, ob man weiterhin noch auf der Gewinnerstraße bleiben wollte. Das Kalte wäre nämlich eine Pistole, die dann auf meine Hoden gerichtet sein würde. Ich hielt das für einen Scherz. Es war aber keiner: Als der Showdown stattfand und ich meinen äußerst unsympathischen Gegner an den Rand einer Niederlage gedrängt hatte, spürte ich, während das Getuschel der umstehenden Beobachter im Hintergrund zunahm, etwas Kaltes an meinem linken Knie. Unwillkürlich wollte ich es zur Seite schieben und unter das Tischtuch gucken, erinnerte mich aber an die Warnung und erstarrte. Ebenso muskulär wie mental: Ich machte einen vollkommen idiotischen Zug, der mich meine Dame kostete und meinen mühsam erspielten Vorteil zunichtemachte. Begleitet vom süffisanten Grinsen meines hässlichen Gegenübers und dem erleichterten Gemurmel aller Umstehenden. Bald darauf wurde ich schachmatt gesetzt und hatte die Partie verloren. Was vermutlich auch besser so war.

## »Sag mal irgendwas!«

»**Hm** …«, dachte er und fragte sich, was dieser Blödsinn sollte. Einerseits einfach etwas sagen zu sollen, nur weil ein anderer das wollte, und dann auch noch mit dem Wort »irgendwas« vermittelt zu bekommen, dass es ja gewissermaßen egal war, was er sagen würde, das passte ihm schon gar nicht. Darüber hinaus auch noch auf Kommando …?! Er wollte verdammt nochmal selbst bestimmen, wann und was er zu sagen gedachte; da »wann« nun »bald« bedeutete, blieb ihm nur noch das »was«. Er befand sich nun in der Zwickmühle: Sagte er nichts, enttäuschte er eventuell sein Gegenüber oder beleidigte es sogar. Sagte er aber nun etwas, so würde er ja nur dessen blödsinniger Aufforderung nachkommen, *irgendwas* zu sagen – nur um des Sagens Willen. Was ihm schon immer zuwider gewesen war. Es wurde eh zu viel geredet, und das vorzugsweise von Leuten, die es seiner Meinung nach besser drangeben sollten, den Mund aufzumachen. Aber: Wenn er nun doch jetzt etwas sagen würde, so geschähe dies ja nicht als Selbstzwecks, sondern weil ihn jemand dazu aufgefordert hat. Was dem Sagen an sich schon einen Sinn mit auf dem Weg gab, egal was es war. Dennoch: Wie kann etwas Gesagtes – nur weil etwas gesagt werden sollte – auch einen Sinn haben?! Gnadenlos verstrichen die Sekunden während seiner Überlegungen. Die Zeit arbeitete gegen ihn, er durfte nicht zu lange mit der Antwort warten; für eine spontane Antwort war es inzwischen eh zu spät. Sein Gegenüber, welches ihn als begabten Rhetoriker - und speziell auch seine Schlagfertigkeit - schätzte, hatte ihn nun mit der Aufforderung, etwas zu sagen - oder genauer gesagt *irgendwas* zu sagen - quasi sprachlos gemacht. Touché! War dies beabsichtigt gewesen oder nicht? Schon meinte er, den Anflug eines zynischen Lächelns im Antlitz seines Gegenübers zu bemerken, was die Situation für ihn nicht gerade vereinfachte. Er bemühte sich, möglichst gleichmütig an seinem Widersacher vorbeizusehen. Sollte er sich tatsächlich von seiner geistlosen Aufforderung aus der Fassung bringen lassen? Stundenlang hatten sie sich unterhalten - auf einem amüsanten, konstruktiven, nahezu philosophischen Niveau; nur eine kurze, gedankenverlorene Pause war eingetreten, und dann kam dieses blöde »Sag mal irgendwas!« - Er ließ sich doch nicht so einfach in die Rolle eines Pausenclowns drängen, nein, er sicherlich nicht! Würde er aber mit »Sag du doch mal irgendwas!« reagieren, so hätte er sich einerseits auf die nun plötzlich banale rhetorische Ebene seines Gegenübers begeben. Und somit seine bevorzugte Form der sprachlichen Kommunikation - die der Eleganz - verlassen und andererseits das vorherige Gespräch durch diese infantile Wendung negativ relativiert. Und überhaupt: Für diese eventuelle Erwiderung war auch schon zu viel Zeit verstrichen. Sie hätte außerdem sein Unvermögen, in dieser Situation noch nicht einmal *irgendwas* sagen zu können, nur noch unnötigerweise akzentuiert. Verdammt, wer war er eigentlich, dass er sich mit so etwas Idiotischem denn eigentlich beschäftigte?! Er versuchte, weiterhin gelassen zu wirken und sich nichts anmerken zu lassen. Dabei sah er jedoch schon in Gedanken Schweiß auf seiner Stirn herunterrinnen und währenddessen das siegessichere Lächeln seines Gegenübers in ein hämisches Grinsen verwandelnd. »Nur keine Profilneurose jetzt«, dachte er nervös, dabei mit einer fahrigen Bewegung nach seiner mittlerweile zerknautschten Zigarettenschachtel fingernd; er steckte sich ein Stäbchen zwischen die Lippen. »Ich muss Zeit gewinnen! Was bezweckte dieser Hund eigentlich?!« Bis nur kurz zuvor hatte er den Eindruck gehabt, es mit einem vernünftigen Gesprächspartner auf Augenhöhe zu tun gehabt zu haben. »So leicht kriegst du mich nicht, Bastard ...«, grübelte er, den Filter seiner Zigarette halb durchgebissen, »da könnte ja jeder kommen...!« Gleichzeitig beschlich ihn aber das beunruhigende Gefühl, dass sich mit jeder weiteren Sekunde sprachlicher Impotenz das diabolisch anmutende Vergnügen seines Gegenübers zu potenzieren begann. Mit einer eventuellen Entgegnung wie: »Hey, Mann - was soll denn der Schwachsinn...?!« wollte er sich keine weitere Blöße geben. Vielleicht sollte er vorzugsweise den Eindruck vermitteln, dass ihm dies alles zu albern war; er darüberstand - und sich nicht mit derartigem Kinderkram auseinanderzusetzen gedachte. Aber auch dafür war es bereits zu spät, er hatte einfach zu lange überlegt. Sein Gegenüber war ein äußerst aufmerksamer Beobachter, der ihn gefühlt inzwischen schon eine geraume Weile süffisant fixierte und ahnte, was vor sich ging.

Besonnen zündete er sich seine Zigarette an. Den Qualm des ersten Zuges blies er betont langsam in Richtung seines Provokateurs: »Kokosnuss«, sagte er – und schwieg dann wieder. »Wie bitte?!« – »Kokosnuss!«, wiederholte er und schaute demonstrativ genüsslich dem Rauch hinterher.

## Kurzes Glück

Auf dem Dauerparkplatz unweit des Flughafens irrte ich mit vollem Gepäck über das schier endlose Schottergelände. Bis ich am Horizont eine Haltestelle entdeckte und sich aus der Ferne ein Shuttlebus näherte. Kalter, anhaltender Niederschlag fiel – und das mitten im Sommer. Nach grotesk anmutenden Versuchen, mit Rucksack und Trolley würdevoll zu rennen, erreichte ich gerade noch rechtzeitig schweiß- und regennass den Bus.
Boardingtime am *Aeroflot*-Gate: Alles verlief pünktlich, keine besonderen Vorkommnisse. Außer: Kurz vor dem Screening verließ urplötzlich eine Russin ihre Warteschlange und hastete mit einem kleinen Kind an der Hand krakeelend zurück zum Eingang. Ihr schrankgroßer, mit Tätowierungen übersäter mutmaßlicher Ehemann im Muskelshirt war unmittelbar vor ihr soeben durchgecheckt worden. »Auf diese Art kann man sich auch trennen«, musste ich beim Anblick des Geschehens amüsiert denken. Durch die Fluggastbrücke ging es erfreulich zügig voran zum bereitstehenden Flieger. Zu meinem Bedauern hatte ich dieses Mal beim Einchecken einen Mittelplatz zugewiesen bekommen – Gangplätze waren leider nicht mehr verfügbar. Weniger euphorisch als klaustrophobisch begab ich mich also in den hinteren Teil des Flugzeugs. Als ich an meiner Sitzreihe

ankam, saß am Fensterplatz bereits eine Frau mittleren Alters. Ich rutschte umständlich neben sie und schnallte mich an. Das Boarding war beendet, es konnte also bald losgehen. Die Flugzeugtüren wurden geschlossen. Um die Lage zu peilen, sah ich mich um: Alle Sitze waren belegt. Mit einer Ausnahme: Der Platz neben mir war unbesetzt geblieben. Kurzentschlossen rückte ich schnell darauf und schnallte mich erneut an. Hocherfreut, doch noch am Gang sitzen zu können und über den Abstand zu der Dame am Fenster. Was für ein unerwartetes Glück! Denn ich war eher daran gewöhnt, dass bei einem Kinobesuch zu Beginn der Vorstellung der sprichwörtliche, verspätet erscheinende 2-Meter-Mann erschien. Um dann auf dem letzten freien Sitz direkt vor mir Platz zu nehmen. Ebenso normal war es für mich, dass ich in einem Flugzeug meist neben der korpulentesten Person sitzen musste. Vorzugsweise bei Interkontinentalflügen. Bei diesem Flug schien aber erfreulicherweise alles anders zu sein. Während ich mein Augenmerk der bizarren Choreografie des Bordpersonals bezüglich der Sicherheitsanweisungen schenkte, meinte ich zu hören, dass die vordere linke Flugzeugtür noch einmal geöffnet wurde. Durch den geschlossenen Vorhang zur angrenzenden Businessclass konnte ich das allerdings nicht verifizieren. Kurz darauf ertönte ein Stampfen. Der Flugzeugboden begann langsam und rhythmisch zu erbeben. Ähnlich

dem Waldboden in *Jurassic Park*, als sich ein T-Rex näherte. Mir schwante nichts Gutes.
Der Vorhang wurde rabiat zur Seite gerissen und eine – sagen wir zunächst einmal Person –, die sich durch den Gang presste, walzte mir entgegen. Um dann direkt neben mir schnaubend anzuhalten. Mit einer unwirschen Kopfbewegung in Richtung der eilfertig folgenden Flugbegleiterin signalisierte sie, dass ich auf ihrem Platz saß. Und – begleitet von einer noch schrofferen Geste mit ihren Daumen –, dass ich diesen umgehend frei zu räumen hatte. Das Ganze akustisch untermalt von Russisch in der Tonlage eines Donkosaken. »Nicht zu fassen…!« dachte ich laut und rutschte wieder zurück auf meinen Mittelplatz. Alle um mich herum verstummten und schauten mitleidig in meine Richtung. Da ich mir im wahrsten Wortsinn der Ausweglosigkeit der Situation bewusst war, unterdrückte ich meinen spontan aufkommenden Fluchtreflex und harrte zunächst der Dinge. Unterdessen versuchte meine grob geschätzt 300 Pfund schwere neue Sitznachbarin, sich zwischen der Rückenlehne des Vordersitzes und ihren Gangplatz zu zwängen. Nach einer geraumen Weile hatte sie es tatsächlich geschafft. Leider waren bei diesem Unterfangen aber zwei Armlehnen verschwunden. Eine davon hätte ich gerne genutzt. Ich starrte geradeaus auf die speckige Kopfstütze vor mir. Mit »Sie ist aber wirk-

lich spät dran, die Gute. Hat wohl noch eine Kleinigkeit essen müssen vor dem Abflug« begann ich mich einzuhassen. Meine neue Sitznachbarin versuchte eine schlecht gemachte Luxushandtaschenkopie auf ihrem Bauch - oder war es ihr Busen? - zu deponieren. Wegen des konvulsivisch zuckenden Unterbaus – sie war immer noch sehr außer Atem – wackelte die Tasche zunächst bedenklich vor sich hin. Um dann allmählich zur Ruhe zu kommen. Mit meiner Ruhe war es jedoch bald vorbei: Aus der Handtasche wurde eine Rolle Toilettenpapier hervorgeholt. Um sich damit unentwegt keuchend Schweiß aus hochrotem Gesicht, Ausschnitt und Achselhöhlen zu wischen. Soweit mit monströsen Armen erreichbar. Dabei streifte ihr Ellenbogen ständig bedrohlich nah an meiner Nasenspitze vorbei. Ich versuchte fatalistisch zu denken, schließlich flog ich in das Land der Hindus. Während neben mir Tatjana – sie hieß bestimmt Tatjana – dem patrouillierenden Flugbegleiter eine Anweisung mit auf den Weg gab. Dieser brachte zeitnah das Gewünschte: eine Verlängerung für den regulären Anschnallgurt. Etwas Derartiges hatte ich noch nie gesehen. Der zusätzliche Meter Gurt sollte sich aber als nicht ausreichend erweisen: Das Ergebnis blieb eine unverschlossene Koppel. Für Tatjana bedeutete es aber kein Problem, diese mühelos unter sich verschwinden zu lassen. Was beim Cross-Check des Personals nicht auffallen sollte; es schien sie aber auch niemand vorschriftsmäßig kontrollieren zu wollen. »Wenn sie nicht angeschnallt ist, dürfte sie eigentlich gar nicht mitfliegen – höchstens im Frachtraum«, dachte ich düster. Ich vermutete, dass man bei russischen Fluggesellschaften gewisse Dinge nicht so ernst nahm. Es sollte aber bald endlich losgehen. Was ich begrüßte, denn Delhi war nicht gleich um die Ecke. Beim Starten fuhren wir ebenso ungewöhnlich langsam wie lange übers Rollfeld. »Mit Tatjana heben wir nie ab«, befürchtete ich bei einem Seitenblick auf meine Nachbarin. Die inzwischen mit geschlossenen Augen vor sich hindämmerte, während die offensichtlich sehr betagte Propellermaschine weiter über die Startbahn rumpelte. Kurz vor einem Waldstück hoben wir äußerst knapp über einer Reihe Baumkronen hinweg dann tatsächlich noch ab. Beim ersten Sichtkontakt mit einem Steward äußerte ich den Wunsch nach einem Bier und einem anderen Sitzplatz. Das gewünschte Getränk wurde in einer klebrigen Dose gereicht, kostete drei Euro und war entweder schon oder noch warm. Ich wollte sie gleich wieder umtauschen; der Steward brabbelte aber nur etwas vor sich hin und zuckte bedauernd mit den Schultern. Meinen wiederholten Wunsch nach einem anderen Sitzplatz schien er auch nicht zu verstehen. Oder verstehen zu wollen; er entfernte sich rasch. Tatjanas Kopf hatte inzwischen begonnen, schnarchende Laute von sich zu geben und entwickelte dabei die bedrohliche Tendenz, sich auf meine rechte Schulter zu neigen. Ihre teigigen Gesichtszüge waren dabei völlig entgleist. Missmutig riss ich den Aluminiumring der Bierdose ab. Obwohl das Haltbarkeitsdatum dieser schäumenden Flüssigkeit weit überschritten zu sein schien, leerte ich sie in einem Zug. Direkt danach winkte ich mit ihr dem vorbei streifenden Personal. Was sich aber zu diesem Zeitpunkt offensichtlich bereits anschickte, die Essensausgabe vorzubereiten. Deshalb blieb meine Geste unbeachtet. Warum in Flugzeugen permanent würdelose Fressorgien veranstaltet wurden, habe ich nie verstanden. Ebenso wenig, warum alle Passagiere den Eindruck vermittelten, als ob sie kurz vor dem Einchecken nach langjähriger Haft einem Gulag entkommen waren. Oder gerade einen Hungerstreik beendet hatten. Wie dem auch sei: Selbst auf 30-minütigen Flügen rissen die meisten von ihnen die Plastikfolien gummiartiger Sandwiches auf wie Junkies ihre Alutütchen. Dabei hatten sich alle zuvor stundenlang in Bereichen aufgehalten, in denen vorzugsweise nur gegessen und getrunken wurde. Aber wehe, es dauerte nach dem Start zu lange, bis die erste Mahlzeit serviert wurde: Dann beschwerte sich der eine oder andere Fluggast beim Bordpersonal. Was mich schon immer befasste, war aber Folgendes: Bei Interkontinentalflügen wurde gerne mal nachts um halb drei ein warmes Mittag-, Abendessen oder Frühstück serviert. Vorzugsweise genau dann, wenn man soeben völlig erschöpft eingeschlafen war. Dieses von mir nicht nachvollziehbare Ritual beinhaltete, dass der zur Nachtruhe schräg gestellte Sitz vom Personal ruckartig in eine aufrechte Position gezerrt wurde, während gleichzeitig der Klapptisch vor einem lautstark heruntergerissen wurde. Was spätestens von da an ein erholsames Weiterschlafen unmöglich machte. Übermüdet und aus dem Schlaf gerissen sah ich mich dann mit unzähligen, in Plastik- und Aluminiumfolien verpackten Utensilien konfrontiert. Das ausgepackte Verzehrbare wies mit den Abbildungen und Beschreibung im Bordmagazin keinerlei Ähnlichkeit auf. Das einzig Verbindende zwischen Optik und Geschmack bestand darin, dass das Gereichte auch nach Plastik und Aluminium schmeckte. Was nichtsdestotrotz aber niemanden davon abzuhalten schien, wie ein armer Geisteskranker in sich hineinzuschaufeln, als gäbe es kein Morgen mehr. Aber ich schweife ab. Obwohl wir gerade erst gestartet waren, liefen bereits die Vorbereitungen für das *Dinner* auf Hochtouren; ich hatte nicht vor, mich daran zu beteiligen. Das erste Tablett, was schnellen Schrittes in die Economy-Class transportiert wurde, stoppte direkt neben Tatjanas Kopf. Der Steward wollte wie gewohnt zum Servieren den Klapptisch herunterklappen. Dieser war aber nicht mehr zu sehen. Tatjanas Vordersitz

brauchte nicht senkrecht gestellt zu werden; er hatte sich aufgrund ihres Volumens erst gar nicht nach hinten neigen lassen. Der Passagier vor ihr hatte deswegen einen Flugbegleiter herbeigerufen. Dieser hatte aber nur achselzuckend mit seinem Daumen auf Tatjana gedeutet. Damit war die Beschwerde des Vordermannes offensichtlich hinfällig geworden.
Der Steward klopfte Tatjana behutsam auf die Schulter. Mit einem unwirschen Knurren schreckte sie auf, erkannte dabei aber blitzschnell die Lage: Es befand sich Nahrung in ihrer Reichweite. Sie riss dem Steward das Tablett aus den Händen und stellte es auf einer Wand aus wogendem Bauch oder Busen ab. Vor einem von mehreren Kinnen umrahmten, noch verschlossenem Schlund. Dass unter allen Passagieren in meinem Umfeld ausgerechnet Tatjana als Erste ihr Essen bekam, sollte mir ein Rätsel bleiben. Einen verhungerten Eindruck machte sie jedenfalls nicht. Vielleicht hatte sie im Vorfeld etwas Diätisches bestellt.

## »Komm …!«

»Hast du mal Feuer …?« war eigentlich genau das, was ich eine fremde Frau nie hatte fragen wollen. Im *Ses Roques* auf Formentera verwarf ich allerdings meine Abneigung, derartige Phrasen zu verwenden. Aus rein pragmatischen Gründen: Ich hatte keine Streichhölzer mehr, und sie stand rauchend direkt neben mir. Sie, die ich zuvor nur beiläufig aus den Augenwinkeln wahrgenommen hatte, war groß, sehr schlank, hatte langes, weizenblondes Haar und zwei lindgrün schimmernde Augen, die mich beim Entzünden ihres Feuerzeugs sanft musterten. Ich bedankte mich mit einem Kopfnicken und sah wieder dem regen Treiben zu. Inzwischen waren fast alle, die zuvor im legendären Hippietreff *Fonda Pepe* – für Insider kurz *Fonda* – zum Sundowner versammelt hatten, wie einem geheimnisvollen Herdentrieb folgend auch hier vor Ort eingetroffen. Das *Ses Roques* war im Grunde genommen nur eine unspektakuläre, rustikale Kneipe mit einer kleinen Bühne, die als Tanzfläche diente. Exquisite Lounge-Musik waberte aus überdimensionierten, selbstgebauten Boxen. In einer Lautstärke, die jegliche Kommunikation sogleich im Keim ersticken ließ. Nicht zuletzt deshalb befanden sich die meisten Gäste draußen; die samtig-warme Sommernacht lud förmlich dazu ein, sich zu unterhalten, zu trinken und zu rauchen, was so gerade die

Runde machte. Alle Fenster und Türen der *Fonda* standen offen. Der Sandboden auf dem Vorplatz war noch warm von der Hitze des Tages und einige tanzten barfuß vor sich hin. Zwischen den Steineichen hingen bemalte Glühbirnen und tauchten das Geschehen in orangerotes Licht. Dieses Ambiente mit eiskaltem *San Miguel* in der Hand zu begleiten, entpuppte sich als richtige Entscheidung: Ich begann, mich immer wohler zu fühlen und mischte mich irgendwann drinnen unter das unkonventionell tanzende Knäuel auf der Bühne.

Die Zeit verging wie im Flug: Für meinen Geschmack viel zu früh wurde plötzlich gleichzeitig die Musik aus- und die volle Beleuchtung angeschaltet. Für das Stammpublikum wohl ein gewohntes Prozedere, denn niemand schien wirklich überrascht zu sein oder beschwerte sich. Für mich bedeutete dies ein unerwartetes und enttäuschendes Ende meiner Hochstimmung. Ohne weitere Aufforderung begaben sich alle nach draußen. Dort erhellte der Vollmond den späten Nachthimmel. Während die letzten Gäste allmählich davon schlenderten, besorgte ich mir noch schnell ein Päckchen Streichhölzer an der Theke und setzte mich anschließend auf die Natursteinmauer auf dem Vorplatz. Gedankenverloren blies ich den Qualm in Richtung Sternenhimmel. »Wo musst du denn noch hin?« fragte mich plötzlich eine ruhige und angenehme Stimme von hinten. Ich drehte mich herum: Da stand sie wie hingezaubert, legte mir behutsam ihre Hand auf meine Schulter und sah mich dabei wieder milde an. Ich versuchte mir nichts von meiner Überraschung anmerken zu lassen. »Ich habe meine Sachen in den Dünen deponiert - ich schlafe dort«, hörte ich mich sagen. »Wo genau?« - »Tja ...«. Ich malte mit dem Zeigefinger eine Art Wegbeschreibung in den Sandboden. »Ungefähr da ...« - »Das sind ja mindestens fünf Kilometer von hier - komm, ich fahr dich hin«, sagte sie und ging weiter. Das klang nicht nach einem Vorschlag - sie schien keinen Widerspruch zu erwarten. Ohne weiter darüber nachzudenken, stand ich bereits auf und folgte ihr zum einzigen Auto, was sich auf dem Gelände befand: eine froschgrüne *Ente* der ersten Baureihe. Salzhaltiges Klima schien ihr nicht gut zu bekommen; sie erweckte den Eindruck, bald einmal auseinanderzufallen. Der Wagen war nicht abgeschlossen - was auch wenig Sinn gemacht hätte bei aufgeklapptem Faltdach. Wir öffneten die in den Angeln quietschenden Blechtüren und stiegen in den Wagen. Nicht nur die Tatsache, dass sie äußerst attraktiv und geschätzte fünf Jahre älter war als ich, sondern auch noch einen halben Kopf größer, war meinem Selbstbewusstsein wenig zuträglich. Erschwerend hinzu kam, dass die Federung des Beifahrersitzes dermaßen ausgeleiert war, dass ich gefühlt fast auf dem Fahrzeugboden hockte, während ihre weizenblonde Mähne im Fahrtwind über dem Faltdach wehte. Sie schien die etwas groteske Situation aber keineswegs zu stören. Überhaupt strahlte sie eine bemerkenswerte Gelassenheit aus. Souverän und zügig steuerte sie das altersschwache Gefährt durch die warme Sommernacht die Küstenstraße entlang. Niemand sonst war unterwegs zu sehen. Autos gab es sowieso nur wenige auf dieser Insel. Ich wunderte mich einerseits, in einem zu sitzen und wollte andererseits nicht, dass diese Fahrt schon bald ihr Ende fand. Doch kurze Zeit später erreichten wir bereits die Abzweigung zu den Dünen. Sie stoppte die Ente, ich fischte meine Schuhe aus dem Fußraum, öffnete die Beifahrertür und sah sie an. Mir wollte partout nichts Passendes zur Verabschiedung einfallen. Sie bedachte mich kurz mit einem eigentümlichen Blick: »Komm …, lass uns weiterfahren.« Wieder klang ihr Vorschlag eher als eine Entscheidung, die keinerlei Einwände zuließ. Mir kamen aber auch keine in den Sinn. Mit »*La Mola,* ans andere Ende der Insel - die Sonne geht bald auf« antwortete sie meinem fragenden Blick und ich schloss wieder die Wagentür. Vorbei an Sadebäumen und dürren Kiefern, die sich dunkel vor dem nachtblauen Hintergrund abzeichneten, fuhren wir die atemberaubende Steilküste hinauf zum höchsten Punkt der Insel. Wir hielten neben einem imposant in den Nachthimmel hinaufragenden Leuchtturm. Weiter konnte man nicht mehr fahren - vor uns befanden sich nur noch der Abgrund und das Meer. Wir stiegen aus, direkt neben einer Gedenktafel. »Genau hier hatte sich Jules Vernes für seine fantastischen Romane inspirieren lassen«, erklärte sie und deutete dabei mit dem Daumen auf die Tafel. Wie selbstverständlich nahm sie mich an die Hand und führte mich ans Ende der Steilklippe. Im Licht des Vollmondes schimmerte die schwarzsilbern glänzende Meereshaut. Ein leichter, würziger Wind wehte uns entgegen, als wir Hand in Hand über Felsnasen am Abgrund entlang kletterten. Nur sie wusste, wohin es ging. Ich versuchte unterdessen, meine aufkommende Höhenangst zu verdrängen, und vermied es strikt hinunterzublicken.

Bald erreichten wir eine wie mit feinem Sandpapier sorgfältig ausgeschmirgelt wirkende Nische, die förmlich zum Verweilen einlud. Gespeicherte Wärme hatte die windgeschützte Mulde zu einer heimeligen Grotte werden lassen. Wir setzten uns hinein und der Himmel vor uns begann sich zu färben; die Blickrichtung musste ziemlich genau nach Osten sein. Kurz darauf präsentierte sich uns ein Schauspiel der Natur in einer ihrer Logen. Der Himmel färbte sich glutrot, und die Brandung in der Tiefe schien ehrfürchtig zu verstummen. Wir schmiegten uns ergriffen aneinander, bis die ersten Sonnenstrahlen den Horizont überwanden. Sich ließ sich langsam zurücksinken und zog dabei behutsam meinen Kopf auf ihren Schoß.

Der süßliche Duft ihres Körpers bildete einen perfekten Kontrast zur salzigen Seeluft. Ich fühlte sie sanft und gleichmäßig atmen und schloss die Augen nur, um sie sogleich wieder zu öffnen. Ich blickte hinauf in ihr friedliches Gesicht, dessen Züge im Zwielicht unwirklich schön anmuteten. Wortlos streichelte sie meine Brust, die sie zuvor von störender Kleidung befreit hatte. Ich wollte nirgendwo anders sein.

Als die Sonne vollständig aus dem Meer getaucht war, kletterten wir wieder zurück. Kein Wort war gefallen. Am Wagen angekommen, küssten wir uns innig und konnten uns danach selbst für die kurze Zeit des Einsteigens nur schwer voneinander lösen. Sie lenkte das Auto zurück Richtung Strand; an der Abzweigung zu den Dünen angekommen fuhr sie so weit wie möglich den sandigen Pfad hinein. Nachdem sie den Motor abgeschaltet hatte, rauchten wir abwechselnd ihre letzte Zigarette – ich dabei meinen Kopf an ihre Schulter gelehnt. Das nahende Ende der gemeinsam erlebten Nacht war fast spürbar greifbar. Wieder küssten wir uns; dieses Mal heftiger, fordernder, leidenschaftlich. Ich umfasste dabei ihre kleinen, festen Brüste, die sich mir förmlich entgegenstreckten. Schnell streifte sie mit einer flüssigen Bewegung ihr Strickoberteil über den Kopf. Anmutig umrahmten dabei die langen Haare ihr Gesicht. Ihre geweiteten Pupillen fixierten mich, während sie deutlich schneller atmend ihre Hand zwischen meine Beine gleiten ließ. »Komm ...«, sagte sie mit nun rauer Stimme und öffnete die Wagentür. Langsam ließ sie sich rückwärts in den Dünensand gleiten, ihren kurzen weißen Rock hochschiebend. Ich kniete mich vor sie, während sie ihre Beine spreizte. Sie schob mir ihren warmen, feuchten Schoß entgegen. Der Druck ihrer Schenkel signalisierte mir schon bald, mich auf den Rücken zu drehen. Damit sie sich rittlings über mir aufrichten konnte. Sie beugte sich weit nach hinten, um unter wohligem Stöhnen gleich wieder nach vorne zu schnellen; ihre nun ungezähmte Mähne strich dabei über meine Brust. Während ich ihre Knie fest umklammerte, krallten sich ihre Fingernägel in meine Arme. »Komm ...!« hörte ich sie rufen, wieder und wieder. Ich spürte eine Hand auf meiner Schulter. Ich öffnete die Augen. Mit: »Please – we close now ...!« forderte mich der Kellner zum Gehen auf.

## »Ich bin nicht käuflich!«

Köln Ehrenfeld, unweit der Polizeidienststelle. Neben dem Fahrradweg kam mir eine etwa 70 Jahre alte Frau entgegen. Sie schleifte zwei große, mit Kleidung und Haushaltsgegenständen gefüllte Einkaufskörbe aus dem Supermarkt, die ihre Rollen eingebüßt hatten, mühsam hinter sich her. Tief gebeugt, mit einem sehr krummen Rücken. Vermutlich war sie unterwegs zu dem Stapel Müllsäcke, an dem ich unmittelbar zuvor vorbeigeradelt war. Gerade von einem Arzttermin gekommen, freute ich mich über unser exzellentes Gesundheitssystem. Rezept, Spritze, alles problemlos und schnell bekommen. Gut gelaunt und einer plötzlichen Eingebung folgend, wollte ich diese erbarmungswürdige Frau mit einer kleinen Geldspende überraschen. Spontan hielt ich mein Rad an und stieg ab. Ich drehte um, ging ihr nach, um sie dann, auf gleicher Höhe angelangt, mit Bedacht anzusprechen: »Entschuldigen Sie, darf ich Ihnen das geben …?« fragte ich und hielt ihr einen gefalteten 10 Euro-Schein entgegen. 10 Euro hatte ich kurz zuvor für Rezeptgebühren ausgegeben, insofern schien mir dieser Betrag durchaus angemessen. Sie hielt an, musterte mich und den Schein in meiner Hand und sagte laut und resolut: »Ich bin nicht käuflich!« Ebenso konsterniert wie sprachlos musste ich die teils ungläubigen, teils verächtlichen Blicke der Passanten registrieren, die das mitbekommen hatten. Von denen gleich welche unvermittelt stehen blieben. Zugleich zeigte sich am geöffneten Fenster der Polizeiwache ein Uniformierter. Irritiert brauchte ich einen kurzen Moment, um zu erwidern: »Ich will Sie nicht kaufen, ich will Ihnen nur etwas schenken …!« Etwas Besseres fiel mir auf die Schnelle nicht ein. »Ich will aber nichts geschenkt«, lautete die lapidare Antwort. Während die Augen aller Umstehenden auf das Szenario gerichtet waren, entstand eine kurze, peinliche Stille. Ich befürchtete, dass jemand sein Handy zückte, um seiner Neigung als intuitiver Dokumentarfilmer nachzugehen. »Höchstens geliehen. Auf unbestimmte Zeit«, ergänzte die Frau. Was die Situation schlagartig entspannte. »Ok, dann leihe ich Ihnen die 10 Euro. Auf unbestimmte Zeit«, sagte ich aufatmend und wollte ihr dabei den Schein in die Hand drücken. Vergeblich. »Nein, nicht ohne Vertrag!«, sagte sie und winkte energisch ab. »Vertrag?« fragte ich entgeistert nach. »Ja«. »Für meine Unterlagen«, ergänzte sie und kramte in ihren Manteltaschen, um einen Schreibblock hervorzuholen. Als sie darin nachdenklich herumblätterte, zückte ich kooperativ meinen Kugelschreiber. »Möchten Sie vielleicht den …?« »Nein.« Sie kramte weiter, bis ihr eigener zum Vorschein kam. »Ihren Namen und Ihre Adresse.« Ich ertappte mich kurz bei der Überlegung, ob ich diesbezüglich richtige Angaben machen sollte oder besser nicht. Falls da irgendwas nachkam. Aber was eigentlich? Ich hatte ihr doch nur Geld schenken wollen. Ohne Hintergedanken, ohne irgendwelche Gegenleistungen zu erwarten. Als anscheinend Obdachlose hatte sie sich auf der Straße bestimmt schon einige zweifelhafte Offerten anhören müssen. Da wollte ich erst gar nicht drüber nachdenken. In meinem Fall musste offenbar ein ordnungsgemäßer Vertrag erstellt werden: Meine Angaben wurden zügig in flüssiger Schrift und ohne nachzufragen notiert. Darüber hinaus Ort und Datum. »Uhrzeit?«, wollte sie noch wissen. »12.30 Uhr« schätzte ich laut und deutlich. »Moment noch: die Scheinnummer«, sagte sie und hielt mir ihren Block vor die Nase. »Ok, wohin?«, wollte ich wissen. Wie ich sah, hatte sie bereits eine entsprechende Zeile vorbereitet. Beim Eintragen der Geldscheinnummer sah sie mir aufmerksam zu – und verglich anschließend akribisch alle Zahlen. »Unterschrift!«, forderte sie mich auf. Aufgrund von Terminologie und Tonfall mutmaßte ich, dass sie in früheren Zeiten an der innerdeutschen Zonengrenze beschäftigt war. Widerspruchslos unterschrieb ich den Zettel; vermutlich hätte ich in diesem Moment alles unterzeichnet. Damit schien für sie die Sache erledigt zu sein und sie verstaute ihren Schreibblock wieder. Ich reichte ihr vorsichtig den 10-Euro-Schein, den sie unverzüglich mit einer unerwartet geschickten Handbewegung in einer ihrer Manteltaschen verschwinden ließ. Ohne mich dabei eines Blickes zu würdigen. Erneut bot ich ihr meinen Kugelschreiber an – dieses Mal als Geschenk. Was mit einem unwirschen Kopfschütteln kategorisch abgelehnt wurde. Zum unmittelbar bevorstehenden Abschied wünschte ich alles Gute und ergänzte dies noch abschließend mit: »Und bleiben Sie gesund!« »Ich nehme es zur Kenntnis«, erwiderte sie. Dann schlurfte sie mit ihren Plastikkörben weiter. Zu ihren anderen in Müllsäcke verpackten Habseligkeiten auf dem Gehweg. Ich stieg wieder auf mein Rad und wollte nach Hause fahren. Es begann zu regnen.

## Griechische Hunde graben nur 80 Zentimeter tief

Weiß der Teufel, woher Longo diese fragwürdige Information hatte; aber sie sollte ihn noch später beschäftigen. Als er auf seiner Lieblingsinsel Lesbos eintraf, begab er sich wie jedes Mal auf direktem Weg zu seiner bevorzugten Strandtaverne. Dort warf er seine gehäkelte Umhängetasche nebst verschlissener Steppdecke lässig auf die Holzterrasse, während er ebenso lässig auf seinen Stammplatz zu steuerte. Möglicherweise hatte er dabei eine Westernszene mit Clint Eastwood im Kopf, der nach langem und hartem Ritt durstig einen Saloon betrat. Nachdem er sich kurzerhand von Muskelshirt und Batikhose entledigt hatte, nahm er, nur noch mit einem grobmaschig gehäkelten Stringtanga und Cowboystiefeln bekleidet, auf einem Plastikstuhl Platz. Wie immer im Schneidersitz. Von dort aus wollte er sich zukünftig nur noch so wenig wie möglich wegbewegen, denn ihm bot sich ein exzellenter Ausblick. Das war für ihn das Wichtigste. Lesbos war nämlich nicht rein zufällig Longos Lieblingsinsel: Er wollte dort Lesben am Strand beobachten. Vorzugsweise, wenn diese sich gegenseitig mit Sonnenmilch eincremten. Auch bei über 30 Grad im Schatten behielt Longo seine Stiefel immer an. Einerseits, weil ein echter Cowboy seiner Meinung nach nie aus seinen Stiefeln stieg; aber vor allem, um Tabak, Feuerzeuge und Geld darin aufzubewahren. Sozusagen diebstahlsicher. Bei seinem Lieblingskellner, den Longo der Einfachheit halber *Dimi* getauft hatte - weil die meisten Griechen ja Dimitrios hießen -, bestellte er umgehend sein erstes Bier. Verbunden mit den alljährlich hinzugefügten Instruktionen: *Dimi* - der gar nicht Dimitrios hieß und Longo allem Anschein nach eher mit gemischten Gefühlen begrüßte - sollte immer dann, wenn Longos Bier zur Neige ging, unaufgefordert und möglichst unverzüglich für Nachschub sorgen. Ein ähnliches Szenario hatte Longo vermutlich auch schon einmal in einem Western gesehen. Longo verfügte über einen ausgeprägt pragmatischen Verstand. Dieser bildete mit seiner ebenso eklatanten Faulheit eine perfekte Allianz. Ungeachtet seines tief verwurzelten Geizes pflegte er die Tradition, sich durch ein schlauerweise vorab großzügig bemessenes Trinkgeld eine Sonderbehandlung zu sichern. Damit er keinen Engpass befürchten musste, klärte er *Dimi* ausdrücklich darüber auf, dass *zur Neige gehen* nicht *leer getrunken* bedeutete. Darüber hinaus hatten Longos Biere immer aus der hintersten Ecke des Kühlschranks zu stammen. Oder aber auch gerne im fast gefrorenen Zustand direkt aus der Tiefkühltruhe.

Diese bezeichnete Longo immer als »Südseite«. Vielleicht, weil sie aus der untersten Ecke des Gefrierschranks hervorgeholt werden mussten. Oder wegen einer Assoziation mit dem Südpol, wer weiß. Wie jedes Mal am Tag seiner Ankunft beschloss Longo, kurz nach Sonnenuntergang seinen Brustbeutel mit der Reisekasse zu vergraben. Inklusive Reisepass. Damit er danach auf nichts mehr aufpassen musste und somit *keinen Stress* mehr hatte. Zuvor nahm er sich Geld für die nächsten Tage heraus und stopfte es sich in seine Stiefel. Damit er das Versteck im Auge behalten konnte, sollte es sich nicht zu weit weg von der Taverne befinden. Dort wollte er wieder ein Loch in den Strand buddeln. Zur Sicherheit 90 Zentimeter tief, denn gemäß seiner Mutmaßung gruben griechische Hunde nur 80 Zentimeter tief. So der Plan. Den Ort für die Grabungsarbeiten überlegte sich Longo immer sehr gewissenhaft: Vom ersten Sonnenschirm vor der Taverne aus wurde zunächst ein markanter Felsen fixiert. Anschließend ging er in diese Richtung eine bestimmte Anzahl an Schritten ab. Bei dieser Planung hatte er vermutlich ebenso einen Film im Kopf, einen Piratenfilm: *30 Schritt Richtung Süden auf 6 Uhr* als Ortsangabe auf einer Schatzkarte oder so ähnlich. Aber genau so ging er vor. Damit er sich nach dem Vergraben die exakte Position merken konnte.

Nach der Buddelei war Longo noch durstiger als zuvor. Er stakste breitbeinig zurück zu seinem Stammplatz, von wo aus er so lange das bunte Treiben am Strand beobachtete, bis der Kellner ihm sein letztes Bier servierte und abrechnen wollte. Longo zog dann immer ein paar schmuddelige Drachmen-Scheine aus seinen Stiefeln hervor, drückte sie *Dimi* in die Hand, und wenn er mit seinem Service zufrieden war, klopfte er ihm dabei kameradschaftlich anerkennend auf die Schulter. Die Taverne schloss allabendlich mit Longo als letztem Gast. Wenn dieser zu faul oder zu müde war, verzichtete er darauf, zu seiner Bastmatte zu gehen, worauf er in der Regel schlief. Weil er es dann vorzog, auf seinem »Bodegastuhl«, wie er ihn nannte, zu nächtigen. Im Schneidersitz. Das beinhaltete jedoch einen eklatanten Nachteil: Wenn er morgens aufwachte und dringend pinkeln musste, waren seine Beine meistens derart steif und gefühllos, dass er sie zunächst nicht auseinandergefaltet bekam. Was, um zeitnah zur Toilette zu gelangen, ein echtes Problem darstellte. Pragmatisch wie er aber war, konnte das zur Folge haben, dass er einfach in seinen Stringtanga griff und die Dinge frei ihren Lauf nehmen ließ. Unter dem Tisch über den Terrassenrand in den Sand. Und weil es so gut funktionierte, wiederholte er das Prozedere auch schon mal im weiteren Verlauf des Tages. Um sich den Weg zum Toilettenhäuschen zu sparen. Desgleichen, wenn andere Gäste an den Nachbartischen saßen. Er beherrschte das Prozedere mittlerweile derart unauffällig und geräuschlos – entlang eines Tischbeins, nach dem Vorbild vieler männlicher Besucher in Festzelten –, sodass er sich ungeniert auch währenddessen mit jemanden unterhalten konnte. Vorzugsweise mit Touristinnen. Manchmal, wenn *Dimi* wieder vormittags die Taverne öffnete, hockte Longo noch wie am Vorabend im Schneidersitz auf seinem Plastikstuhl. *Dimi* wurde dann immer mit einem aufmunternden »Buongiorno!« begrüßt und brachte Longo sein sogenanntes *Frühstücksbier*. Essen sah man Longo so gut wie nie; er schaffte es tatsächlich problemlos, tagelang keine feste Nahrung zu sich zu nehmen. Die Augusthitze, die zahllosen Biere und Zigaretten verdrängten jegliches Hungergefühl. In *Dimis* Taverne gab es auch nichts zu essen und Longo war zu bequem, um sich extra nur für eine Mahlzeit zu einer anderen Lokalität aufzumachen. Also ernährte er sich vorzugsweise flüssig. Nach den ersten drei Tagen zählte er seine Barschaft und beschloss angesichts geschwundener Liquidität, gleich am selben Abend noch seinen Brustbeutel auszugraben. Um »Nachzufassen«, wie er diesen Vorgang nannte. Als die Sonne gerade unterging, stapfte Longo zum ersten Sonnenschirm vor der Terrasse, schritt die entsprechende Entfernung in die angepeilte Richtung ab, kniete sich in den Sand und begann mit seinen Händen zu graben. Eine halbe Stunde später sah man von ihm nur noch die Silhouette seines Hinterns, der sich kontrastreich vor dem sich bunt färbenden Abendhimmel abzeichnete. Weil er offenbar nicht fündig wurde, verbreiterte Longo das Loch kontinuierlich. Wenn er sich etwas vornahm, konnte er richtig zäh und ausdauernd sein. Bald war er jedoch schweißgebadet und außer Atem. Ebenso vollkommen irritiert, weil er immer noch nicht auf das Gesuchte gestoßen war. Verbissen grub er weiter und weiter. Langsam begann Panik in ihm aufzukommen: Was, wenn er seinen Brustbeutel gar nicht mehr wiederfand? Ohne Geld und Pass am Strand von Lesbos und sich nicht einmal ein Bier leisten zu können – geschweige denn ein Fährticket zurück nach Piräus? Unvorstellbar. Ihm blieb nichts anderes übrig, als weiter zu graben. Die Taverne war inzwischen von bunten Lämpchen beleuchtet und Longo musste sich zumeist spöttische Kommentare von den Gästen anhören. Worauf Longo aber nicht reagierte. Er buddelte nahezu mechanisch weiter. Als eine von zwei vorbei flanierenden Frauen ihn aber besorgt fragte, was er denn dort suchte und ob sie ihm eventuell helfen konnte, meinte er, Ja. Indem sie ihm einen ihrer Badeschlappen lieh, mit dem er dann effektiver graben konnte als nur mit seinen Händen. Sie sollte ihn garantiert zurückbekommen. Er wäre rund um die Uhr in der Taverne anzutreffen. Was er suchte, verriet er nicht. Die Frau ließ etwas widerwillig tatsächlich einen ihrer Flipflops da, nahm den anderen in die Hand und schlenderte barfuß weiter. Ausgerüstet mit dem Schlappen grub Longo nun weiter wie ein Wahnsinniger. Im Sekundentakt fiel hoch geschaufelter Sand auf den Strand. Wenn man nicht wusste, was da vor sich ging ein befremdlicher Anblick. Was zufällige Beobachter aber auch neugierig machte und näherkommen ließ. Longo, schon lange nicht mehr überirdisch zu sehen, war gerade in dieser Schaffensphase aber überhaupt nicht auf Zuschauer erpicht. Demzufolge reagierte er auf keine Fragen mehr und grub einfach weiter. Stoisch. Meter um Meter. Stunde um Stunde.

*

Es war bereits Mitternacht, als er vollkommen erschöpft aus der Grube stieg, sich auf dem Strand legte und kurz innehielt. »Wenn griechische Hunde nur 80 Zentimeter tief graben - wo ist denn dann mein Brustbeutel …?« dachte er fieberhaft. Dann fiel es ihm wie Schuppen von den Augen: Die Konturen des Sonnenschirms, an dem er sich orientierte hatte, hoben sich gut vom sternklaren Nachthimmel ab. Er stand aber nicht mehr am selben Platz. Das hatte Longo, als er seine mentale Schatzkarte ausgeklügelt hatte, nicht einkalkuliert. Ihn überkam ein Gefühl, das einen Bankräuber beschleichen musste, wenn er nach tagelangem Graben kurz vor dem Ziel auf eine Wand aus Stahlbeton stieß. Oder wie Robinson Crusoe, der in der Hoffnung, auf Menschen zu treffen, Fußspuren am Strand entdeckte, um dann feststellen zu müssen, dass es sich um seine Eigenen handelte. Aufgeben bedeutete für Longo jedoch keine Option. Er wollte sich weder mit dieser Situation abfinden noch die Folgen tragen. Sich Geld vor Ort zu besorgen war illusorisch - wie oder von wem? Selbst für ein Telefonat nach Deutschland hätte es nicht mehr gereicht, um sich Geld schicken zu lassen. Und überhaupt: Wie sollte er nach Athen zur deutschen Botschaft gelangen, um dort einen provisorischen Reisepass zu bekommen? All das erschien ihm als ein absolut unakzeptables Szenario. Darüber hinaus hochgradig peinlich, weil sich die Ursache für sein Dilemma im Nachhinein ja als ebenso dämlich wie erheiternd entpuppt hätte. Es blieb ihm also nichts anderes übrig, als weiter zu graben.

Es dämmerte langsam und die Sonne bahnte sich ihren Weg über den Horizont. Die Nacht über hatten die milden Temperaturen Longos Unterfangen ein wenig erleichtert. Als aber die Sonne vollumfänglich aufgegangen war, wurde es schnell wärmer und somit unangenehmer für ihn. Trinkwasser hatte er nicht bei sich gehabt. Er trank so gut wie nie Wasser, sondern ausschließlich Bier. Darin war seiner Ansicht nach ausreichend Wasser enthalten. Allmählich gingen dem notgedrungen hoch motiviertem Longo die Kräfte aus. Dehydriert und völlig erschöpft hielt ihn nur noch das Adrenalin der Verzweiflung weiter aktiv. Nach und nach bevölkerten die ersten Strandbesucher das Areal. Was seine Lage nicht verbesserte, denn vielleicht waren darunter ja auch welche, die ihn bereits am Vorabend den Strand umpflügen sahen. Longos Grube verfügte mittlerweile über ansehnliche Ausmaße - man hätte mühelos einen Kleinwagen darin verschwinden lassen können. Genau in dem Moment, als ein Schatten auf ihn fiel, stieß er auf etwas Hartes: Es war sein Brustbeutel. Der Schatten resultierte von der hilfsbereiten Frau vom Vorabend. Als ob nichts weiter geschehen war, hängte Longo sich seinen Brustbeutel um den Hals und reichte der Besitzerin ihren mittlerweile völlig zerfetzten Badeschlappen hinauf. Sie betrachtete ihn entgeistert. Longo vernahm, wie *Dimi* lautstark Tische und Stühle auf der Terrasse zurechtrückte. Vom Boden seiner Grube aus, paniert mit Schweiß und Sand lud Longo die Frau zu einem *Frühstücksbierchen* ein. Sie warf ihm den Schlappen an den Kopf und ging wortlos weiter.

## Frühlingsgefühle

In Zeiten einer beginnenden Pandemie wurde der Mensch unerwartet auf sich selbst zurückgeworfen. Kontakteinschränkungen, Shutdowns, Lockdowns oder Ausgangssperren - für die meisten alles völlig neue Erfahrungen. Jedoch blieb ein In-sich-Gehen mit einer eventuell damit verbundenen Bescheidenheit - vom veralteten Begriff Demut ganz zu schweigen - wider Erwarten aus. Das Gegenteil schien eher der Fall zu sein: Tunnelblick, Aggressivität, Egoismus, Rücksichtslosigkeit. Man wollte kaum noch das Haus verlassen. Aber dann endlich doch: Der erste sonnige Frühlingstag lockte mit seinen milden Temperaturen unwiderstehlich nach draußen. Endlich wieder eine lang herbeigesehnte Runde mit dem Fahrrad zu drehen, um sich dann allein mit einem guten Buch auf einer sonnigen Parkbank wiederzufinden. Umgeben vom Blühen und Sprießen der Natur.

Vor der Haustür ging ich in die Hocke, um die Kette meines Fahrrades für die neue Saison zu ölen. In diesem Moment rauschte mit etwa 40 Stundenkilometern ein Auto etwa 10 Zentimeter entfernt an meinem Rücken vorbei. Nicht, dass ich besonders risikofreudig oder gar lebensmüde gestimmt war; ich hatte kein Auto aus dieser Richtung erwartet. Dieses fuhr entgegen der vorgeschriebenen Fahrtrichtung an mir vorbei. Der Fahrer musste mich gesehen haben, denn es war helllichter Tag und sonnig. Ich wollte mich aus gegebenem Anlass aber nicht groß echauffieren. Wozu auch - es hätte nichts bewirkt. Ich setzte mich auf mein Rad und fuhr los. Nach etwa 100 Metern Fahrt wäre ich beinahe mit einem um die Ecke schießenden, mit lauter Techno-Musik beschalltem Kleinfahrzeug eines jugendlich anmutenden Fahrers mit verkehrt herum aufgesetzter Baseballkappe überfahren worden. Ich konnte gerade noch ausweichen. Der Fahrzeugführer schien mich nicht gesehen zu haben - oder ich war ihm einfach egal, wer weiß das schon. Er brauste kopfwackelnd weiter davon. Bald darauf erreichte ich endlich mein Ziel: die idyllisch ruhige Parkanlage. Und hatte Glück: Ich erspähte eine freie Parkbank im Sonnenschein. Ich nahm Platz, kramte mein Buch aus dem Rucksack hervor und wollte mich entspannen. Exakt in diesem Moment stoppte direkt vor mir mit quietschenden Bremsen ein Fahrradfahrer. Um im Zeitlupentempo schräg hinter mir sein Rad abzustellen und mich anschließend demonstrativ anzuglotzen. Runder Kopf, Glatze, gerötetes Gesicht, Bierbauch: Ein absolut unsympathischer Typ, Kategorie Spanner im öffentlichen Raum. Um mir an diesem schönen Tag nicht noch mehr die Laune verderben zu lassen, versuchte ich, ihn einfach zu ignorieren und konzentrierte mich auf mein Buch. Der Typ würde wohl nicht ewig dort neben seinem Fahrrad stehen bleiben. Ich hatte immer schon ein untrügliches Gefühl dafür gehabt, wenn ich beobachtet wurde. Was nicht gerade eines meiner Lieblingsgefühle war. Er würde aber bestimmt bald wieder verschwinden, versuchte ich mich zu beruhigen und weiterhin am Lesen zu erfreuen. Was mir aber nicht gelang, denn: Es erklangen Geräusche von klimperndem Glas und dem Zischen einer vom Kronkorken befreiten Flasche. So weit, so gut. Nachdem ich sukzessive wieder in meine Lektüre abgetaucht war, gesellten sich neue Geräusche hinzu. Das unangenehme – wie ich vor allem während Kino- oder Theaterveranstaltungen empfand – Rascheln von Plastikverpackungen. Kurz darauf das Knacken von Zerbissenem. Deutlich lauter als das von Popcorn. Es klang eher nach gerösteten Erdnüssen. Das sollte sich persistent fortsetzen, nahezu im Sekundentakt. Leider nicht exakt, sonst hätte ich das vielleicht nach einer Weile ignorieren können. Jedoch aufgrund der unpräzisen Frequenz lenkte es mich ab vom Lesen. *Knack – knack. Knack … knack.* Wir sprechen hier leider nicht nur über den Zeitraum von zwei, fünf oder zehn Minuten: Es nahm einfach kein Ende. Ich musste mein Buch zur Seite legen und griff nach meinem Handy. Um mich abzulenken und nicht aufzuregen. Was hätte ich tun sollen? Es gab nur zwei Optionen: zu gehen oder zu bleiben. Ich konnte niemandem verbieten, in meiner Nähe Sonnenblumenkerne oder was weiß ich mit den Zähnen zu knacken. Jedoch war mir ebenso die Anfahrt sowie das Erscheinungsbild meines Antagonisten unangenehm und merkwürdig vorgekommen. Zudem seine Position schräg hinter mir: Ich hatte vermutlich auf seiner bevorzugten Bank für voyeuristische Fantasien Platz genommen und er wollte mich einfach nur vergraulen. Hätte er ein Interesse an meiner Person gehabt, hätte er sich wahrscheinlich auffälliger platziert. So aber glotzte und fraß er nur weiter im Hintergrund vor sich hin. Begleitet von immer wieder erneutem Knistern, Rascheln und schlussendlich übertriebenen Knackgeräuschen aus seinen von hektischen Flecken gezeichneten Backen. Wie ich aus dem Augenwinkel bemerkte, wurde ich unterdessen weiterhin demonstrativ unverhohlen angestarrt. Nach einer Weile konnte ich nicht anders: Ich drehte mich langsam zu ihm um, schüttelte dann nur leicht den Kopf und widmete mich dann wieder meinem Handydisplay. Auf mein Buch konnte ich mich nicht mehr konzentrieren. Unmittelbar darauf erschallte lautstark eine osteuropäisch klingende Schimpftirade. Die dann unvermittelt ins Deutsche wechselte. »Was guckst du so?! Was schüttelst du den Kopf?! Was habe ich dir getan?« brüllte er in meine Richtung. Damit ich ihn sowohl sprachlich als auch aus der Entfernung gut verstehen konnte. Vermutlich, weil ich ihn bei seiner scheinbar ausgeklügelten Aktion entlarvt hatte. Mir fielen sogleich eine Menge Antworten auf seine Fragen ein. Ich widmete mich zunächst aber wortlos und demonstrativ wieder meinem Handydisplay. Weiter lesen zu wollen, machte jetzt keinen Sinn mehr. Ich ließ ein paar Minuten kommentarlos verstreichen und ihn einfach in der Ungewissheit, ob ich ihn nicht verstanden hatte oder aber einfach nur ignorieren wollte. Dann schulterte ich meinen Rucksack, erhob mich von der Bank, nahm mein Fahrrad beim Lenker und schob es gemächlich vor mich hin. Als ich aufsteigen wollte, drehte ich mich zufällig wieder in die Richtung, aus der ich gekommen war. Der Typ saß nun auf »meiner» Bank. Mit rotem Gesicht und hasserfülltem Blick starrte er mir nach. Dem spontanen Wunsch, mich mit dem ausgestreckten Mittelfinger von ihm zu verabschieden, gab ich nicht nach; ich hatte mir den Frühlingsanfang anders vorgestellt.

## Flugzeugromanze

Flug MH330 von Frankfurt nach Kuala Lumpur. Ich saß entspannt am Gate und aß eine Banane. Die Anreise hatte reibungslos funktioniert. Dieses Mal hatte mein Zug zum Flughafen keinen sogenannten »Personenschaden« erlitten und nahezu pünktlich den Fernbahnhof erreicht. In fünf Minuten sollte das Boarding beginnen. Erfreulicherweise befanden sich im Abflugbereich höchstens 150 Fluggäste. Aufgrund meiner klaustrophobischen Natur graute es mir vor ausgebuchten Flügen, vor allem vor Langstreckenflügen. Gott sei Dank hatte ich beim Einchecken einen Gangplatz bekommen können. An einem Fensterplatz oder gar in der Mitte einer Dreierreihe stundenlang zwischen unbekannten Leuten, die eventuell über ihre zugewiesenen Plätze herausragten, eingequetscht verbringen zu müssen war für mich eine Horrorvorstellung. Über den Rand meines Buches hinweg erblickte ich unter den Anwesenden eine etwa gleichaltrige, sehr schlanke Frau mit langen, blonden Haaren und azurblauen Augen. Ein klassischer nordischer Typ - ich tippte auf Dänin oder Schwedin. Sie war ausgesprochen attraktiv und reiste augenscheinlich allein.

Nach dem Aufruf zum Boarding trotteten alle Passagiere herdengleich ohne Hektik über die Gangway zum Flugzeug. In der Maschine suchten alle Passagiere zivilisiert ihre Plätze auf; kein Schubsen, kein Warten. Ich stellte hocherfreut fest, dass auch noch reichlich freie Sitze übrig waren. Sollte das bis zum Start auch so bleiben, wollte ich eine freie Dreiersitzbank im hinteren Bereich - nicht zu nah an den Toiletten - okkupieren. Um anschließend dort ungestört mit Hilfe alkoholischer Getränke eine gewisse Bettschwere zu erzielen, die ausreichte, um dann die meiste Zeit des Fluges über schlafen zu können. Stellte man die Armlehnen senkrecht, hatte man eine bequeme Liegefläche zur Verfügung. Dazu drei Kissen und Flugzeugdecken, die man zuweilen auch alle gut gebrauchen konnte. Denn gerade asiatische Fluggesellschaften scheinen durch möglichst niedrige Bordtemperaturen ihre spezielle Auffassung von Luxus vermitteln zu wollen. Was fatal war, wenn man naiverweise nur im Strandoutfit das Flugzeug betreten hatte. Weil einen am Reiseziel warmes Wetter erwartete und man bei der Ankunft sofort passend angezogen sein wollte. An geeignete Kleidung für den Flieger hatte man vor lauter Vorfreude auf Sonne, Strand und Meer nicht gedacht und somit zu Hause gelassen. Das passierte einem aber nur einmal, denn stundenlang frierend im Flieger verbringen zu müssen, erzielte einen gewissen Lerneffekt.

Mit meiner Bordkarte in der Hand erreichte ich meinen Platz. Die beiden daneben waren unbesetzt. Inmitten der Geschäftigkeit der sich einrichtenden

Passagiere entdeckte ich im Gang die schöne Blonde vom Gate wieder. Unmittelbar neben mir stoppte sie und schaute auf die Nummerierung der Sitze. »Sorry«, sagte sie entschuldigend, deutete auf den Fensterplatz und lächelte mich freundlich an. »Oh, yes!« hörte ich mich vielleicht etwas entlarvend erfreut reagieren, erhob mich zügig von meinem Platz und ließ die Hübsche begleitet von einer galanten Geste auf den ihren rutschen. Ich bemühte mich unterdessen, diskret wegzuschauen. Was mir aber nicht gelang. »Wow«, dachte ich nur. Sie war definitiv zu dünn angezogen für einen Interkontinentalflug, stellte ich fest. Falls sich in dieser Konstellation ein nettes Gespräch anbahnen sollte, würde ich mir meinen geplanten Platzwechsel noch durch den Kopf gehen lassen, so viel war sicher. Aber zunächst galt es, möglichst cool zu bleiben und sich bloß nicht zu viel Euphorie anmerken zu lassen. Wir würden gut neun Stunden nebeneinander verbringen; also Zeit satt, um sich ein wenig näher kennenzulernen. Vorausgesetzt, dass hoffentlich niemand mehr den Mittelplatz bezog. Als die Flugzeugtüren endlich geschlossen wurden und das Bordpersonal mit den Sicherheitschecks begann, konnte ich es kaum glauben: Der Sitz zwischen uns war tatsächlich unbesetzt geblieben. Es schien mein Glückstag zu sein. Wir hatten ebenso je zwei Armlehnen für uns zur Verfügung wie den freien Platz zwischen uns als gemeinsame Ablagefläche. Was wollte man mehr. Pünktlich setzte sich die Maschine in Bewegung und rollte auf die Startbahn zu. Die Hübsche sah dabei aus dem Fenster. Um nicht übermäßig viel Zeit verstreichen zu lassen, sagte ich Hallo und meinen Namen. Sie drehte sich zu mir um, reichte mir sanft ihre feingliedrige Hand und sah mir dabei entspannt in die Augen. »Hey, I'm Karin von Copenhagen. Nice to meet you«, erwiderte sie mein Intro. Meine Gedanken überschlugen sich. Ich hatte – mit einer Ausnahme, und diese gehörte zum Personal – noch nie auf einem Flug neben so einer attraktiven und sympathischen Frau gesessen. Und jetzt saßen wir also *allein* in *unserer* Sitzreihe! Ich sah mich um: Die Maschine war vielleicht gerade mal zur Hälfte besetzt. In meinem Blickfeld waren immer noch einige Dreierreihen unbesetzt. Sogar die unmittelbar vor uns. Ich hatte also genug Optionen, eine noch zu entern. Vielleicht ergab sich aber noch ein nettes Gespräch in meiner Reihe. Die Maschine hob ab. Beim Starten und Landen war es nicht ungewöhnlich, dass sich zwei wildfremde Leute ein Fenster zum Rausschauen teilten. Somit hatte ich einen unverfänglichen Grund, mich meiner hübschen Nachbarin zu nähern. Ihr Parfum verbreitete einen fantastischen exotischen Duft.

Da wir Richtung Osten flogen, verkürzte sich die Zeit bis zum Sonnenuntergang. Als es bald zu dämmern begann, wurde die Kabinenbeleuchtung eingeschaltet und das sogenannte »Dinner« vorbereitet. Es sollte die letzte Mahlzeit bis zum Frühstück vor der Landung sein. Das Flugzeugessen bot sich sehr gut als

Gesprächsstoff an, und wir begannen, unverfänglich und humorvoll zu plaudern. Nachdem alle Tabletts wieder abgeräumt waren, wurde die Maschine in den »Nachtmodus« versetzt, was bedeutete, dass die Beleuchtung abgedimmt wurde. Es wurde also gemütlich. Die meisten Passagiere beschäftigten sich nun ausgiebig mit den Monitoren vor ihnen. Wir hatten unsere noch gar nicht eingeschaltet. Karin bevorzugte Rotwein zum Essen ebenso wie ich. Der war zwar kalt, aber recht akzeptabel. Deswegen blieben wir dabei dann auch noch nach dem Dinner – zusammen mit gutem Käse, den ich immer im Handgepäck hatte. Unsere Unterhaltung wurde sukzessive immer lockerer, lustiger und zugleich intensiver. Irgendwann gewannen wir den irritierenden Eindruck, dass etwas Gemeinsames zwischen uns schwebte. Wir wussten nur noch nicht, was. Bald sollte jedoch auch etwas anderes zwischen uns schweben. Aber der Reihe nach: In der unbesetzten Sitzreihe vor uns versuchte ein zirka 150 Kilo schwerer Europäer Platz zu nehmen. Dieser schien es sich nach dem Essen nun bequem zum Schlafen machen zu wollen. Mithilfe einer aufblasbaren Nackenrolle, seinen drei Kissen und Decken. Bei seinem Unterfangen begannen die Sitze mitleiderregend zu quietschen. Irgendwann kam der Koloss aber endlich auf seiner linken Seite zu liegen. Mit dem Gesicht nach vorne und dem Rücken zu uns. Eingehüllt in einen Kokon aus Flugzeugdecken. Nachdem das Geruckel und Gequietsche endlich sein Ende gefunden hatte und wir unsere Becher vor uns auf den Klapptischen nicht mehr festzuhalten brauchten, konnten wir uns wieder entspannt zurücklehnen. Mal sehen, was der Abend noch hergeben sollte, lautete die unausgesprochene Devise. Damit wir uns nicht ständig die Hälse verrenken mussten, hatten wir uns - soweit machbar und vertretbar - einander zugewandt. Karin und ich waren ebenso überrascht wie erfreut, dass sich dieser Flug für uns so angenehm kurzweilig entwickelte. Da wir keine großen Freunde von Small Talk waren, wurde unsere Unterhaltung immer intensiver und persönlicher. Nach einer Weile sollte jedoch etwas ähnlich Intensives unser Gespräch unterbrechen: ein absolut übler Geruch. Eindeutig ein Produkt nicht vegetarischer Verdauung. Wobei der Begriff »Geruch« viel zu euphemistisch für das war, um was es sich tatsächlich handelte: einen widerlichen Gestank.

Wir versuchten diese Tatsache so nonchalant wie möglich zu ignorieren und unterhielten uns einfach weiter. Geruchsbelästigungen kommen schon mal vor in einem Flugzeug. Wenige Sekunden später aber wieder das gleiche; nur in abgeschwächter Form mittels Umluft. Die Lüftungen in Flugzeugen haben ihren Sinn und Zweck. Dass sie aber auch als Umwälzanlage für Flatulenzen dienen, daran hatte wohl keiner der verantwortlichen Entwickler gedacht. An die dadurch verursachten Kollateralschäden demzufolge auch nicht: Wiederholt wurden uns Resultate fettreichen Essens um die Nasen geweht. Wir unterhielten uns weiter, jedoch von nun an weniger entspannt. Keine drei Minuten später das gleiche Prozedere. Das konnte kein Zufall sein, aber auch kein Versehen. Absicht kam aber auch nicht infrage, so viel war klar. Die Wiederaufbereitungsanlage konfrontierte uns erneut damit, was uns wohl exakt aus den Flugzeugdecken zwischen Fenster- und Mittelplatz vor uns stammte. Und es sollte kein Ende nehmen. Seriell, laut- und gnadenlos. Gefühlt periodisch in etwa dreiminütigen Abständen. Was tun? Den Dicken wecken und sagen, er soll verdammt noch mal aufhören, im Schlaf zu furzen? Das Personal rufen? Wir konnten unmöglich weiterhin mit unseren Köpfen in dieser Position verbleiben und wandten uns synchron vom Ort des Geschehens ab. Unser Gespräch versiegte allmählich, um dann endgültig abzusterben. Karin nahm demonstrativ und wortlos ihr Kissen und klemmte es zwischen Fenster und ihrer Nase ein. Ich wollte jetzt aber auch nicht mehr meinen Platz wechseln und sie dadurch allein in dieser fatalen Situation zurücklassen. Ich schloss die Augen. An Schlaf war aber nicht zu denken; dafür war ich zu aufgedreht und konsterniert.

*

Bis er zum Frühstück geweckt wurde, furzte der Dicke durch seine Sitzreihe weiterhin zuverlässig wie ein Uhrwerk. Karin und ich verzichteten auf unser Essen und nach der Landung verabschiedeten wir uns übermüdet, verkatert und kurz angebunden. Wir tauschten weder unsere Adressen noch Telefonnummern aus.

Als sich unser undichter Vordermann aus seiner Sitzreihe herausquetschte, wirkte er ausgeruht und bester Laune. Als er Richtung Ausgang stapfte, drehte er sich kurz um und winkte uns zum Abschied fröhlich zu. Ich hasste ihn.

## Feierabend

Sommer 1992: Es sollte der heißeste Tag seit Jahrzehnten werden. Morgens um 7 Uhr waren es bereits 28 Grad Celsius, und die Rotte Gleisbauarbeiter hatte sich am neuen Bahndamm eingefunden. Die Truppe rekrutierte sich hauptsächlich aus ehemaligen Strafgefangenen. Von cleveren Subunternehmern unmittelbar vor der Haftanstalt angeworben, bedeutete es eine gute Gelegenheit für sie, schnell wieder Geld zu verdienen. Für den Arbeitgeber bestand - abgesehen von der geringen und steuerfreien Entlohnung - der Vorteil dieser Allianz nicht zuletzt darin, dass die Chancen ihrer Belegschaft auf dem freien Arbeitsmarkt äußerst limitiert waren. Dass »Ehemalige« in der Regel zudem auch nicht zartbesaitet waren, ebenso: Man konnte ihnen viel zumuten. Ender bildete eine Ausnahme in der Kolonne: Er brauchte Geld für sein Studium und war durch die Vermittlung eines Bekannten rekrutiert worden. Am letzten Arbeitstag der Woche freuten sich alle auf einen frühen Feierabend und die Heimfahrt. Als sie mit ihren schweren Werkzeugen den gut zehn Meter hohen Damm hinaufstapften, waren bereits zu Schichtbeginn alle außer Atem. Als Ender oben angekommen war, sollte er gleich wieder hinunter; niemand hatte die Steinschneidemaschine hochgetragen. Ender wurden bevorzugt die unangenehmsten Hilfsarbeiten aufgetragen - wollte man doch nur zu gerne sehen, wie belastbar so ein *Student*, wie sie ihn nannten, eigentlich war. Als er den steilen Damm herunterrutschte und sich dabei seine klobigen Arbeitsschuhe mit Kieselsteinen zu füllen begannen, vernahm er das höhnische Gelächter der oben Gebliebenen. Beim erneuten Anstieg versuchte er, sich nichts von der zusätzlichen Anstrengung anmerken zu lassen; erinnerte er sich doch in diesem Moment an einen Kinofilm, der von einem Straflager für Fremdenlegionäre in der nordafrikanischen Wüste handelte. Ein sadistisch veranlagter Lagerkommandant ließ die Inhaftierten einen riesigen Sandhügel aufschütten, um sie danach immer und immer wieder über denselben zu hetzen. Der Hauptdarsteller in diesem Streifen hatte es zum Verdruss seines Peinigers geschafft, keine Schwäche zu zeigen. Die hauptsächliche Aufgabe der Kolonne bestand darin, parallel zu den Gleisen Gräben auszuschachten, um anschließend darin Betontröge für die Kabelführung aneinanderzureihen. Eine Arbeit, die auf der schmalen Trasse nur händisch mit Spitzhacken, Spaten und Presslufthämmern ausgeführt werden konnte. Bei dem aus Schotter bestehenden, verdichtetem Untergrund eine sehr mühsame Angelegenheit. Der Inhalt ihrer Mineralwasserflaschen war bald zu einer warmen, schäumenden Flüssigkeit geworden, die keinerlei Erfrischung bot. In der Hoffnung, sich durch Verdunstungskälte ein wenig Abkühlung zu verschaffen, goss Ender sich seine Ration über das um den Kopf gewickelte Baumwollhemd. Dabei sah er sich kurz um: Zu seiner Linken hatte er einen guten Ausblick in Richtung Stadtzentrum und zu seiner Rechten den auf ein neues Asylantenheim. »Gib Gas, Mann, wir haben hier zu arbeiten – sind schließlich keine von diesen Schwarzfüßen da drüben«, hörte er den Rottenführer in seine Richtung brüllen. Ender rammte kommentarlos seine Spitzhacke wieder in den Schottergrund. Wegen der inzwischen kaum erträglichen Hitze arbeiteten alle nur noch im Zeitlupenmodus. Ein frühes Schichtende war nicht mehr zu erwarten, und die Aussicht auf die mehrstündige Heimfahrt im nicht klimatisierten Transporter mit verschwitzten, trinkenden und pöbelnden Arbeitskollegen ließ nichts Gutes erahnen. Von der eintönigen und schweren Arbeit lenkten sich die anderen in der Regel mit Witzemachen und Sprücheklopfen ab. An diesem Tag wurde aber selbst das Reden als zusätzliche Anstrengung angesehen und somit unterlassen. Gegen Mittag herrschten bereits 40 Grad im Schatten - sie hatten aber keinen. Die Stimmung war ebenso bleiern wie die schwüle Atemluft, es war gefährlich ruhig geworden. Alle arbeiteten schweigend vor sich hin. Die einzige Abwechslung bestand für sie darin, wenn sich Züge näherten. Von in beiden Richtungen postierten Sicherheitsposten wurden sie vor der drohenden Gefahr rechtzeitig gewarnt; auf dieser schnurgeraden Streckenführung erreichten sie meist eine beachtliche Geschwindigkeit. Wenn ein Zug kam, bliesen die *Sipos* dann in ihre archaisch anmutenden Hörner. Das war ihr Job, ansonsten ausdrücklich nichts anderes. »Bei diesen Temperaturen acht Stunden lang in eine Richtung zu starren, ist bestimmt auch anstrengend«, dachte Ender, den aber noch mehr die Frage beschäftigte, ob die Hitze nicht auch die Wachsamkeit der Sicherheitsposten beeinträchtigte. Wenige Monate zuvor hatte er noch großen Respekt vor heranrasenden Zügen gehabt. Befand man sich direkt auf den Gleisen, hörte man nur sehr spät ihr Kommen. Der Zug fuhr seinem Schall voran, und es musste schon ausgesprochen leise sein, um das Sirren der Schienen zu hören. Bei seinen ersten direkten Begegnungen hatte Ender immer einen gehörigen Sicherheitsabstand zwischen sich und die Gleise gebracht. Was immer mit herablassenden Bemerkungen der anderen quittiert wurde. Die manchmal so nah am vorbeirasenden Zug stehen blieben, dass keine Zigarette dazwischen gepasst hätte. Als »coolste« unter den Gleisbauarbeitern galten die Schweißer. Ihnen eilte ein legendärer Ruf voraus: Sie arbeiteten meist in Augenhöhe zu den Schienen und hatten einfach keine Lust, ständig aus ihren Gruben zu steigen, nur weil sich wieder einmal ein Zug näherte. In diesem Falle entwickelten manche von ihnen die riskante Angewohnheit, einfach nur ihren Kopf nach hinten zu bewegen. Für manche von ihnen hatte dies aber als Konsequenz nach sich gezogen, dass ein Trittbrett des Zuges einen Teil seines Gesichtes mit auf die Reise nahm. Die Kolonne arbeitete unbeirrt weiter. Vor dem Asylantenheim spielten Schwarzafrikaner und Araber auf dem nagelneuen Sportplatz Fußball. Inzwischen musste es auch ihnen zu heiß geworden sein für körperliche Betätigung im Freien: Sie hörten auf zu spielen und bezogen die Fensterplätze ihrer Unterkünfte. Von dort aus beobachteten sie die Arbeiter auf dem Damm. Ender hörte die missmutigen Selbstgespräche des Kolonnenführers, der wie gewohnt die schweren Betonwannen allein in Position rückte. Er war von Natur aus mit unglaublich viel Kraft und wenig Hirn ausgestaltet worden - eine klassische Kombination, wie Ender fand. Angetrieben durch die unglückliche Synthese von Kraft und Ungeduld benötigte er pro Arbeitstag zwei bis drei Schaufelstiele, denn ständig brach er welche durch. In ihrer schmuddeligen Pension war es ein sich hartnäckig haltendes Gerücht, dass er sich immer, wenn er zu viel getrunken hatte, im Schlaf einkotete. Duschen gehen sehen hatte ihn bis dahin noch keiner aus der Rotte; darüber offen zu reden traute sich jedoch niemand. Ender arbeitete weiter. Mechanisch, annähernd meditativ. Salziger

Schweiß rann ihm in die Augen. Es gab weder Schatten noch Erfrischung, keine Pause, kein Entrinnen - und der Feierabend war noch lange nicht in Sicht. Er hielt einen Moment inne, um zu verschnaufen. Die flirrende Luft über den Gleisen verlieh der ganzen Szenerie einen unwirklichen Charakter: Bunt gekleidete Frauen aus dem Asylantenheim zündeten am Fuße des Bahndamms einen Autoreifen an. Sie platzierten einen Grillrost und einen großen Topf darüber und hockten sich dann um die Feuerstelle. Dabei unterhielten sie sich lautstark und fröhlich; es wurde viel gelacht. Der brennende Reifen entwickelte eine beachtliche Menge beißenden Qualms. Der Rauch stieg auf und wehte auf die Arbeiter zu: Er brannte in den Augen und schmeckte bitter im Mund. Der Rottenführer, bis dahin mürrisch vor sich hin brummend in seine Arbeit vertieft, richtete sich langsam auf und starrte wie inzwischen alle anderen ungläubig hinunter. Er schien nur kurz zu überlegen, um dann mit dem Spaten, der wie ein Spielzeug in seinen Händen wirkte, wild gestikulierend den Damm hinabzustapfen und sich dabei fluchend den Frauen zu nähern. Eine von ihnen zeigte lauthals lachend in seine Richtung. Daraufhin erhob sich eine andere und ging ihm mit einer nach Zigaretten bettelnden Geste entgegen. Ender wollte etwas Warnendes herunterrufen, aber sein trockener Hals brachte nur ein Krächzen hervor. Gleichzeitig hörte er das Tröten eines Signalhornes.

Begleitet von gutturalem Gebrüll begann der Rottenführer seinen Spaten mit beiden Händen über seinem Kopf kreisen zu lassen. Als er in die unmittelbare Nähe der bettelnden Frau gelangt war – die dieser Situation wohl etwas eher Komisches abzugewinnen schien, was auch von aufmunterndem Gelächter der anderen begleitet wurde – trennte der Hüne mit einem Hieb die ihm entgegengestreckte Hand vom Unterarm. Augenblicklich trat eine unwirkliche Stille ein. Die Frau, zu keinem Laut fähig, betrachtete ungläubig und mit unnatürlich geweiteten Augen ihren Armstumpf, aus dem pulsierend ein Schwall Blutes nach dem anderen entwich, während sich das Blut ihrer abgeschlagenen Hand mit Sand vermengte. Ender vernahm das Sirren der Gleise. Er beschloss, dieses Mal nicht mehr aus dem Gleis zu gehen.

## Ein schlaues Kerlchen

Neulich, im klimatisierten Drogeriemarkt. Ein adipöser, o-beiniger, etwa fünfjähriger Junge im Kinderwagen gab ein genuscheltes »Mir ist kalt!« von sich. Zwei Sekunden später, vermutlich weil niemand unmittelbar darauf reagierte, wesentlich lauter und penetranter: »Mir ist *kaahalt*!« erklang es nun deutlich, von einer betont nöligen Stimme gekonnt intoniert. Ohne aufzublicken, aber wissend, dass seine Mutter ihn hören musste, weil sie ihn ja gerade durch die Gänge schob. Wohl um sich besser Gehör zu verschaffen, hatte er im Vorfeld seinen Schnuller mit der Zunge zur Seite geschoben. Bestimmt auch deshalb, damit er seine Finger nicht von der Spielekonsole loslassen musste, auf der er wie von einem bösen Geist getrieben herum daddelte.

# Ein gebrauchter Tag

Ein arbeits- und mobbingreicher Bürotag neigte sich dem Ende zu. Endlich Feierabend. Ich wollte nur noch nach Hause, und zwar so schnell wie möglich. Meine Ruhe haben, mich einfach nur erholen. Es war bereits dunkel, und bei novemberlichem Nieselregen und böigem Wind machte ich mich auf den Weg zur Bushaltestelle. Am Morgen war ich dort noch wie gewohnt ausgestiegen. Als ich dort ankam, war sie nicht mehr da. Im Laufe des Tages hatten die Aufbauarbeiten für die Herbstkirmes begonnen; deswegen war die Haltestelle aus der Stadtmitte verlegt worden. »Auch das noch«, dachte ich genervt und sah mich frierend um. Die Ersatzhaltestelle musste ich erst einmal finden. Entsprechende Hinweisschilder gab es keine. An der nächsten Straßenkreuzung sah ich einen Schnellbus, der etwa 100 Meter entfernt von mir auf freier Strecke anhielt. Dort musste also die Ersatzhaltestelle sein. Als ich gerade zu einem Sprint ansetzten wollte, wurde der Schnellbus seiner Bezeichnung gerecht und fuhr zügig weiter. »Pech, aber der nächste kommt ja bald - die fahren ja im 10-Minuten-Takt«, tröstete ich mich und setzte meinen Weg - bei inzwischen »überfrierender Nässe«, wie die Meteorologen gerne sagen - fort; mitten durch die Innenstadt, vorbei an Schaustellern, Kiosktrinkern und Drogendealern.

Die Interimshaltestelle bestand nur aus einem provisorisch beschrifteten Verkehrsschild. Da ich es in der morgendlichen Hektik leider versäumt hatte, einen Mantel anzuziehen, musste ich mich irgendwie warmhalten und versuchte es mit schnellem Auf-und-ab-Gehen. Aus 10 Minuten wurden 15 und dann 20, bis dann endlich ein SB 91 um die Ecke bog. Wobei »bog« eine zu euphemistisch klingende Bezeichnung für das rasante Schlingern des Gelenkbusses war. Entgegen meiner Erwartung verringerte dieser aber nicht seine Geschwindigkeit, sondern raste direkt an mir vorbei. Um etwa 30 Metern hinter der Haltestelle abrupt zum Stehen zu kommen. Vermutlich hatte der Fahrer die aktuelle Behelfshaltestelle nicht auf dem Schirm gehabt. So gut wie auf dem glitschigen Untergrund machbar, hetzte ich hinterher; nicht auszudenken, wenn er ohne mich weitergefahren wäre. Als ich am hell erleuchteten Bus entlang rannte, bemerkte ich aus dem Augenwinkel, dass niemand drinsaß. Der Fahrer öffnete die Vordertür; irgendwie konnte ich mich des Eindrucks nicht erwehren, dass ich ihn störte. Er hatte hochrote, hektische Flecken im Gesicht, war unfreundlich wie seine berüchtigten Kollegen von den Berliner Verkehrsbetrieben, und er erwiderte ebenfalls die Tageszeit nicht. Dafür fuhr er wie ein Irrer. »Gut so«, dachte ich, »umso schneller bin ich endlich wieder zu Hause.« Die Schnellbustrasse – auf dem Hinweg noch problemlos befahrbar – war jedoch an im Laufe des Tages an der Auffahrt in Gegenrichtung gesperrt worden; sie musste wegen Bauarbeiten weiträumig umfahren werden. Was einen großen Umweg durch dichten Verkehr, Ampeln, 30er-Zonen und Zebrastreifen bedeutete. Als wir schließlich den Hauptbahnhof erreichten, begann sich meine Blase signifikant unangenehm bemerkbar zu machen. Nasse Kälte bedeutete für mich immer diesbezüglich einen Katalysator. Mit dem Gedanken »Nur noch zwei Haltestellen, die halte ich auch noch durch« versuchte ich mich aufzubauen. Nach dem Stopp am Hauptbahnhof bog der Bus aber nicht wie gewohnt links, sondern rechts ab. Ich ging zum Fahrer, um ihn zu fragen, warum und wohin die Reise überhaupt ging. »Neeeh, da ist ja noch einer!« entfuhr es ihm. Er hatte mich inzwischen wohl komplett vergessen. »Fahren Sie nicht Richtung Einkaufszentrum …?« wollte ich irritiert und zugleich beunruhigt wissen. »Heute nicht!« brüllte er mich an. »Und woher soll man das denn wissen?« hakte ich nach. »Hab ich das etwa nicht laut genug durchgesagt, oder was?!« – »Wenn ich das gehört hätte, würde ich dann überhaupt fragen, oder was?!« brüllte ich zurück, während ich krampfhaft versuchte, mich bei der furiosen Fahrt an einer Haltestange festzuklammern. Während wir weiter durch den Schneeregen rasten, trat ich, immer unruhiger werdend, von einem Bein auf das andere. In den Kurven scherte der hintere Teil des Gelenkbusses unheilvoll aus; als ich seinerzeit in Australien mit Haien getaucht hatte, war mir weniger mulmig zumute gewesen. »Lassen Sie mich raus!« forderte ich den Fahrer auf. »Und zwar sofort!« schob ich hinterher. »Geht hier nicht«, kam es lapidar zurück. »Dann an der nächsten Ecke. Ich will aussteigen!« Unbeirrt bretterte der Busfahrer weiter. Um schlussendlich an der Rückseite des Hauptbahnhofs anzuhalten. An einer »Pausenhaltestelle«, wie ich las. Darüber hinaus ebenso Endstation für den SB 91 an diesem Tag. Die restliche Strecke nach Hause sollte sich demzufolge als einen etwa drei Kilometer langen Fußweg für mich gestalten. Durch immer dichter werdenden Schneeregen und mit randvoller Blase. Dafür ohne Mantel oder Schirm, denn normalerweise hielt der Bus unmittelbar vor meiner Haustür. Während ich ausstieg, bemerkte ich noch, wie der Busfahrer eine Tupperdose aus einer schäbigen Aktentasche hervorkramte und dabei laut aufseufzte. Er hatte bestimmt einen harten Tag gehabt.

## Ein Fall für Sherlock Holmes

Vermutlich ist es schon allen von uns passiert, dass man sein Handy verlegt hat und nach einer mehr oder weniger aufwendigen Suche in der Regel auch wiederfand. Falls nicht, war es wahrscheinlich gestohlen worden. Was aber, wenn es weder verlegt wurde noch sich jemand in der Nähe befunden hatte, der es hätte stehlen können, und es trotzdem nicht mehr da war, wo man es abgelegt hatte? Das kann großes Kopfzerbrechen bereiten. Wenn nicht gar an seinem Verstand zweifeln lassen.

Langkawi, Malaysia. Nach einem exzellenten Brunch am Strand wollte ich die Toilette neben dem Restaurant aufsuchen. Ich nahm mein Handy vom Tisch und ging barfuß durch den Sand zu dem mit Muscheln verzierten Natursteinhäuschen herüber. Die Tür quietschte wie gewöhnlich und drinnen war es wie immer blitzsauber. Nach dem Eintreten lief man direkt auf ein Waschbecken zu. Darüber war eine kleine Porzellanablage angebracht. Ich legte mein Handy darauf ab; als Erstes wollte ich mir ein paar Marmeladenkleckse von den Händen waschen. Rechts neben dem Waschbecken ging es in den eigentlichen Toilettenbereich. Obwohl der Begriff Bereich zu euphemistisch gewählt ist: Wir reden hier von etwa fünf Quadratmetern. An der linken Seite hing ein Urinal an der Wand, gegenüber befand sich die Toilette. Diese wollte ich auch noch aufsuchen. Da ich nur Badeshorts anhatte und nicht wusste, wohin mit meinem Handy, ließ ich es auf der Ablage zurück. Ich betrat die kleine Kabine, verschloss die Tür und tat, was getan werden musste. Da niemand währenddessen das Toilettenhäuschen betrat, hatte ich meine Ruhe. Im Anschluss ging ich zurück zum Waschbecken. Sofort fiel mir auf, dass mein Handy nicht mehr da war, wo ich es hingelegt hatte. Es war weg. Ich wusch mir mechanisch die Hände und überlegte, wo es geblieben sein konnte. Da gab es aber nicht viel zu überlegen: Ich hatte es definitiv absichtlich auf der Ablage über dem Waschbecken liegen lassen. Und bin danach etwa drei Meter Luftlinie entfernt auf die Toilette gegangen. Ebenso definitiv war niemand unmittelbar vor mir anwesend gewesen – man hätte sich zwangsläufig aneinander vorbeiquetschen müssen. Und genauso sicher hatte niemand in der Zwischenzeit das Toilettenhäuschen betreten – die quietschende Eingangstür war nicht zu überhören. Hätte es jemand tatsächlich geschafft, die Tür geräuschlos zu öffnen, so hätte er anschließend zum Waschbecken schleichen, mein Handy nehmen und genauso lautlos das Häuschen wieder verlassen müssen. Ohne das Waschbecken oder Urinal benutzt zu haben, was niemals geräuschlos von statten ging. In der Toilette war es so still gewesen, dass ich sogar das sanfte Plätschern der Wellen vernahm. Fakt war: Ich war zum fraglichen Zeitpunkt allein gewesen, und mein Handy war nun verschwunden. Es befand sich weder auf der Ablage noch im Waschbecken noch auf dem weiß gefliesten Fußboden. Um mich aber zu vergewissern, suchte ich noch jede einzelne Bodenfliese ab. Eigentlich völlig unnötig, denn wegen der Gitterziegel war der Bereich von Sonnenlicht durchflutet und leicht überschaubar. Was nun? Ein Fall für Sherlock Holmes.

Wenn ich mir sicher war, dass ich mich allein in der Toilette aufgehalten hatte, konnte ich schlecht zur Rezeption gehen und den Diebstahl meines Handys melden. Man hätte mir geglaubt, und ich hätte damit automatisch das liebenswerte Personal in Verruf gebracht. Genauso wenig konnte ich meinen Freunden am Frühstückstisch die Geschichte vom Handy, das sich in Luft aufgelöst hatte, erzählen. Denn dort hätte man mir nicht geglaubt. Mich bestenfalls belächelt und mir empfohlen, zukünftig weniger Alkohol an der Hotelbar zu konsumieren. Kopfschüttelnd und vollkommen ratlos ging ich wieder zurück. Da ich weiter vor mich hin grübelte, musste ich mir zwangsläufig dumme Sprüche anhören. Ob ich denn eine Erscheinung oder Erleuchtung auf der Toilette gehabt hätte. Oder gar Besuch. Es half also nichts: Um mich nicht weiteren wilden Spekulationen und hämischen Kommentaren auszusetzen, erzählte ich also das, was passiert war. Und entkräftete schnell aufkommende Spekulationen über den Verbleib meines Handys. Die einzig logische Erklärung schien für alle zu sein, dass, wenn ich tatsächlich allein im Toilettenhäuschen gewesen war, ich dieses einfach nicht genau genug abgesucht hatte. Da jeder von ihnen aber nachempfinden konnte, wie unwohl man sich fühlte, wenn man 9000 Kilometer entfernt von zu Hause plötzlich ohne Handy dastand, beschlossen sie, mir zu helfen und ebenfalls danach zu suchen. Der erste machte sich auf den Weg und kam eine Weile später achselzuckend wieder zurück. Desgleichen die beiden anderen kurz darauf. In der Zwischenzeit hatte niemand außer ihnen das Häuschen aufgesucht; ich hatte es die ganze Zeit über im Auge behalten. Um mich von der Grübelei und der zunehmenden schlechten Laune abzulenken, läuteten sie eine Runde Skat ein. Was mich tatsächlich auch erfolgreich auf andere Gedanken brachte. Jedenfalls bis ich nach ein paar Bierrunden wieder das Toilettenhäuschen aufsuchen musste. Von meinem Handy nach wie vor keine Spur. Nach ein paar weiteren Skatrunden hatte ich meine Misere beinahe vergessen, als sich Kellner Arshad aus dem Restaurant dezent unserem Tisch näherte und mich leise ansprach: »Excuse me – is this your mobile phone?« und mir dabei mein Handy entgegenstreckte. Es hatte eine auffällige Farbe und das Personal war absolut aufmerksam. Ich konnte es nicht fassen. Ich fragte Arshad, wo er es gefunden hatte. »In the toilet house.« Ich sprang erfreut auf, bedankte mich und bat ihn mir dort zu zeigen, wo genau. Ich betrat das Toilettenhäuschen, Arshad folgte mir verschämt. Er deutete auf einen kleinen Plastikmülleimer mit Schwingdeckel in der Ecke neben dem Waschbecken. Ich blickte ungläubig zu Arshad, der leise kichernd nickte. Da hatte ich nicht reingeschaut. Warum auch? Ich erklärte Arshad, dass ich mein Handy nicht im Mülleimer, sondern mit absoluter Sicherheit auf der Ablage über dem Waschbecken abgelegt hatte. Arshad dachte bestimmt, dass ich beim Kartenspielen vermutlich zu viel Bier getrunken hatte. Verlegen entfernte er sich wieder leise und ließ mich ratlos vor dem Waschbecken zurück. Ich wollte das Rätsel endlich lösen. Reflexhaft schaltete ich das Handy ein. Das Display signalisierte einen entgangenen Anruf; weil es auf stumm geschaltet war, hatte ich keinen Klingelton gehört.

Durch den Vibrationsalarm muss das Handy Stück für Stück an den Rand der Ablage gerutscht sein, von da aus auf den Rand des Waschbeckens gefallen und von da wiederum durch den Schwenkdeckel des Mülleimers. Wahrscheinlich exakt zu dem Zeitpunkt, als ich die Toilettenspülung betätigt hatte. Ansonsten hätte ich die letzte Etappe meines Handys gewiss gehört. Eine andere Erklärung gab es nicht. Erleichtert und froh ging ich wieder hinaus. Aber auch ein wenig beschämt. Sherlock Holmes hätte den Fall bestimmt allein gelöst.

# Die Zwickmühle

Die Telefonzelle schien ein wenig zu schwanken. Aber das war wohl eher ich. Denn ich hatte den ganzen Tag auf einem kleinen Segelboot verbracht. Ich wollte danach wie versprochen meine Freundin kontaktieren. Sie freute sich über meinen Anruf und erzählte mir umgehend, dass sie am Morgen erneut ihren Endokrinologen konsultiert hatte. Beim letzten Besuch wurde ihr Blut abgenommen, und der Arzt wollte das Laborergebnis besprechen. Dabei kam heraus, dass sie eine hormonelle Disposition hatte, die bewirkte, dass Ovulationshemmer bei ihr wirkungslos waren. Auf die Frage hin, wie sie denn verhütete, antwortete sie mit der Pille. Woraufhin er lapidar meinte, sie hätte diese auch getrost weglassen können. Und dass sie - oder genauer gesagt wir - in diesem Fall zu beglückwünschen waren, dass es nicht zu einer ungewollten Schwangerschaft gekommen war. Nach dem Telefonat gab ich dem Rest der Crew erst einmal eine Runde Genever aus und überlegte mir, was ich nach meiner Rückkehr in dieser Angelegenheit unternehmen wollte.

Die Durchtrennung von Samenleitern erschien mir als probates Mittel für unsere weitere Beziehung. Meine Freundin hatte bereits ein Kind aus früherer Ehe und wollte kein weiteres mehr. Vasektomie - eine Entscheidung, die man sich im Vorfeld gründlich überlegen sollte. Erst recht mit 30 Jahren, ohne zuvor leibliche Kinder produziert zu haben. Seriöse Urologen fühlen einem richtig auf den Zahn, um die Ernsthaftigkeit des Entschlusses auszuloten. Natürlich auch, um eventuellen Klagen vorzubeugen. Nach gelungener Überzeugungsarbeit bekam ich einen zeitnahen Termin für einen ambulanten Eingriff. Die Arztpraxis befand sich nicht weit von unserer Wohnung entfernt. Eigentlich fußläufig, aber in diesem Fall nur für den Hinweg. Denn nach dem Eingriff sollte ich mich möglichst nicht unnötig bewegen, sondern mich umgehend ins Bett begeben, ausruhen und schonen. Bis die Schmerzen und auch die kunterbunten Hämatome zurückgegangen waren. Autofahren sollte man tunlichst unterlassen. Da der Weg zur Praxis aber nur etwa einen Kilometer betrug, wollte ich vorzugsweise auf ein enttäuschtes Taxifahrergesicht verzichten und selbst fahren. Die lokale Betäubung würde dann bestimmt noch wirksam sein. Auf einem gynäkologischen Stuhl Platz zu nehmen, war für mich eine neue, ein stückweit auch entwürdigend anmutende Prozedur. Anfang der 1990er-Jahre hatten Injektionsnadeln noch den Charakter von C-Rohren der Feuerwehr; insofern bedeutete die Verabreichung dieser Spritzen direkt in die Hoden die vorerst eigentlichen Schmerzen. Die man niemanden gönnen möchte, wenn man kein ausgemachter Sadist war. Das anschließende Durchtrennen der Samenleiter war dann jedoch nicht zu spüren, was ich sehr begrüßte. Nach dem Eingriff wurde mir noch eine Menge Mull in die Unterhose gestopft, und ich konnte die Praxis wieder verlassen. Apropos Mull: Mental war es ein – der Kalauer sei mir verziehen –

mulmiges Gefühl, zukünftig nicht mehr als »richtiger Mann« durchs Leben zu gehen. Genauer gesagt, erst einmal zu wanken, denn: Was das Gehen anging, so funktionierte dies nur breitbeinig, im Stil eines gealterten, nicht mehr ganz nüchternen Seemanns. Das ging zwar nur sehr langsam vor sich, aber dafür erfreulich schmerzfrei. Ich kletterte ebenso vorsichtig wie umständlich auf den Fahrersitz meines Autos, freute mich über das sonnige Wetter sowie über die Tatsache, endlich alles Unangenehme hinter mich gebracht zu haben. Und auf ein entspannendes, langes Liegen im Bett auf der brandneuen Matratze mit der Fernbedienung in der Hand. So der weitere Plan. Als ich nach etwa zweiminütiger Fahrt in unsere Straße abbog und schon von Weitem erfreut einen freien Parkplatz direkt vor dem Haus erblickte, sah ich leider aber auch gleichzeitig eine Polizeikelle, die plötzlich aus einem Fahrzeugfenster heraus geschwenkt wurde und lässig in meine Richtung gewedelt wurde. Ich war also gemeint. »Was soll das denn jetzt nur?!« dachte ich kopfschüttelnd und zugleich realisierend, dass ich keinerlei Ausweispapiere bei mir hatte. Mir schwante nichts Gutes und demzufolge unwillig hielt ich hinter dem zivilen Polizeiwagen an. Ebenso lustlos kurbelte ich die Seitenscheibe herunter. Bald erschien ein Uniformierter davor, der nur ein lapidares »Führerschein, Fahrzeugschein!« von sich gab. Ohne die Tageszeit zu sagen oder seiner Aufforderung ein freundliches »Bitte« hinzuzufügen. Aber das war ich ja gewohnt. Mit meinem von Hand mattschwarz gestrichenen 1974er Toyota Corolla – Spitzname *Die schwarze Galeere* - schloss ich bei Polizeikontrollen keine großen Freundschaften. Lange Haare waren vermutlich auch nicht gerade hilfreich dabei. Ich gestand dem Beamten, dass ich gerade vom Arzt kam und zuvor nicht daran gedacht hatte, meine Papiere einzustecken. Gerne sollte man aber die Fahrzeugkennzeichen und meine Angaben zur Person abgleichen; gelegentlich war ich der irrigen Ansicht, dass es von Vorteil war, einen Polizeibeamten als Vater zu haben und sich dessen Terminologie zu bedienen. »Wo wohnen Sie«? lautete die erste Frage. »Direkt hier vorne in dem Hochhaus« erwiderte ich und deutete in die Richtung. »Dann können Sie ja jetzt ihre Papiere holen, nicht wahr?!« »Eigentlich schon. Das kann nur leider etwas dauern. Ich kann momentan nicht so schnell gehen.« »Wieso nicht?« »Weil ich wie gesagt gerade vom Arzt komme. Und einen Eingriff hatte.« Was für einen hätte ich ihm selbst unter Folter nicht verraten. »Soso. Können wir Ihnen das denn glauben oder sollen wir Sie nicht besser begleiten?« »Besser nicht. Es müssen nicht alle neugierigen Nachbarn sehen, dass ich mittags von der Polizei nach Hause eskortiert werde. Macht keinen so guten Eindruck, nicht wahr?!« konnte ich mir nicht verkneifen, hinzuzufügen. Nach einem kurzen Seitenblick auf seinen zustimmend nickenden Kollegen durfte ich dann aussteigen. Dabei musste ich zeitnah realisierten, dass die Betäubung deutlich nachgelassen hatte. Ich schälte mich greisenhaft aus der Galeere und stakste, ein Bein langsam vor das andere setzend, in Richtung Vortreppe. Dort – ich spürte förmlich die argwöhnischen Blicke der Polizisten im Nacken – zog ich mich Stufe um Stufe hinauf am Metallgeländer entlang. Oben angekommen freute ich mich schon auf den Aufzug, der mich in den 5. Stock bringen sollte.

Als ich im Erdgeschoss im Stil eines Kapitän Ahab auf den Aufzug zu humpelte, erblickte ich nur einen offenen Aufzugschacht. Der Aufzug befand sich zu diesem Zeitpunkt offenbar im Keller. Zusammen mit einem Mechaniker, wie mir das blau schimmernde Schweißlicht signalisierte. Selten zuvor war ich so konsterniert gewesen als in diesem Moment. Wie sollte ich denn jetzt nur die fünf Etagen hochkommen? Und dann wieder herunter? Eigentlich nicht zu schaffen. Aber falls doch: Wie viel Zeit würde ich dazu benötigen? Sollte ich vielleicht besser - bevor die Ordnungshüter die Verfolgung aufnehmen würden - zu ihnen zurückhumpeln und ihnen mitteilen, dass gerade der Aufzug repariert wurde? Was hätte das zur Folge gehabt außer einem zusätzlichen Fußweg und misstrauischen Polizisten? Dann hätten sie mich vermutlich eskortiert. Wir hätten zusammen die Treppen nach oben gehen müssen: Ich unter Schmerzen im Zeitlupentempo und sie wohlmöglich federnden Schrittes mit dem einen oder anderen Spruch auf den Lippen. Das wollte ich nicht. Also galt es, so schnell wie nur irgend möglich nach oben zu gelangen. Brauchte ich zu lange, würde die Staatsgewalt voller Argwohn die Geduld verlieren und ins Haus stürmen, um nach mir zu suchen. Das wollte ich vermeiden. Also musste ich mich beeilen. Was mir aber leider nicht gelang, denn mit jedem Schritt wurden meine Schmerzen größer. Ich biss die Zähne zusammen und bald lief mir der Schweiß - ich schwitze sonst eher kaum - die Stirn herunter. Dabei war ich noch nicht einmal im ersten Stockwerk angelangt. Jeder Schritt signalisierte mir, dringend besser eine Pause einzulegen. Aber gleichzeitig auch, mich zu sputen. Eine klassische Zwickmühle. Irgendwann hatte ich es tatsächlich bis zur Wohnungstür geschafft. Schweißüberströmt und vollkommen außer Atem kramte ich meine Papiere aus der Schreibtischschublade hervor. Mir war schwindelig, mein Herz raste und der Kreislauf spielte verrückt. Ich sah nur noch verschwommen und hätte mich so gerne einfach nur ins Bett fallen lassen, nichts anderes lieber in diesem Moment. Aber ich musste wieder zurück nach unten. Fünf Etagen. Plus die 15 Stufen Vortreppe. Dann noch 50 Meter weiter, wo die Polizei auf mich wartete. Danach wieder zurück nach oben. Mit der Binsenweisheit »Bergab geht es immer leichter als bergauf«, versuchte ich mich leidlich zu motovieren. In meiner Verfassung jedoch sollte aber auch jeder Schritt bergab eine schmerzhafte Erfahrung bedeuten; wie in Trance erreichte ich wieder das Erdgeschoss. Immer noch drangen Schweißlicht und -geräusche aus dem Fahrstuhlschacht. Auf der Vortreppe sah ich, wie die zwei Beamten in meine Richtung stürmten; ihre Geduld schien offensichtlich ein Ende gefunden zu haben. Von Weitem wedelte ich ihnen präventiv mit meinen Papieren besänftigend zu. Daraufhin stoppten sie abrupt ihren Sturmlauf und schlenderten mir dann betont lässig und souverän wirken wollend entgegen. Vermutlich wegen meines schweißgebadeten Anblicks – laut Lehrbuch immer auch ein Indiz für ein schlechtes Gewissen – starrten sie mich äußerst misstrauisch an. Ich zeigte ihnen das Gewünschte, sie warfen einen kurzen Blick darauf und gaben mir die Papiere zurück. »Einen schönen Tag noch!« nahm ich kaum noch wahr, als ich wieder zurück humpelte. Dieses Mal konnte ich mir Zeit lassen. Einerseits. Andererseits wollte ich in meinem Zustand aber auch keinen Nachbarn über den Weg laufen. Die mich vermutlich sofort als betrunken eingestuft hätten – *und das am hellichten Tag*! Also doch besser beeilen. Gott sei Dank begegnete ich niemanden im Treppenhaus, vermutetet aber auf jeder Etage bohrende Blicke durch Türspione. Vielleicht wurde ich paranoid, aber ausgeschlossen war das nicht.

Ich weiß nicht mehr, wie lange es dauerte, aber irgendwann hatte ich es tatsächlich wieder nach oben schaffte. Das ersehnte Bett endlich zum Drauffallen nah. Aber ich wollte noch kurz auf den Balkon, um an der frischen Luft meinen Schweiß trocknen zu lassen. Duschen und Baden sollte ich vorerst tunlichst vermeiden, das hatte mir der Urologe noch ausdrücklich mit auf den Weg gegeben. Ich beugte mich über das Geländer und schaute nach unten auf die Straße. In diesem Moment kam ein Mann im blauen Overall mit einem großen Werkzeugkasten aus dem Haus. Der Aufzug war jetzt wohl wieder in Betrieb.

# Die Schnapsidee

Alfons war eine gutaussehende Frohnatur, hatte ein gewinnendes Lächeln und ein ausgeprägtes Hobby: Er trank gerne Bier. Sehr gerne. Alfons hatte den Fahrersitz seines Renault 4 ausgebaut und diesen gegen einen - zumeist gut gefüllten - Bierkasten ausgetauscht. Auf dem Wagenboden montiert, Flaschenhälse nach vorne in Fahrtrichtung. Für ständigen Nachschub war also unterwegs gesorgt und so ersparte er sich auch lästige Stopps an Trinkhallen oder Tankstellen. Alfons pflegte einen rasanten Fahrstil: Wenn in engen Kurven seine profillosen Reifen mitleiderregend zu jaulen begannen, hielt Alfons sich mit der linken Hand am Lenkrad und mit der rechten an der Gangschaltung fest. Während ich mich an den Haltegriff über der Beifahrertür klammerte. »Freie Fahrt für freie Bürger«, so Alfons' Lieblingsmotto.

Als eines Tages meine Waschmaschine ihren Geist aufgegeben hatte und dies während einer weiteren rasanten Fahrt zur Sprache kam, sagte Alfons - der notorisch pleite war - dass er da wohl eine für mich hätte. Für 50 D-Mark. Die würde bei ihm zu Hause in der Waschküche stehen und könnte sofort abgeholt werden. Ohne meine Antwort abzuwarten, wendete er bereits und fuhr heimwärts. An der ersten roten Ampel angehalten, fingerte er eine Bierflasche aus seinem Sitz hervor, öffnete diese mit einem gekonnten Schlag auf den Kastenrand zwischen seinen Beinen und reichte sie mir mit einem breiten Grinsen herüber. Ich nahm diese dankend an, während er umgehend eine Weitere hervorzog, mit den Zähnen entkorkte, kurz mit mir anstieß, um sich dann einen tiefen Zug daraus zu gönnen. Alles während einer kurzen Rotphase. Ich wollte von Alfons gerne wissen, wie er denn bei einer etwaigen Polizeikontrolle den Bierkasten unter sich erklären wollte, aber er lachte nur lauthals kopfschüttelnd und fuhr mit quietschenden Reifen wieder an.

Bei ihm zu Hause angekommen - Alfons wohnte noch bei seiner Mutter - gingen wir direkt hinunter in den Waschkeller. Ich wunderte mich, dass Alfons einen Schraubenzieher und eine Pumpenzange aus einer Werkzeugkiste hervorkramte und begann, die Waschmaschinenschläuche von ihren Anschlüssen abzuschrauben. Dabei floss Wasser aus, was auf dem Betonboden einer Waschküche ja aber kein Drama bedeutete. Danach fixierte er die Schläuche mit Klebeband und wir trugen die in die Jahre gekommene Maschine - die noch einen Betonsockel hatte, damit sie während der Schleuderphase nicht fortwanderte - die Kellertreppe hoch und hievten sie durch die Heckklappe auf die umgeklappte Rücksitzbank des R4. Und weiter ging die wilde Fahrt: Dieses Mal war meine Wohnung das Ziel. Aber, noch bevor Alfons den ersten Gang eingelegt hatte, wiederholte sich das Prozedere mit den Bierflaschen. »Wer hart arbeitet, darf sich auch mal einen Schluck gönnen, nicht wahr?!«, fragte er rhetorisch, lachte wieder ansteckend und brauste los.

Meine Waschmaschine hatte ich in der kleinen Küche meiner Dachwohnung angeschlossen. Aus dem einfachen Grund, weil ich keine Lust hatte, meine Wäsche von oben nach unten und umgekehrt zu tragen; ich war kein großer Freund unnötigen Aufwands. Als wir bei mir zu Hause ankamen, bedeutete es einen enormen Akt, das schwere Gerät in die dritte Etage zu tragen. Als wir es dann schlussendlich schweißgebadet geschafft hatten und Alfons die Maschine umgehend anschloss - ich sollte in der Zwischenzeit noch eine Runde Bier für uns holen - machten wir danach einen Probelauf. Alles funktionierte bestens, worauf wir uns zur Belohnung noch ein weiteres Bierchen gönnten und uns in Siegerlaune zuprosteten. Weil wir nicht den kompletten Waschgang abwarten, sondern gleich weiter noch zu Longos *Basislager* wollten, drehte ich den Automatikknopf auf die Nullposition. Leider in die falsche Richtung. Was das sofortige Aus für diesen Typ bedeutete. Das wurde mir aber erst am nächsten Tag klar; kurz bevor Alfons anrief. Etwas kleinlaut fragte er mich, ob er denn die Waschmaschine wiederhaben konnte. Seine Mutter habe waschen wollen und ihre war ja weg. Sie hatte sich fürchterlich aufgeregt und Alfons sollte sie umgehend wiederbringen. Wir hatten also einfach ihre Waschmaschine geklaut. Was auch kein gutes Licht auf mich warf. Mir fiel kein passender Kommentar dazu ein. Ich erklärte Alfons, dass die Maschine wohl kaputt gegangen war, nachdem ich an dem Knopf gedreht hatte. »In welche

Richtung...?«, wollte er wissen. »Nach links.« - »Dann ist die im Arsch«, war Alfons' lapidarer Kommentar. »Und jetzt?«, fragte ich. »Ich melde mich!«, sagte Alfons nur und legte auf. Danach verfügte ich über zwei defekte Waschmaschinen und Alfons' Mutter über keine mehr. Alfons ist kurz darauf von zu Hause ausgezogen, sollte ich später in Longos *Basislager* erfahren. Von meinen 50 D-Mark hatte er sicherlich noch mehrmals seinen Fahrersitz betankt.

# Die Einschulung

Meine Einschulung sollte sich als äußerst unangenehm und peinlich herauskristallisieren. Dazu zählte der alte Brauch, eine Schultüte mitbringen zu müssen. Um diese zuvor von der Mutter mit albernen Glanzbildern beklebte und mit Süßigkeiten großzügig gefüllte mit seinen zukünftigen Mitschülern zu teilen und gemeinsam zu naschen. Was damals nur am ersten Schultag erlaubt war. Danach war Schluss mit Naschen im Klassenzimmer. Mit Lustig sowieso. Bei mir war das jedoch schon am ersten Tag so weit: Um Geld zu sparen, wurde meine Schultüte großzügig mit Seidenpapier vollgestopft. Dadurch wurde im Vorfeld die Menge an benötigten Süßigkeiten effektiv limitiert; mit zwei Tütchen Gummibärchen und einer Billigschokolade war sie dann bereits randvoll gefüllt. Aber erst auf dem Weg zur Schule, wo ich beim Einkauf zugegen sein durfte - was eine etwaige spätere Überraschung sogleich im Keim erstickte. Im Klassenzimmer beschloss ich, den äußerst übersichtlichen Inhalt meiner Mogelpackung nicht auch noch mit unbekannten anderen Kindern zu teilen. Dafür wollte ich im Gegenzug aber auch von niemanden etwas abhaben. Was mich gleich am ersten Schultag zum Außenseiter abstempelte. Die Aussicht, die nächsten vier Jahre lang in einer katholischen Grundschule vor Unterrichtsbeginn gemeinsame Gebete aufsagen zu müssen, ließ keine gute Laune bei mir aufkommen. Dass wir uns zuvor in einem mehr oder weniger synchronen Singsang einander einen guten Morgen zu wünschen hatten, auch nicht. Was sich auch im Anschluss beim Fotografen unter Beweis stellen sollte: Das Konvolut meiner sinistren Gedanken kreierte einen dementsprechenden Gesichtsausdruck. Was den Fotografen, der ein Schwarz-Weiß-Foto von mir mit meiner Schultüte machen sollte, vor eine große Herausforderung stellte. Zahlreiche Versuche, mit Stofftieren - ich war fast Sieben, also was sollte das eigentlich?! - meine Miene zu erhellen, waren von vorneherein zum Scheitern verurteilt. Im Anschluss sollte ich auf Kommando ein *nettes Gesicht* machen: »Lach doch mal!« forderte der Fotograf mich unfreundlich auf; während er unterdessen freundlich mit meiner Mutter schäkerte. Das brachte ihn aber in Sachen Foto auch nicht weiter: »Ich habe nichts zu lachen«, bekam er daraufhin von mir zu hören.

Entgeistert sah er zuerst mich, und danach meine Mutter hilflos an; während eine peinliche Stille entstand. Mich mittels vermeintlich altersgerechten Spielzeugs anschließend erheitern zu wollen, blieb gleichermaßen erfolglos. Erschwerend hinzu kam die Tatsache, dass ich zu diesem historischen Anlass knielange Hosen aus kratziger Wolle nebst weißen Kniestrümpfen tragen musste. Alle weiteren Bemühungen, mir auch nur ein gequältes Lächeln abzuringen, kristallisierten sich als vergeblich heraus. Der Fotograf verlor irgendwann die Geduld und drückte auf den Auslöser. Dem Vernehmen nach sollen sich viele auf den Tag ihrer Einschulung gefreut haben. Für mich bedeutete dieser jedoch, Abschied von einer angenehmen Epoche nehmen zu müssen. In der ich nachmittags, wenn ich aus dem Kindergarten nach Hause gelaufen war, einfach weiterspielen konnte. Nun sollte dies aber der Vergangenheit angehören: morgens eine halbe Stunde zur Schule laufen, mittags eine halbe Stunde wieder zurück. Danach Schulaufgaben. Wie beispielsweise Schönschreiben mit Füllfederhalter. Das wurde seinerzeit nicht nur seitens der Kultusministerien als unerlässliches Schulfach angesehen. Für einen Linkshänder wie mich ein äußerst frustrierendes und auch zeitaufwendiges Unterfangen: Ständig verschmierte mein Handballen das frisch Geschriebene und ich konnte noch einmal von vorne beginnen. Alternativ pausierte ich alle zwei Wörter, um die Tinte trocknen zu lassen. Schreibpapier war teuer und Tintenkiller noch nicht erfunden, was meinen Leistungsdruck immens erhöhte. Nach den Schularbeiten wurde es bald auch schon Abend. Da ich *vor dem Dunkelwerden* wieder zu Hause sein musste, bedeutete das in den Wintermonaten also in der Regel vor 17 Uhr. Demzufolge konnte nach dem Erledigen der Hausaufgaben ein Aufenthalt im Freien – um beispielsweise Fußball zu spielen – nicht mehr stattfinden. Im Umkehrschluss, im Sommer erst gegen 21 Uhr nach Hause kommen zu müssen war mit dieser Maßgabe aber nicht gemeint. Was einer gewissen Logik entbehrte, wie ich fand. Diese Sicht der Dinge behielt man in meinem damaligen Alter jedoch vorsichtshalber für sich. Aber ich schweife ab. Wie dem auch sei, das Ergebnis des Fotoshootings war eines der wenigen Kinderfotos von mir. Kein süßes, aber: Heutzutage zaubert mir der Anblick sofort ein Lächeln ins Gesicht.

# Der Tag des Ganesha

Als ich auf der Holzveranda erwachte, hatte ich das Gefühl, dass außer der Tatsache, dass es inzwischen hell geworden war, sich nichts geändert hatte: Marisol und Cees saßen drinnen, rauchten und unterhielten sich leise. Die Sonne stand bereits hoch am stark bewölkten Himmel - es musste bald Mittag sein. Ich winkte den beiden zu. Marisol kam zu mir mit einem Glas frischer Kokosmilch. Ich bedankte mich. »Wann fahren wir heute nach Mapusa?« wollte ich wissen. »Wenn es aufgehört hat zu regnen«, antwortete Cees. Ich blickte hinaus in den verwilderten Garten. »Es regnet doch gar nicht.« – »Aber gleich regnet es – du kannst hier die Uhr danach stellen. Als es gestern um diese Zeit geregnet hatte, hast du noch geschlafen; vermutlich Jetlag. Es wird gleich für etwa eine Stunde wie aus Eimern schütten. Wenn es vorbei ist, können wir starten.« Bald darauf zogen sich tatsächlich die tiefhängenden, bleigrauen Monsunwolken zusammen. Die ersten dicken Tropfen prasselten dermaßen heftig auf die Dachschindeln, dass sie fast einen halben Meter wieder hochsprangen. Wolkenbruchartiger Regen rauschte durch die Palmenblätter und übertönte dabei alles. Ich sah zu, wie die aufsteigenden Dunstschwaden das subtropische Grün unwirklich erscheinen ließen. Nach gut einer Stunde brach die Sonne wieder aus der Wolkendecke hervor und ließ den Garten dampfen. Cees erhob sich aus seinem Schneidersitz und schlenderte gemächlich zu seiner *Royal Enfield*. Er setzte sich auf die nasse Sitzbank und ließ bereits den Motor an, während ich noch unbeholfen versuchte, auf den Soziussitz zu steigen und mich am Haltebügel festzuhalten. Letzteres sollte sich unverzüglich als eine vernünftige Entscheidung erweisen: Nach einem fulminanten Start begann Cees, mit seiner schweren Maschine durch die überschwemmten und kurvenreichen Wege zu rasen, als gäbe es kein Morgen mehr. Schlamm spritzte in alle Richtungen unter den breiten Reifen hervor. Die schwüle Luft roch nach tropischen Pflanzen und die manganroten Wege kontrastierten perfekt mit dem alles beherrschenden, satten Grün. Die Sicht war stark eingeschränkt; alles war in wabernde Nebelschwaden gehüllt. Unsere Fahrt glich einem Höllenritt durch einen verwunschenen Märchenwald. Während mein Vordermann einen Heidenspaß dabei zu haben schien, überwogen bei mir Bedenken die Fahrfreude – zumal ohne Helm und nur mit Shorts und T-Shirt bekleidet. Ich bemühte mich, die potenziellen Gefahren zu verdrängen: Was war, wenn uns in der nächsten Kurve jemand entgegenkam? Fußgänger, Motorrikschas, Elefanten – ob mit Mahout oder allein – alles lag hier im Bereich des Möglichen. Als ich noch krampfhaft bemüht war, mich in hinduistische Schicksalsergebenheit hineinzudenken, hatten wir es dann aber endlich geschafft: Wir erreichten den Marktplatz von Mapusa, Goa. Cees bremste so abrupt, dass ich mich nicht mehr am Haltebügel festhalten konnte, und deswegen vehement mit meiner Stirn in seinen Nacken stieß. Was Cees nicht zu stören schien; er stieg ab und verschwand sogleich im Getümmel. Ich hatte Schwierigkeiten, ihm zu folgen. Nachdem wir alle Besorgungen erledigt hatten, lud ich Cees zum Essen ein. Als kleines Dankeschön für den guten Wechselkurs, den er bei seinen »Connections« auf dem dortigen Schwarzmarkt für mich ausgehandelt hatte. Der Kurs lag deutlich über dem der örtlichen Bank, wie ich erfreut feststellte, als Cees mir ein dickes Bündel schmuddeliger Rupienscheine in die Hand gedrückt hatte. Wir betraten das beste Restaurant am Platz; unser mit Schlammspritzern übersätes Erscheinungsbild schien das Personal nicht zu irritieren. Wir waren die einzigen Gäste im Lokal und ließen uns viel Zeit mit farbenfrohen Reisgerichten und im Sektkühler gereichtem »London Pilsener«. Erst spät bemerkten wir, dass es bereits zu dämmern begann. Cees wollte unbedingt vor dem Sonnenuntergang wieder zurück sein. Auf der rasanten Rückfahrt hielt er aber noch an einer Garagenwerkstatt am Wegesrand an und mietete kurzerhand und vollkommen unbürokratisch ein Moped für mich; ich konnte mich einfach draufsetzen und losfahren. Der Grund für Cees' Eile war: Er wollte sich wie an jedem Abend den Sonnenuntergang in Calangute anschauen. Dort traf sich allabendlich die *Community*, um von einem verfallenen portugiesischen Fort die spektakuläre Aussicht über die palmenumsäumte Bucht zu genießen.

*

Es sollte sich als unmöglich erweisen, mit meinem kleinen Moped Cees folgen zu wollen; ich gab es auf. Da aber nur ein Weg den Hügel zum Fort hinaufführte, musste man sich mühelos wiederfinden können. Oben angekommen sah ich einige Leute entspannt im Gras liegen – unter anderem auch Marisol und Cees. Die Luft war geschwängert von angezündeten Räucherstäbchen und Joints. Um einen exponierten Ausblick zu haben, wagte ich mich trotz meiner Höhenangst nah an den Abgrund heran. Als die Sonne begann, inmitten kaleidoskopartiger Himmelsfarben im Meer zu versinken, verstummten sämtliche Unterhaltungen. Überwältigt vom Anblick beschloss ich, am nächsten Tag wiederzukommen. Schnell wurde es dunkel; wie verabredet stiegen alle nahezu gleichzeitig auf ihre Mopeds und Motorräder und fuhren in einem Konvoi den Hügel hinunter. Nachtblind, wie ich war, schloss ich mich gerne den wie an Perlenschnüren aufgereihten roten und weißen Lichtern vor mir an und fuhr langsam durch die warme Dunkelheit.

*

In Calangute löste sich der Konvoi auf. Marisol und ich folgten einfach Cees, der zielstrebig auf ein kleines Strandlokal zusteuerte. Ich wunderte mich über die vielen kleinen Altäre, die überall am Wegesrand mit Früchten und Pflanzen geschmückt von Kerzen beleuchtet waren. »Was ist denn hier los?«, wollte ich von Marisol wissen. »Heute findet das Ganesha-Festival statt. Ganesha ist der Gott der Weisheit und des Wissens, Überbringer von Glück und Beseitiger aller Hindernisse; einer der beliebtesten Gottheiten in Indien«, antwortete sie. Unzählige Räucherstäbchen schwängerten die Luft mit einem Konglomerat an Duftnuancen. Sämtliche Bewohner des Ortes schienen auf den Beinen zu sein und eine große Vorfreude war geradezu spürbar. Alle waren festlich gekleidet und aufgeregt - besonders die Kinder: Sie bewarfen sich gegenseitig mit Knallfröschen und hatten einen Riesenspaß daran. Auf der kleinen Restaurantterrasse bestellte ich zur Feier des Tages Banana-Wein aus Goa und füllte drei Gläser für uns. »Warum hat Ganesha einen Elefantenkopf?« fragte ich weiter und kam mir langsam recht dumm vor - ich hätte mich besser auf meine Reise vorbereiten sollen. »Wegen Shiva, seinem Vater«, fuhr Marisol fort. »Es heißt, dass Shiva, als er nach jahrelanger Abwesenheit nach Hause zurückkehrte, seine Ehefrau Parvati in ihren Gemächern mit einem unbekannten jungen Mann überraschte. Diesem schlug er unverzüglich mit seinem Schwert den Kopf ab. Der junge Mann entpuppte sich aber als sein Sohn Ganesha, der inzwischen herangewachsen war. Parvati war vollkommen außer sich, und bestand darauf, dass Shiva Ganesha unverzüglich wieder zum Leben erweckte. Dies war aber nur mit dem Kopf eines Lebewesens möglich, das sich im Schlaf nach Norden ausrichtet - ein Elefant.« Inzwischen hatte sich der Marktplatz gefüllt. Jeder trug etwas in seinen Händen: bunt bemalte Elefantenskulpturen aus Holz, Ton, Porzellan oder Pappmaché, Körbe mit Früchten, Blumenketten und Räucherstäbchen. Als die Versammlung begann, in Richtung Strand zu gehen sprang Cees auf: »Kommt - es geht gleich los!« Plötzlich ertönten Trommeln, Schellen, Hörner, Rasseln und Flöten. Viele sangen und klatschten rhythmisch in die Hände. Als die feierliche Prozession den Strand erreicht hatte, legten alle ihre Opfergaben in den Sand. Feuerwerkskörper knallten, zischten und prasselten. Alle lachten, tanzten und sangen. Die freudige Erregung steigerte sich und gipfelte in Euphorie und ekstatischen Tänzen. Diese Stimmung griff nun auch auf die Zuschauer über:

Niemand war mehr unbeteiligt, niemand stand mehr still; alle tanzten oder wippten vor sich hin. Ich bemerkte aus dem Augenwinkel, wie Marisol konzentriert einen Joint drehte. Das Meer wurde bei nun beginnender Ebbe immer ruhiger, glänzte im Schein des Vollmondes und reflektierte die zahllosen Lichter; Tausende Räucherstäbchen waren in den Sand gesteckt und angezündet worden. Es war fast windstill und aromatische Rauchschwaden zogen durch die samtene Nachtluft. Um sie nicht aus den Augen zu verlieren, stellte ich mich neben Cees und Marisol. Ihre Gesichter strahlten wie die von Kindern bei einer Bescherung. Cees reichte mir unauffällig den Joint in seiner hohlen Hand weiter. Am Vorabend hatte ich nach nur einem Zug auf alle akustischen und optischen Reize übersensibel reagiert; eine spannende, wenn auch beängstigende Erfahrung. Das Fest schien jetzt seinen Höhepunkt zu erreichen: Hunderte von elefantenköpfigen Figuren wurden auf kleinen Bambusflößen, bestückt mit glimmenden Räucherstäbchen, zu Wasser gelassen. Bunte Windlichter erhellten flackernd die Gebilde, und sanfte Wellen ließen sie schaukeln und lebendig wirken. Gespannt zusehend hatte ich gar nicht bemerkt, dass ich den Joint allein zu Ende geraucht hatte. Ich entschuldigte mich bei den beiden. Es schien ihnen aber nichts auszumachen – sie tanzten weiter vor sich hin. Alles um mich herum begann sukzessive farbiger, lauter und transzendenter zu werden und zog mich voll in seinen Bann. In meinen Ohren begann es zu rauschen und in meinen Schläfen zunehmend zu pochen; das Händeklatschen, die Musik und den Gesang begann ich zunehmend als unangenehm laut und störend zu empfinden. Ich entfernte mich von dem Trubel und ging barfuß langsam am Strand entlang. Als ich zurückblickte, bot sich mir ein fantastischer Anblick: Ein riesiger Lichterteppich hatte sich in der Bucht verteilt und strömte wie von Geisterhand gezogen dem dunklen Horizont entgegen. Fasziniert schaute ich den wie in Zeitlupe wegziehenden Lichtern nach, und fühlte mich urplötzlich wie magisch von ihnen angezogen. Dass sie sich immer weiter weg von mir entfernten, beunruhigte mich sehr: Ich durfte sie auf keinen Fall aus den Augen verlieren! Schnell legte ich Hemd und Hose ab und ließ mich ins warme, flache Wasser gleiten. Ich wollte den Lichterteppich überholen, um ihn danach auf mich zu treiben zu lassen. Mit kräftigen Zügen kraulte ich durchs dunkle Nass und wunderte mich, wie langsam ich nur vorankam - ich musste die Dimension unterschätzt haben. Schon bald war ich außer Atem. Das Rauschen in Ohren und das Pochen in den Schläfen wurde zunehmend stärker, aber ich schwamm unbeirrt weiter. Irgendwann hatte ich es dann geschafft, und die imposante Lichterkarawane überholt: Die Flöße bewegten sich nun nicht mehr weg von mir, sondern auf mich zu. Was für ein Anblick! Ich drehte mich auf den Rücken und versuchte ruhiger zu atmen und mich zu entspannen. Der Trubel am Strand war nicht mehr zu hören. Die ersten Flöße erreichten mich; bald darauf befand ich mich inmitten zahlloser, schaukelnder und elefantenköpfiger Opfergaben wieder, die sich im Schein bunter Windlichter spiegelten und den Duft von Räucherstäbchen nach sich zogen. Ich fühlte mich wie eine von ihnen; Ganesha gewidmet, dem Gott, der Hindernisse aus dem Weg räumte. Ich hätte am liebsten alle Flöße umarmt. Aber ich war erschöpft und wollte zurück an Land. Ich richtete mich auf und schwamm los. Schnell nahm ich die Strömung wahr, gegen die ich anzuschwimmen hatte. Und registrierte, wie weit mich die Ebbe inzwischen aufs Meer hinausgezogen hatte: Die Lichter am Strand waren kaum noch zu erkennen. Egal, wie kräftig ich durchs Wasser pflügte – ich näherte mich nicht nennenswert der Küste. Als meine Kräfte schwanden, realisierte ich, dass ich es ohne Hilfe nicht mehr zurück an Land schaffen würde. Panik kam in mir auf. Ich wollte schreien, wusste aber, dass mich niemand hören würde. Ich zwang mich zur Ruhe, und ließ mich wieder auf dem Rücken treiben. Der Blick hinauf in den glasklaren Sternenhimmel beruhigte mich ein wenig. Plötzlich stieß mein Kopf an etwas Hartes. Erschrocken drehte ich mich herum und erblickte einen Elefantenkopf aus Porzellan. Durch die Kollision begann das Floß zu schwanken, um dann sofort unterzugehen. Wieder blickte ich nach oben. Und schmeckte Salz auf meinen Lippen.

# Der Schnetzler

Der »Schnetzler« hatte ein eigentümliches Hobby: er sammelte Pornohefte. Was genau genommen ja an sich nichts Ungewöhnliches war. Jedoch bildete das Sammeln aber nur den eigentlichen Grundstock für sein außergewöhnliches Faible: mit einer Rasierklinge schnitt der Schnetzler feinsäuberlich und akribisch die Köpfe, Brüste und Beine der nackten Protagonistinnen aus, um sie dann je nach Belieben und Laune mit denen anderer zu kombinieren. Auf seinem Bett. So stellte er sich seine - im wahrsten Wortsinn maßgeschneiderten - Frauen zunächst fantasievoll vor und dann auch zusammen. Der Schnetzler war zwar geizig wie die Nacht, aber wie bei den meisten Geizigen richtete sich der Geiz hauptsächlich gegen Mitmenschen und nicht sich selbst. Da es sein einziges Hobby war, hatte sich im Laufe der Zeit ein ansehnlicher Stapel an Pornoheften im Bettkasten seines französischen Betts angesammelt.

Seine ausgeschnittenen Preziosen bewahrte er in verschieden Zigarrenkisten auf. Durch welche Kriterien sich seine Sammlungen sich unterschieden blieb mir unklar. Ich fragte aber auch nicht nach. Vermutlich wollte ich es gar nicht so genau wissen. Der Schnetzler verließ nur zum Einkaufen sein Souterrain-Apartment. Wovon er eigentlich lebte, wusste niemand so genau. Sein Spitzname beruhte auf seinem Hobby, wovon jeder in seinem - zumindest männlichem -

Umfeld wusste. Ihn schien das nicht zu stören. Nach dem Einkaufen im Supermarkt brachte er sich immer auch zur Belohnung in Plastikfolie eingeschweißte »Fachliteratur für Fernfahrer«, wie er es nannte, von der benachbarten Tankstelle mit. Wenn man ihm dann gerade zufällig begegnete, war er immer sehr kurz angebunden und hatte es auch ziemlich eilig, wieder nach Hause zu kommen - Vorfreude ist halt die schönste Freude.

In Schnetzlers Apartment roch es immer sehr eigenartig. Wenn man bei ihm klingelte, öffnete er stets erst nach einer geraumen Weile die Wohnungstür. So, als ob er gerade aus dem Westflügel seines Anwesens käme - oder aus der Badewanne. Apropos: Jedes Mal, wenn der Schnetzler an seiner Wohnungstür erschien, war er nur mit einem Bademantel bekleidet. Manchmal reichte er mir zur Begrüßung die Hand. Das war mir immer äußerst unangenehm.

## Der kleine Mann und der Beweis

Der elfjährige Junge war unbemerkt frühreif geworden. Selbst seine altersunübliche, dichte Unterarmbehaarung war niemanden aufgefallen. Zu dieser Zeit fanden Kinder keine große Beachtung. Als er einmal vor seiner Grundschullehrerin den Füller fallen ließ, um ihr beim absichtlich langsamen Aufheben desselben unter den Minirock zu schauen und dabei ihr schneeweißes Höschen erblickte, war es um ihn geschehen. Von da an hatte er einen Tunnelblick auf alles Weibliche.

Die *Schwedenrätsel* im Zeitschriftenladen - eigentlich nur für Erwachsene bestimmt - boten ihm zunächst die einzige Möglichkeit, eine Vorstellung davon zu bekommen, wie nackte Frauen so beschaffen waren. Leider aber nur oben herum. Wurde er manchmal beim heimlichen Durchblättern ertappt, musste er, um nicht zur Rede gestellt oder gar von den Eltern abgeholt zu werden, schnell das Weite suchen. Um eine ungefähre Vorstellung davon zu bekommen, wie die für ihn hochgradig interessante untere Hälfte der Weiblichkeit aussah, dienten ihm ausschließlich die Unterwäsche-Models im Versandkatalog - dessen Erscheinen der neuen Ausgabe er mittlerweile immer zu Hause entgegenfieberte - als probates Mittel. Der Aufklärungsunterricht in Schulen bestand seinerzeit aus Schaubildern mit Piktogrammen von männlichen und weiblichen Geschlechtsorganen sowie kryptischen Erläuterungen durch diesbezüglich absolut überforderte Pädagogen. Er hatte keinerlei Ahnung, wie die geheimnisumwitterten, von Fantasien umrankten, weiblichen erogenen Zonen aussahen. Geschweige denn: sich anfühlten. Als der Sommer nahte, hatte er eine plötzliche Eingebung: Das Freibad! Seit Bikinis in Mode waren, konnte man sich dort in Sachen Aufklärung bestimmt auch selbst gut weiterbilden.

Einzig mit Handtuch und Badehose ausgerüstet, machte er sich auf den Weg dorthin. Nur keinen unnötigen Ballast mitschleppen - sein Vorhaben erforderte maximale Flexibilität. Nach kurzer Einschätzung der Lage schien dieses bald schon aufzugehen: Gerade aus dem Wasser gekommen boten - vor allem schneeweiße - Bikinihöschen den unschlagbaren Vorteil, dass sie, zumindest temporär, äußerst transparent waren. Und das, ohne dass ihre Trägerinnen dies wussten. Um nicht zu lange an einem Ort zu verweilen und dabei eventuell aufzufallen, schlenderte er möglichst unauffällig herum und erprobte dabei immer raffiniertere Blickwinkel. Zunächst pirschte er sich auf der Liegewiese von hinten an ein neues Objekt der Begierde heran. Dieses sollte - neben allen anderen für ihn attraktiven Merkmalen - vorzugsweise über besonders ausgeprägt hohe Beckenknochen verfügen. Der Grund dafür war so einfach wie genial:

Wenn er sich - am besten auf leicht abschüssigem Rasen -- wie zufällig auf sein Handtuch legte und dann aus dieser Position in das über die Beckenknochen gespannte Bikinihöschen spähte, hatte er freie Sicht auf das Ziel seiner Träume. Dabei ist es ihm das eine oder andere Mal schon gelungen – gerade bei Mädchen in seinem Alter – den weichen Flaum ihrer Schambehaarung zu erblicken. Das war zunächst die absolute Königsklasse seines Unterfangens. Dabei sollte es aber nicht lange bleiben, denn die neuen Einblicke weckten neue Begehrlichkeiten. Was eine unaufhaltsame Eigendynamik entwickelten sollte.

Vollkommen euphorisiert von derart realen Impressionen begann die Suche nach einem größeren Kick. Er begann, Mädchen und Frauen im Schwimmbecken zu beobachten und verfolgte dabei ganz genau ihre Bewegungen. Wie sie sich beim Brustschwimmen mit gespreizten Beinen rhythmisch vorwärts bewegten. Wie würde das wohl nur aus der Nähe betrachtet aussehen? Unter sie zu tauchen und sich dann umzudrehen, das wäre doch machbar ...! Er konnte sehr gut schwimmen und auch lange die Luft anhalten. Das hatte er schon immer gerne aus Spaß und Langeweile in der Badewanne geübt. Einmal sogar so lange, dass sein Vater die Badezimmertür eintrat, weil er auf dessen Rufen und Klopfen nicht reagiert hatte. Er beschloss er, sein weiteres Vorhaben in die Tat umzusetzen: Im Stil eines Naturfotografen ging er auf die Pirsch; seine Augen ersetzten dabei eine Kamera.

Mehr brauchte er nicht. In knapp zwei Metern Tiefe auf dem Rücken tauchend bekam er, was Abstand und Timing für seinen Plan anging, bereits nach kurzer Zeit eine gewisse Routine. Bei einem Mädchen – nicht viel älter als er selbst – glaubte er, seinen Augen nicht zu trauen: Ihr Bikinihöschen war beim Schwimmen zu einer Seite gerutscht, sodass die Hälfte ihrer verbotenen Frucht direkt über ihm nackt und zum Greifen nah war. Einfach unglaublich, was für ein glücklicher Zufall! Schnell noch einmal Luft holen, dann wieder runter und die Verfolgung aufnehmen, bevor die Gelegenheit wieder vorbei war. Dann konnte er nicht mehr anders: Er griff zu. Die verbotene Frucht zum ersten Mal in seinem Leben anzufassen, bedeutete für ihn einen ungeahnten Adrenalinkick. Festhalten wollen oder loslassen müssen – was für ein gewaltiger Gewissenskonflikt. Das sofort einsetzende, durchs Wasser gedämpfte Kreischen des Mädchens sowie das heftige Strampeln ihrer Beine veranlassten ihn aber dazu wieder loszulassen. »Bloß schnell weg von hier!« dachte er, bis ihm nach ein paar Metern die Luft ausging und er prustend auftauchen musste.

Trotz des dichten Gedränges erblickte er genau in diesem Moment das von panischem Schrecken gezeichnete Gesicht des Mädchens neben dem ihrer herbeigeeilten Mutter. Und beide schauten ausgerechnet genau in seine Richtung. Sofort erneut abtauchen und, soweit es ging, zum Beckenrand und Ausgang!

Nach einigen kräftigen Schwimmzügen begann endlich der Nichtschwimmerbereich und somit Stehhöhe. Sein Gesicht den blauen Fliesen zugewandt, begann er wie in Zeitlupe aufzutauchen. Dort reichte ihm das Wasser nur noch bis zum Bauch; er wollte so schnell und unbemerkt wie möglich das Becken verlassen. Aber er musste feststellen, dass eine beträchtliche Beule seine Badehose deutlich deformierte. Das hatte er noch nie zuvor erlebt. Dermaßen auffällig und zugleich verräterisch erschien es ihm unmöglich, das Schwimmbecken zu verlassen. Trotz des enormen Fluchtreflexes war er gezwungen, abzuwarten. Aber es wurde nicht besser: Adrenalin und pure Erregung ließen sein Herz bis zum Hals hinauf schlagen. In diesem Zustand harmlos und unbeteiligt auszusehen war unmöglich. Schon gar nicht in Anbetracht der Tatsache, dass die Mutter und ihre hysterisch schreiende Tochter genau in seine Richtung schwammen. Zahlreiche aufmerksam gewordenen Badegäste sahen sich gemeinsam nach irgendetwas oder irgendjemanden um, ohne zu wissen wonach, nach wem oder warum. Dass aber etwas Ungeheuerliches vorgefallen sein musste, erschien allen klar zu sein. In dieser prekären Lage konnte er nicht ohne aufzufallen länger mit dem Rücken zum Geschehen verharren; er begann, sich langsam umzudrehen. Genau in diesem Moment befanden sich Mutter und Tochter quasi auf Augenhöhe. Die Tochter deutete sofort auf ihn und kreischte wie am Spieß. Alle Blicke richteten sich auf ihn, während zeitgleich von hinten eine Hand seinen Nacken derart fest umklammerte, dass er sich nicht mehr bewegen konnte. Es war der Bademeister, der am Beckenrand kniete und ihn kraftvoll festhielt. Und dann mit seinem Klammergriff begann, ihn langsam zum Beckenausgang zu schieben.

Als der Wasserspiegel unter das Niveau seiner Badehose sank, konnte jeder die verräterische Beule sehen. Jetzt konnte man eins und eins zusammenzählen. Dem Bedürfnis, die Beule mit seinen Händen zu verbergen, gab er nicht nach. Die Sachlage war unmissverständlich. Inzwischen waren auch zahlreiche Schaulustige am Beckenrand erschienen. Die Blicke, die sie ihm zuwarfen, schwankten zwischen abgrundtiefer Verachtung und Lust auf Lynchjustiz. Ein Spießrutenlauf der besonderen Art stand ihm bevor. Er freute sich nicht, anschließend wieder nach Hause zu kommen; dort würde er auf einen Polizisten treffen.

## Der Gassigänger

In Gedanken zog ich wie gewohnt kraftvoll mit einem Ruck die Heckklappe des VW-Busses herunter. Dabei vergaß ich, dass sie am Vortag in der Werkstatt wieder gängig gemacht worden war und seitdem ganz ohne Kraftaufwand geschlossen werden konnte. Darüber hinaus hatte ich nicht berücksichtigt, dass ich dabei noch so weit unter ihr stand, dass bei dieser Aktion die spitze Kante der Klappe auf meine Schläfe treffen würde. Als das passierte, wusste ich zunächst nicht, was los war. Es tat höllisch weh. Als ich mir an die Stelle fasste, merkte ich, wie mir etwas Warmes über meine Hand rann. Mir wurde sofort schlecht, ich bekam weiche Knie und ging gleich in die Hocke, um mich rückwärts an den Bus zu lehnen. Ich hatte das Gefühl, ohnmächtig zu werden. In diesem Moment kam ein Camper mit seinem kleinen, hässlichen Hund vorbei. Camper sehen immer alles. Er blieb stehen, sah mich ganz entspannt an und fragte: »Und: Ist was passiert?!« – »Ja …«, hörte ich mich leise antworten. Schadenfroh kichernd zog er kopfschüttelnd weiter und seinen Köter hinter sich her. Dieser hielt an und blickte zu mir herüber. Dann hob er sein Bein, pisste kurz an die Hecke und ging weiter.

# Der Doppelgänger

In der Public Bar des Holiday Inn Hotels in Cairns spielte ich das beliebte Happy-Hour-Spiel gegen die hübsche Barkeeperin. Auf dem Boden einer gläsernen Lostrommel lag eine große Kupfermünze, die auf einer Seite mit einem Kreuz aus weißem Klebeband markiert war. Die Trommel war auf einer horizontalen Achse befestigt und mit einer Kurbel versehen. Betätigte man die Kurbel, so rotierte die Münze darin chaotisch mit. Ließ man die Kurbel wieder los, verlangsamte sich die Rotation und die Münze kam dann irgendwann wieder auf dem Boden der Trommel zu liegen. Lag das Kreuz unten, so hatte man verloren und musste sein Bier anschließend bezahlen. Lag es oben, nicht. Ob man zuvor ein Bier bestellt hatte oder fünf war egal. Als ich an der Reihe war, blieb die Münze mit dem Kreuz nach oben liegen. Karen, die Schöne hinterm Tresen, klatschte kurz Beifall. Ich hatte wieder einmal gewonnen. Schon das vierte Mal hintereinander. Bei einer Fifty-fifty-Chance gar nicht mal so schlecht. Ich freute mich demzufolge noch mehr auf das nach australischer Sitte eiskalt servierte Bier im vorgekühlten Glas. Denn bei gewonnenen Bieren verhielt es sich in etwa so wie mit geklauten Äpfeln – die ja gefühlt immer besser schmeckten als die gekauften. Aber nicht nur ich freute mich, sondern auch Karen. Was mich wunderte, denn, wenn sie gewonnene Getränke ausschenken musste, gab es ja kein Trinkgeld für sie. Ich war allein und genoss es, bei 40 Grad Außentemperatur in einer klimatisierten Bar kaltes Bier zu trinken und Leute zu beobachten. Ob am Strand, in einer Bar oder sonstwo sah ich gerne anderen möglichst unaufdringlich zu und ließ dabei meinen Gedanken freien Lauf. Nachdem ich eine Weile an der Theke verbracht hatte, beschlich mich zunehmend das Gefühl, selbst beobachtet zu werden. Als ich mich auf meinem Barhocker umdrehte, erblickte ich zwei Europäer Ende zwanzig, die an einem Bistrotisch saßen, sich leise unterhielten und dabei permanent in meine Richtung blickten. Neben mir saß niemand am Tresen und ich gewann sukzessive den Eindruck, dass sie mich unverhohlen anstarrten. Ich drehte mich wieder langsam um zu Karen, um ihr beim Gläserspülen zuzusehen. Das gefiel ihr, auch wenn es sie nach einer Weile ein wenig verlegen machte. Um mein vorheriges Gefühl zu verifizieren, drehte ich mich noch mal herum zu den beiden Y-oungstern. Die mich weiterhin ungeniert musterten. Ich starrte zurück und musste wohl den Eindruck vermitteln, dass mir die Situation zu missfallen begann. Die beiden wechselten noch ein paar schnelle Worte, bevor einer von ihnen aufstand und sich bemühte, möglichst lässig auf mich zuzugehen. »Bist du nicht der Reto aus Bern ...?!« fragte er mich auf Deutsch mit starkem schweizerischem Dialekt. »Nein, bin ich nicht«, antwortete ich ungewollt schroff. »Hm ... Ich bin der Hans«, meinte Hans und drehte sich dabei verständnislos kopfschüttelnd zu seinem Kumpel um. »Also, wir dachten, wir würden dich kennen ... Du siehst nämlich genauso aus wie der Reto ...«. Nach kurzer peinlicher Stille wollte Hans sich gerade wieder abwenden, als ich dann erwiderte: »Ich bin der Rudi. Aus Deutschland.« »Magst du dich auf ein Bier zu uns setzen?« fragte Hans. Ich bejahte und wir gingen zu ihrem Tisch. »René, das ist Rudi. Rudi, das ist der René.« »Hallo«, sagte ich und nahm Platz. René guckte mich entgeistert an. »Rudi? Unglaublich! Wir dachten, du wärst der Reto aus Bern! Ihr gleicht Euch wie ein Ei dem anderen - nicht zu fassen!« Hans nickte zustimmend und schaute mich ebenfalls weiter ungläubig an. Ich nahm dies einfach so zur Kenntnis. Man hörte nicht zum ersten Mal, dass man eine gewisse Ähnlichkeit mit Irgendjemanden aufwies. Wir wechselten das Thema und unterhielten uns über unsere weiteren Urlaubspläne; unterdessen ließen wir einige Male die Lostrommel rotieren und verstanden uns nach jeder Runde Bier immer besser - nicht zuletzt deshalb, weil sich durch Alkoholgenuss auch unsere Sprachbarriere aufzulösen schien.

Die Sonne war bereits untergegangen und wir versackten sukzessive. Aufgrund der Schilderungen meiner Reisepläne änderten Hans und René spontan ihre. Wir beschlossen, die nächsten Tage gemeinsam in einem Dschungelresort in Cape Tribulation zu verbringen. Die beiden hatten zwar für den nächsten Tag einen Flug nach Melbourne gebucht, konnten aber im Reisebüro um die Ecke noch problemlos umbuchen.

In der Dschungel-Lodge verbrachten wir zusammen eine richtig lustige Zeit. Dass wir uns fünf Tage und Nächte auf engstem Raum so gut verstanden, war im Vorfeld nicht zu erwarten gewesen. Aber unsere Chemie passte überaus gut zusammen und das gemeinsame Leben unter einem Dach funktionierte bestens - trotz der klassischen Problemfelder wie der täglichen Hausarbeiten, die naturgemäß Konfliktpotenzial beinhalteten. Ebenso wie gemeinsames Feiern, aber auch damit hatten wir absolut kein Problem - im Gegenteil: Wir hatten einen Heidenspaß und, nachdem sich unser Dschungelaufenthalt dem Ende zuneigte, trennten sich wieder unsere Wege. Mit dem gegenseitigen Versprechen, sich zeitnah nach dem Urlaub wiederzusehen.

*

Ein gutes halbes Jahr später beschloss ich, Hans und René in Bern zu besuchen. Wir vereinbarten ein geeignetes Zeitfenster, und als es so weit war, setzte mich in meinen Wagen und fuhr los. Es war ein herrlicher Altweibersommertag und ich genoss die entspannte Fahrt in die Schweiz. Als ich ankam, war die Wiedersehensfreude groß und wir gingen gleich zum Feiern über. René holte ein Fotoalbum aus dem Bücherregal und präsentierte stolz seine Australienbilder. Es waren schöne Naturaufnahmen darunter und auch ein paar lustige Schnappschüsse von uns im Dschungelresort. Ein paar Seiten danach wollte ich von René wissen, wo denn das Foto gemacht worden war, wo wir drei bei einem Bier am Wasser saßen. Ich konnte mich an diese Situation nicht erinnern. »Auf den Philippinen«, war Renés lapidare Antwort auf meine Frage. »Ich war aber noch nie auf den Philippinen«, entgegnete ich. »Das bist auch nicht du. Das ist der Reto. Wir haben dir doch gesagt, dass ihr euch absolut ähnlich seht.« Ich war völlig perplex und konnte es nicht glauben. Ich hätte tatsächlich schwören können, dass ich das auf dem Foto war. »Willst du ihm mal über den Weg laufen?«, fragte Hans. Ich zögerte mit meiner Antwort. »Wir gehen morgen nach dem Pilzesuchen einfach mal in den *Leu*. Da taucht der Reto gelegentlich auf«, sagte René. Einerseits wusste ich nicht so recht. Aber andererseits war ich so fasziniert davon, jemand anderes auf einem Foto für mich selbst zu halten, dass ich meinem ominösen Doppelgänger doch einmal leibhaftig begegnen wollte.

Das Pilzesammeln sollte auf einer Bergwiese erfolgen. Bei den Sammelobjekten handelte es sich aber nicht um klassische Speisepilze, sondern genauer um Psilocybinpilze, *magic mushrooms* oder auch kurz *Psilos* genannt. Psychoaktive Pilze, deren Wirkung vergleichbar mit LSD war, erfuhr ich noch von den zwei Naturfreunden. Sie hätten zwar noch ein paar getrocknete Exemplare dabei, aber die würden nicht mehr lange vorhalten. Also war Nachschub vonnöten. Der nächste Tag entpuppte sich als perfekter Spätsommertag. Bei strahlend blauem Himmel und Sonnenschein fuhren wir bestens gelaunt in Renés neuem Auto hinauf ins Berner Oberland. Es war schon Renés zweites Auto nach seiner Rückkehr aus Australien. Das vorherige hatte er gleich am Tag nach seiner Rückkehr gekauft und gleich im ersten Kreisverkehr zu Schrott gefahren. Er war zu diesem Zeitpunkt gedanklich noch dem australischen Linksverkehr verhaftet gewesen, klärte er mich lachend während der Fahrt auf. Nach dem Unfall hatte er sich Geld geliehen und das schicke neue Cabrio gekauft, in dem wir unterwegs waren. Als wir an einer malerischen Alm mit fantastischem Talblick anhielten, bekam ich von Hans noch einen Crashkurs in Sachen Pilzkunde. Danach hielt ich dann ebenfalls die Augen nach *Spitzkegeligen Kahlköpfen,* wie ihre botanische Bezeichnung war, auf. Nachdem wir eine gute Stunde lang die Bergweide nach Psilos abgegrast hatten, trafen wir uns am Wagen wieder und präsentierten unsere Beute. Anscheinend hatte ich auch einige richtige Exemplare gesammelt und wurde dementsprechend schulterklopfend gelobt. »Genug gearbeitet für heute, jetzt fahren wir zum Leu!«, beschloss René, und wir fuhren wieder zurück nach Bern.

Der *Leu* war ein über die Hauptstadtgrenzen hinaus berühmt-berüchtigtes Szenelokal. In dem es seltsamerweise geduldet war, offen Haschisch und Gras zu konsumieren; was normalerweise in der Schweiz verboten war. Wir hielten direkt vor der Kneipe und gingen zügig hinein; Pilzesammeln machte scheinbar durstig. Im abgedunkelten Eingangsbereich waberte uns bereits aromatischer Nebel entgegen. Wir bezogen eine rustikale Sitzecke und stellten erfreut fest, dass der Tischfußballtisch im Nebenraum noch unbesetzt war. Bevor uns jemand zuvorkommen konnte, okkupierten wir den Kicker. Vor der ersten Partie füllte René die Getränkehalter mit getrockneten Psilos aus einem kleinen Lederbeutel. Während des Matches tat ich es Hans und René gleich und probierte ab und zu von den Pilzen. Sie schmeckten gar nicht mal so schlecht zum Bier. Nach ein paar schweißtreibenden Partien wurde unser Spiel deutlich langsamer. Mittlerweile hatte ich Koordinationsschwierigkeiten und konnte die Figuren auch nicht mehr so richtig auseinanderhalten. Wir beschlossen, eine Pause einzulegen, und gingen wieder zurück zu unserer Sitzecke. Als wir Platz nahmen, sah ich mich um: Zwei Tische weiter hatte jemand ein Stück Haschisch in Form und Größe einer Schokoladentafel vor sich liegen und bröselte mittels eines angezündeten Feuerzeugs Krümel davon ab. Unterdessen hatte auch René seine Rauchutensilien hervorgekramt und begann in aller Seelenruhe einen Joint zu basteln. Ich sah ihm gebannt zu, bis jemand an uns vorbei ging und sich an den Tisch schräg gegenübersetzte.

Er trug wie ich ein schwarzes Kapuzenshirt, zog entspannt seinen Tabak aus der Tasche und fing an, sich eine Zigarette zu drehen. Er musste Linkshänder sein, genau wie ich. Er hatte auch meine Statur. Irgendetwas zwang mich, weiter hinzusehen. »Hoffentlich merkt er nicht, dass ich ihn beobachte«, dachte ich. Doch er hob den Kopf, zog seine Kapuze nach hinten und blickte direkt zu mir herüber. Er hatte braune, lockige Haare und braune Augen. Wie ich. Ich sah ihn an und sah mich. Mein Herz begann zu rasen. Ich sprang auf und hastete hinaus. Ich wollte nur noch weg von mir.

Draußen vor dem *Leu* rang ich nach Luft und beschloss, meinen Vater zu fragen, ob er vor etwa 30 Jahren einmal in Bern gewesen war.

# Das Date beim Chinesen

Nach einigen Telefonaten mit meiner neuen Internetbekanntschaft bekam ich endlich ihre Zusage für ein gemeinsames Abendessen. Ich freute mich und war auch ein wenig aufgeregt, wie unser erstes Date verlaufen würde. Ich holte die frisch Geschiedene vom Bahnhof ab. Auf ihrem Portalbild sah sie deutlich besser aus als in natura, wie ich fand. Wir fuhren zu meinem Lieblingschinesen und nahmen dort am reservierten Tisch Platz. Auf drei, vier unverfängliche Sätze folgte übergangslos ihre im Verhörton gestellte Frage nach meinem Alter und Geburtstag. »Waaas?!« sagte sie. »Dann bist du ja *Schütze*!« fuhr sie empört und zugleich vorwurfsvoll fort. »Ja, und …?« fragte ich kleinlaut. Ich fühlte mich irgendwie ertappt und zugleich schuldig. Aber was konnte ich schon für mein Geburtsdatum? »Zwei von meinen Freunden waren auch Schütze. Das waren solche Schweine! Belogen und betrogen haben die mich! Kannst du alle in einen Sack stecken. Nee, das geht *gar* nicht«, sagte sie mit erhobener Stimme und schlug zu den letzten vier Worten synchron mit der flachen Hand lautstark auf die Tischplatte. Die anderen Gäste registrierten peinlich berührt die Szene; ebenso der Kellner, soweit ihm das anzusehen war. Es musste vermutlich den Eindruck machen, dass ich meiner Begleitung gerade eröffnete, sie trotz und mit zwei Kindern wegen einer Jüngeren verlassen zu wollen. »Ja, eigentlich glaube ich ja nicht an so'n Sternzeichenkram, aber *Schütze*? Schütze geht *gaaar* nicht!« – Die Zeit bis zum Dessert sollte sich noch hinziehen.

## Aus der Arbeitswelt

Angesichts meiner sich dramatisch zuspitzenden finanziellen Situation sah ich mich gezwungen, während der Semesterferien wieder einmal ins ungeschminkte Arbeitsleben abzutauchen. Das bedeutete, die örtliche Zeitarbeitsfirma zu kontaktieren. Die ich wegen meiner bisher vermittelten Jobs auch gerne als moderne Sklavenhändler bezeichnete. Aber ich hatte keine Wahl. Bereits am nächsten Morgen konnte ich mein neues Beschäftigungsverhältnis antreten. Bei einer Firma, die sich auf Gussformen spezialisiert hatte.

Vor Beginn meiner ersten Schicht erklärte mir der missmutige Vorarbeiter, dass sein Chef einen Auftrag für die Herstellung von 800 Schoko-Toffee-Formen für ein amerikanisches Unternehmen angenommen hatte. Jede Kunststoffform hatte 360 Ausbuchtungen. Alle versehen mit konischen Abflussröhrchen, die gewährleisten sollten, dass beim Befüllen mit flüssiger Schokolade die Luft entweichen konnte. Damit perfekt runde Toffees entstanden und keine verbeulten. Bei der Herstellung dieser Charge waren die Öffnungen aber versehentlich und unbemerkt mit einer hauchdünnen Kunststoffschicht versiegelt worden. So simpel, so dramatisch. Denn: Die komplette Lieferung wurde postwendend reklamiert, aus Amerika zurückgeschickt und musste komplett nachgebessert werden. Und zwar so schnell wie möglich; wegen der vereinbarten Lieferfrist hatte die Firma im schlimmsten Fall mit einer hohen Konventionalstrafe zu rechnen. Es herrschte also ein immenser Zeitdruck. Deshalb benötigte man auch dringend Aushilfskräfte. Zwei Varianten von Tätigkeiten standen an: Variante 1 war, die Abflussröhrchen von ihrer hauchdünnen Plastikschicht zu befreien. Mittels eines winzigen Gummihammers und einer Art Meißel, für den diese Bezeichnung jedoch maßlos übertrieben war; beide Werkzeuge muteten eher wie Kinderspielzeug an. Variante 2 war, alle Röhrchen mit einem klitzekleinen Metalldorn zu durchstoßen, um einen präzisen Durchmesser von 0,8 Millimetern zu gewährleisten. Kurz vor sieben Uhr wies der Vorarbeiter mir einen Arbeitsplatz zu. Der Tisch war umgeben von Paletten mit Hunderten von Toffee-Formen. Ich setzte mich und sah mich um: Am Tisch gegenüber saß eine junge Frau mit Kopftuch; neben ihr ein Mann undefinierbaren Alters mit einer Baskenmütze auf dem Kopf, benachbart von einem Grauhaarigen im Hausmeisterkittel. Um Punkt Sieben ertönte in der Fabrikhalle unüberhörbar ein Signalhorn. Nach dem Tuten begannen alle Anwesenden gleichzeitig und wie automatisch ihre Arbeit aufzunehmen. Eine Art klassische Konditionierung. Die Szenerie erinnerte mich fatalerweise an einen Fernsehwerbespot aus meiner Kindheit: Darin waren unzählige, mit Blechschellen in den Händen ausgerüstete Spielzeugäffchen zu sehen. Alle waren batteriebetrieben und wurden gleichzeitig angeschaltet. Daraufhin klatschten sie rhythmisch ihre Schellen aneinander. Bei dem Äffchen, das am Ende als einziges noch weiter klatschte, wurde die Batterie herausgeholt. Um zu zeigen, welches Fabrikat es war.

Mir wurde schnell bewusst, dass spontan aufkommende Erinnerungen nicht unbedingt förderlich waren.

Ich war der Gruppe zugeteilt worden, die den Auftrag hatte, 288.000 Plastikröhrchen mit einem Dorn zu durchstechen. So schnell wie machbar. Was Motorik und Geschwindigkeit meiner neuen Betätigung anging, orientierte ich mich zunächst an meinen diesbezüglich erfahrenen Tischnachbarn. Offensichtlich schien sich diese Aufgabe im Sekundentakt bewältigen zu lassen. Was auf etwa 15.000 exakt gleiche Bewegungen pro Schicht hinauslaufen würde, rechnete ich aus. Ich ermahnte mich, weniger zu denken. Das gelang mir nicht. Weil ich noch anderthalb Stunden zuvor in meinem gemütlichen Futonbett gelegen hatte und mich nun ungewollt in einer ungemütlichen Fabrikhalle inmitten fremder und lärmender Leute wiederfand. Welche alle wie ferngesteuert nahezu synchron die gleichen Bewegungen ausführten. Die einen scheinbar mit einem Gummihämmerchen für Kinder ausgerüstet, die anderen mit einem Metalldorn für Zwerge. Das Geschehen wurde von kaltem, blaugrauem Neonlicht illuminiert. Alles wirkte auf mich wie ein absurdes Theaterstück. Das erst nach acht Stunden plus Pausen sein Ende finden sollte.

Wir saßen alle in einem Boot und kamen uns vermutlich alle mehr oder weniger bescheuert vor. Und das zu Recht. Mit jeder robotischen Bewegung ärgerte ich mich sukzessive mehr über meine katastrophale monetäre Lage, die mich in diese entwürdigende Situation getrieben hatte. Als meine Laune zunehmend schlechter wurde, versuchte ich, mich auf die positiven Aspekte meiner neuen Tätigkeit zu besinnen. Hatte ich doch schon andere Jobs ausgeübt, die deutlich weniger angenehm waren. Die Fertigungshalle war gut beheizt und die Geräuschkulisse nicht so extrem wie in anderen, in den ich schon zu Gast sein durfte. Ich ermahnte mich, nur noch bescheiden und positiv zu denken. Jedoch standen wir alle in dieser besonderen Tafelrunde unter permanenter Beobachtung. Insbesondere vom argusäugigen Vorarbeiter in seinem Plexiglasbüro. Wenn ich eines nicht mochte, war es, observiert zu werden. Schon gar nicht beim Arbeiten. Das Ergebnis sprach doch für sich, insofern brauchte mir niemand auf die Finger zu schauen. Ich arbeitete konstant weiter und bemühte mich krampfhaft, der Situation irgendetwas Positives abzuringen. Durch diesen Job meine offene Kfz-Steuer-Rechnung bezahlen zu können motivierte mich zwangsläufig. Aber die Tatsache, allein für die Begleichung dieser ausstehenden Forderung glatte vier Tage vor mich hin hämmern zu müssen, weniger. Alles in allem bauten mich diese Umstände absolut nicht auf. Vielleicht dachte und rechnete ich einfach nur zu viel. Ich versuchte, mich mental zu disziplinieren und meine erste Schicht einfach so gut wie möglich hinter mich zu bringen.

Die durch das Tuten des Signalhorns pünktlich um zwölf Uhr angekündigte Mittagspause verbrachte ich in einer Imbissbude direkt vor dem Firmengelände.

Dort fanden sich die Arbeiter der umliegenden Betriebe ein und nahmen ihre bevorzugten Speisen und Getränke zu sich. »Einen Neger und ein Mettbrötchen!« wurde von meinem Vordermann bestellt. Wobei »Neger« einen schwarzen Kaffee bedeutete, wie ich bald begriff. Mit »Schieb mir mal 'n Hirschkotelett rüber!« verlieh ein anderer Gast seinem Wunsch nach einer mittelgroßen Flasche Jägermeister Ausdruck. »Hier bist Du ja genau richtig«, musste ich denken, bestellte ebenfalls einen Kaffee, nannte diesen aber auch so. Der war dermaßen heiß, dass er in der kurzen Pause nicht so weit abkühlte, um ihn ohne Verbrühungen trinken zu können. Den Becher mit an den Arbeitsplatz zu nehmen, kam aber nicht infrage – dafür sorgte schon Vorarbeiter Argus. Am Ende der Pause trotteten wir alle wie die Lemminge wieder zurück zu unseren Arbeitsplätzen. Keine sechs Stunden vorbei und ich fühlte mich schon wie jahrelang dazugehörig. Aber paradoxerweise auch so fremd wie ein verirrter Alien.

*

Um 15:30 Uhr trötete die Tröte wieder und es war endlich Feierabend. Zu Hause angekommen signalisierte mein blinkender Anrufbeantworter eingegangene Anrufe. Einer davon stammte von meinem Freund Helge. Er wollte sich erkundigen, ob ich nicht für einen befreundeten Studenten aus Wien, der bei ihm zu Gast war, einen Semesterferienjob empfehlen konnte. Kein Problem, dachte ich, suchte »meine« Firma doch händeringend weitere Aushilfskräfte. Helges Kommilitone war mir noch nie begegnet, aber die Aussicht, mich während der eintönigen Arbeit mit einem Gleichgesinnten unterhalten zu können, erschien mir als sehr erfreulich. Umgehend rief ich bei der Firma an. Meinen »Kollegen« sollte ich gleich am nächsten Tag einfach mit zur Arbeit bringen, hieß es. Also holte ich am nächsten Morgen den Stefan beim Helge ab, und eine halbe Stunde später saßen wir nebeneinander an einem Tisch und bearbeiteten Plastikformen für Schokotoffees. Stefan studierte Germanistik und Kommunikationswissenschaften und erwies sich zunächst als schweigsam; somit verliefen die ersten Arbeitsstunden eher wenig kommunikativ. Wir standen aber auch unter verschärfter Beobachtung von Vorarbeiter Argus. Dem nichts entging – und der mich wohl nicht leiden konnte. Was auf Gegenseitigkeit beruhte. Stefan und ich stellten im Sekundentakt Plastiklöcher her. Irgendwann ergab ein Wort das andere und wir registrierten schnell, dass wir uns tatsächlich auf derselben Wellenlänge befanden. Von da an unterhielten wir uns, ohne unsere Arbeit zu vernachlässigen, nahezu ununterbrochen. Dagegen konnte Argus eigentlich nichts haben. Die Frau am Tisch schwieg, während ihre beiden Nachbarn, die schon lange in der Firma beschäftigt und extra für diese hirnlose Tätigkeit abgestellt worden waren, sich unterdessen im Klopfen hohler Sprüche ergingen. »Maske hauen oder was?!« fragte einer von ihnen in losen Abständen einen am Nachbartisch arbeitenden älteren Türken und fand das total lustig. Sein Kumpel und er wieherten anschließend immer wie irre vor Lachen. Der Grauhaarige im Hausmeisterkittel am Tisch gegenüber quittierte diese Bemerkungen immer nur mit einem vom Kopfnicken begleitetem, zustimmend klingenden Brummen. Keine Ahnung, was der dachte oder damit zum Ausdruck bringen wollte. Reden schien nicht so sein Ding zu sein. Aber für alle Beteiligten offenbar ein Running Gag. Außer für den Türken. Der lachte zwar dann auch immer, aber eher gezwungenermaßen.

Am dritten Tag war Abwechslung angesagt: Beide Arbeitsgruppen sollten ihre Werkzeuge tauschen. Vermutlich eine Präventionsmaßnahme, damit niemand Gefahr lief, durchzudrehen. Stefan und ich fanden uns nun in der Gummihammergruppe wieder. Gegen Nachmittag bemerkte ich, wie mein Zwergen-Meißel immer stumpfer wurde und meldete das dem »weißen Hai« - mein Spitzname für den Grauhaarigen im Hausmeisterkittel. Dieser entgegnete nur ruppig und einsilbig: »Kann nicht sein.« Das war definitiv nicht meine Lieblingsantwort. »Wurde gestern noch geschliffen - hält jetzt mindestens 6 Wochen noch.« - »Vielleicht gibts hier ja irgendwo noch einen anderen«, gab ich zu bedenken. Es folgten drei Sekunden lang Totenstille an den Tischen. Aufgrund meiner früheren Jobs war mir bewusst, wie gefährlich es manchmal sein konnte, einfach nur seine ehrliche Meinung zu äußern. Oder ironische Bemerkungen. Oft resultierten daraus nur dumme Sprüche, Zurechtweisungen oder verschärfte Arbeitsbedingungen. Ein bunter Strauß. Aber wenn man sich bewusst war, den Job nötigenfalls von einer Sekunde auf die andere an den Nagel hängen zu können, verhalf einem diese Option, beherzt aufzutreten und nicht zu kuschen. Andernfalls sah man sich leider schon einmal gezwungen, Lehrgeld zu bezahlen. Aber der *weiße Hai* ließ nur ein kehliges, aber trotzdem herzlich klingendes Lachen von sich hören. Und brachte mir dann einen anderen Meißel für Zwerge. Aber einen Messerscharfen. Mit der automatisch erworbenen Routine gewann die mechanische Tätigkeit bald einen angenehm meditativen Charakter. Die anvisierten Plastikhäutchen im Sekundentakt sauber zu entfernen, entwickelte sogar einen subjektiven Suchtfaktor. Dieser drang derart ins Bewusstsein, dass ich abends beim Zubettgehen dieses Bild nicht mehr aus dem Kopf bekam. Bis mich irgendwann dann endlich der Schlaf übermannte. Leider hörte ich dann immer kurz darauf meinen Mitbewohner Longo heimkehren – vor allem, wenn er alles andere als nüchtern war. Longo bereitete es dann immer ein diebisches Vergnügen, mir Botschaften mit guten Wünschen für den neuen Arbeitstag in meine Schuhe zu stecken. Wie beispielsweise: »Um sieben Uhr lacht die Stechuhr, Siziliano!« Oder: »Und zügig Klümpkes kneten!« So ganz schien er nicht begriffen zu haben, woraus meine Aushilfstätigkeit bestand. Aber für mich bedeutete das, wenn ich mich morgens zur Arbeit aufraffte, alles andere als einen Motivationsschub. Vor allem, während sich Longo noch geräuschvoll und mit voller Inbrunst seinem Tiefschlaf widmete.

*

Stefan und ich machten unsere Arbeit gut. Nur schien es Vorarbeiter Argus nicht zu passen, dass wir uns inzwischen nicht nur permanent über Gott und die Welt unterhielten, sondern phasenweise auch durchweg amüsierten. Ich mochte Stefans österreichischen Akzent, ebenso seinen Wiener Schmäh - eine ironisch-zynische Attitüde, die mir nicht fremd war. Durch unsere rege und humorvolle Interaktion verging die Arbeitszeit erfreulicherweise gefühlt täglich schneller. Als wir wieder einmal lauthals lachten, sah Argus sich erneut genötigt, aus seinem Plexiglasverschlag herüberzukommen, um uns zur Ordnung zu rufen. Was ich stets mit der Frage quittierte, ob er denn mit unserer Arbeitsleistung unzufrieden war. Das war er nicht. Woraufhin ich versuchte, ihm zu erläutern, dass wir während unserer Unterhaltung die Werkstücke nicht aus den Augen ließen und eine von Schweigen begleitete Frequenz die gleiche wäre. Da dies nicht nur deutlich vernehmbar, sondern auch vor den anderen Mitarbeitern geschah, zog Argus kommentarlos wieder ab. Freunde sollten wir wohl keine mehr werden. In den folgenden Tagen ging es ähnlich weiter. Argus, der den Eindruck vermittelte, zum Lachen in den Keller zu gehen, kam wieder einmal zu unserem Tisch. Um Stefans und meiner Heiterkeit am Arbeitsplatz endgültig den Garaus zu machen. Das zog meine Frage nach sich, ob es ihm denn lieber war, wenn wir einfach die Arbeit niederlegten und nach Hause gingen. Und was denn sein Chef dazu sagte, wenn er als Vorarbeiter zwei Aushilfskräfte, die unbestreitbar gute Arbeit ablieferten, einfach so vergrault hatte. Und das angesichts dieses enormen Zeitdrucks und der drohenden Konventionalstrafe. Von da an ließ uns Argus in Ruhe. Apropos: Ostern stand vor der Tür. Nach den erholsamen Feiertagen musste ich jedoch feststellen, dass - obwohl auch bei Zeitarbeitsverträgen gesetzlich dazu verpflichtet - die Firma uns den Karfreitag und den Ostermontag nicht vergolten hatte. Als ich mit meiner Monatsabrechnung in der Hand umgehend Argus' Plastikbüro betrat und diesbezüglich wenig erfreut nachfragen wollte, wedelte er mir triumphierend und seltsamerweise gut gelaunt mit ein paar Zetteln in der Hand. Er hatte mich in dieser Angelegenheit bereits erwartet und war wohl seiner Meinung nach bestens darauf vorbereitet. Argus hatte nämlich die Feiertage genutzt und sich diesbezüglich »extra« schlau gemacht, erfuhr ich von ihm. Dabei hatte er herausgefunden, dass man uns Leiharbeitern - die für die Firma ja die Karre aus dem Dreck zogen - die Feiertage nicht bezahlen brauchte. Das Ergebnis seiner zweifelhaften Recherche hatte er in vorauseilendem Gehorsam der Verwaltungsabteilung übergeben und darüber hinaus auch stolz seinem Chef präsentiert. Wegen Argus also wurde uns allen die Feiertage nicht bezahlt. Ich wollte lesen, was er angeblich darüber schriftlich gefunden hatte. Das wollte Argus nicht zulassen. Als ich mich wortlos herumdrehte und sein Plexiglasbüro verließ, rief er mir noch höhnisch hinterher, dass wir ja klagen konnten, wenn wir das nur wollten. Ich ging rüber zu Stefan und sagte ihm, dass für mich jetzt Feierabend war, und zwar endgültig. Und er mitfahren konnte, wenn er mochte. Stefan wollte aber bleiben, die anderen auch.

Ich fuhr auf direktem Wege zu meinem Hausarzt, der aktives Mitglied in der kommunistischen Partei war. Ich schilderte ihm die Lage und er schrieb mich für den Rest der Woche krank. Mit den Worten: »Pausier´ du erst einmal. Und wenn es am kommenden Montag nicht besser ist, kommst du wieder vorbei.« Mein Doc hatte was gegen kapitalistische Ausbeutung. So musste mir Argus' Firma anstatt zwei, nun vier arbeitsfreie Tage bezahlen. Zunächst einmal. Vielleicht konnte sich mein Pausieren noch in die Länge ziehen. Am nächsten Mittag ließ ich mich mit Argus verbinden, um ihm das mitzuteilen. Ich hatte nicht gleich am frühen Morgen anrufen wollen, damit er nicht noch kurzfristig Ersatz für mich anfragen konnte. Gleichzeitig signalisierte ich Argus noch - zum leider noch nicht absehbaren Zeitpunkt meiner Genesung - die Kündigung. Abschließend fragte ich ihn noch, was denn sein Chef davon halten würde, und legte auf.

## Armer Willi

Willi war Handwerker. Eigentlich ein ruhiger, sympathischer und netter Mensch. Willi sah gut aus und verfügte über eine durchtrainierte Figur sowie eine gute Konstitution. Aber er hatte kein Glück bei den Frauen. Zumindest nicht nachhaltig. Wenn nämlich Willi etwas getrunken hatte, war er leider nicht mehr so nett. Auf dem Bau trank Willi keinen Alkohol, denn er war ein gewissenhafter Maurer. Vielleicht wusste er ja aber auch, dass ihm Trinken nicht guttat. Nach ein paar Bieren wurde er immer ein wenig komisch. Manchmal auch aggressiv. Da Willi auf Dauer bei »den deutschen Weibern« kein dauerhaftes Glück fand, suchte er nach Alternativen. Und dachte diesbezüglich dabei in alle möglichen Richtungen. Russische Frauen »aus dem Katalog« kamen für ihn nicht in Frage. Sie waren für ihn »unter Niveau«. Also überlegte er weiter. Er tauschte sich auch diesbezüglich gerne mit seinem Freund Longo aus. Der war Thailandfan. Aus verschiedenen Gründen. Aber irgendwie schwebte Willi eine „Brasi-Dame" vor. Was seine Bezeichnung für eine junge und hübsche Brasilianerin war. Kurzerhand fasste Willi den Entschluss, im bevorstehenden Winter nach Rio zu fliegen.

*

Willi konnte weder Portugiesisch noch fließend Englisch sprechen, aber nichtsdestotrotz lernte er in einer

Strandbar an der Copa Cabana am Heiligabend Jacira kennen. Jacira konnte ein paar Brocken Englisch und sogar ein wenig Deutsch. Aber limitierte verbale Kommunikation wurde schon bald durch physische Nähe kompensiert. Für Jacira war es vermutlich aber keine seltene Romanze, sondern eher Tagesgeschäft. Für Willi jedoch war es die Erfüllung all seiner Träume. Sonne, Strand, Daiquiris - und begehrt sein von einer jungen, kaffeebraunen Schönheit. Was wollte man mehr? Zwei Wochen später nach tränenreichem Abschied versprach Willi seiner jungen Geliebten - die schon immer davon geträumt hatte, einmal nach Deutschland zu reisen - sie so bald wie möglich »einfliegen« zu lassen. Gesagt, getan: Der sparsame - manche bezeichneten ihn auch als geizig - Willi musste nicht lange überlegen, als er wieder allein in seinem kleinen Bottroper Apartment saß und sich in seiner Miniküche eine Dose Ravioli erhitzte. Er fasste einen Entschluss: Jacira gehörte einfach zu ihm nach Deutschland!

Was die Visa- und Bürgschaftsformalitäten anging, ließ er im Vorfeld alles von entsprechenden Fachleuten regeln. Damit dahingehend auch nichts schief gehen konnte, nahm er dafür gerne Geld in die Hand. Bald darauf waren alle Voraussetzungen getroffen: Jacira durfte zunächst einmal für drei Monate zu ihm kommen. Drei Monate! Trotz aller Vorfreude überwies Willi ein wenig misstrauisch das Geld für Jaciras Ticket - man hatte ja schon so einiges diesbezüglich gehört. Aber er vertraute ihr. Zu Recht: Wenige Tage später stand bereits ihr Abflugdatum fest. Abgesprochen war, dass Jacira, nachdem sie am Flughafen in Rio eingecheckt hatte, Willi anrief. Damit er einerseits die endgültige Gewissheit hatte, dass sie tatsächlich auf dem Weg war und er sich andererseits freudig erregt auf die Fahrt zum Frankfurter Flughafen begeben konnte. Wie vereinbart klingelte kurz vor Jaciras Abreise das Telefon. Willi hatte sich an dem Tag frei genommen und keine Minute das Haus verlassen – er war fürchterlich nervös. »Ich bin am Gate«, hörte er Jaciras Stimme sagen. Willi konnte sein Glück kaum fassen. Sollte er gut 15 Stunden später tatsächlich seine Traumfrau in den Armen halten?! Er brachte vor Freude nur ein »Super!« heraus. Auf Englisch. »Ich komme aber zu dritt«, schob Jacira noch hinterher. Auf Deutsch. Willi dachte kurz irritiert nach: »Wie, zu dritt? Wer kommt denn noch mit? Etwa deine Eltern…?!« – »Nein. Die Zwillinge«. – »Was für Zwillinge?« – »Unsere. In meinem Bauch«, erklang es am anderen Ende der Leitung. Willi fand auf die Schnelle keine rechte Antwort darauf. Es war ein teures Ferngespräch und es galt, sich kurz zu fassen. »Good flight«, sagte Willi nur und legte auf. Er hatte noch einige Stunden Zeit, sich über diese Information Gedanken zu machen.

*

Die Wiedersehensfreude war groß und Willi verdrängte erfolgreich die Tatsache, dass Jacira schwanger war; zunächst hatte er anderes im Sinn. Kam er abends vom Bau zurück ließ er sich als Erstes von Jacira ein Bier aus dem Kühlschrank holen. Danach wurden Willis – im Vorfeld detailliert ausgemalten – Fantasien zur Realität: Jacira sollte ihm etwas vortanzen. Auf dem Tisch seiner 1,5 Single-Wohnung. Das Sambadrom in Rio komprimiert auf 25 Quadratmetern. In Bottrop. Willi hatte extra für diesen allabendlichen Anlass schwarze, möglichst enganliegende Lackstiefel gekauft. Mehr sollte sie auch nicht anhaben bei ihrem Table Dance. Auf diese Privatvorstellung freute Willi sich schon den ganzen Arbeitstag über und zeigte seinen Kollegen auch später gerne Fotos davon. Das ließ Neid aufkommen und machte ihn zum Global Player auf dem Baugerüst. Jaciras zunehmender Bauch machte die Feierabend-Performance aber sukzessive obsolet und sukzessive kühlte die nun immer sichtbarer werdende Entwicklung ihr Verhältnis ab. Apropos: Derart kalte Außentemperaturen hatte Jacira – deren Traum es schon immer gewesen war, einmal ein Schneetreiben zu erleben – sich so absolut nicht vorstellen können. Was ihren Bewegungsradius stark limitierte. Dieser umfasste einzig und allein den Weg zum benachbarten Discounter und wieder zurück. Willi wollte aber auch nicht, dass sie sich weiter wegbegab. So verbrachte Jacira die meiste Zeit drinnen. Eine Satellitenschüssel für Fernsehempfang aus Jaciras Heimat wollte Willi nicht kaufen. Aus seiner Sicht eine unnötige Investition, schließlich sollte Jacira ja so schnell wie möglich Deutsch lernen. Und das konnte sie ja seiner Meinung nach am besten durch das hiesige TV-Programm erlernen. Es gab noch keine Handys und kostspielige Festnetztelefonate nach Brasilien wurden Jacira untersagt. Zur Sicherheit montierte Willi ein kleines Vorhängeschloss an die Wählscheibe seines Telefons. Jacira aus Rio de Janeiro hatte sich vermutlich etwas anderes vorgestellt, als in einer Single-Wohnung im winterlichen Bottrop auf ihre Zwillinge zu warten. Während der Kindsvater sie einschloss und ihr am Tag nach ihrer Ankunft den Reisepass abgenommen hatte.

*

Als Willi ein paar Wochen später abends nach Hause kam, stand ein rotes Mercedes Cabriolet mit Frankfurter Kennzeichen vor dem Haus. Drinnen saßen zwei breitschultrige Typen in schwarzen Lederjacken. Als Willi die Haustür aufschloss, standen sie plötzlich hinter ihm. Sie schoben Willi unsanft in den Hausflur. Oben in der Wohnung wartete Jacira bereits neben ihren gepackten Koffern. Das Schloss vom Telefon war weg.

Willi sollte seine Zwillinge nie zu Gesicht bekommen. Die beiden Zuhälter hatten ihm zum Abschied noch mit auf den Weg gegeben, dass es besser für ihn war, den persönlichen Kontakt zu Jacira abzubrechen. Aber nicht den finanziellen.

## Am Straßenrand

Es war ein strahlend blauer Himmel; 26 Grad Celsius lockten nach draußen. Ein herrlicher Frühsommertag, und das an einem Wochenende - was wollte man mehr? Guter Dinge beschloss ich, eine Fahrradtour zu machen und Freunde zu besuchen. Die vorzugsweise über einen Garten verfügten. Als ich an einem benachbarten Vorgarten entlangfuhr, umströmte mich der Duft von Magnolien. Alles sprießte, und überall, wo man hinsah, dominierte sattes, neuerliches Grün. Gemächlich fuhr ich vor mich hin, genoss die Wärme, den aromatischen Fahrtwind und die Vorfreude auf ein kaltes Bier in netter Runde.

Als ich um die erste Straßenecke bog, sah ich einen Jungen allein am Straßenrand stehen. Er war etwa 8 oder 9 Jahre alt und schaute in meine Richtung. Niemand war sonst zu sehen. Ich fuhr im entgegen und unsere Blicke begegneten sich. Als ich auf seiner Höhe ankam, hörte ich im Vorbeifahren, wie er mir zurief: »Entschuldigen Sie bitte: Sind sie ein Kind?!« Ich fuhr weiter, und drehte mich dann kurz zu ihm um. Er blickte mir regungslos nach. Mich fröstelte.

## »Also, wenn ich dir irgendwie helfen kann …?«

René war Anfang 25, absolut gutaussehend und immer in edler Lederkleidung unterwegs – aber alles andere als ein Rockertyp: sanft, intelligent und mit wachem Blick. René sprach immer besonnen und mit ruhiger Stimme. Wenn er mal was sagte. Alle mochten ihn. Vor allem die weiblichen Studierenden am Kolleg; von ihm ging etwas absolut Anziehendes aus. Ich wollte ihn auch gerne näher kennenlernen, und war dann auch eines schönen Tages einmal bei ihm zu Gast im angrenzenden Wohnheim. Nach einer Weile fragte ich ihn, was er denn vorhabe, nachdem er sein Abitur nachgeholt hatte: Architektur studieren, wie sein Vater, antwortete er. Aber er hätte ein kleines Problem: Heroin. Das nähme er aber nur ein, zweimal pro Woche, hätte also alles im Griff. »Wie nimmst du es denn?« wollte ich wissen. »Spritzen.« Ungläubig schüttelte ich den Kopf, sah ihn an und dachte an das, was er vorhatte – und was er mit seinem Drogenkonsum aufs Spiel setzte. »Also, wenn ich dir irgendwie helfen kann …?« hörte ich mich floskelhaft sagen und bereute es direkt im Anschluss: René zog skeptisch die Augenbrauen hoch und wechselte das Thema. Zwei Tage darauf war ich morgens spät dran. Der Unterricht hatte bereits begonnen und die Kollegiaten ihre Klassenräume bezogen. Nur einer stand noch auf dem Gang. Es war René. An diesem Morgen wirkte er noch ruhiger als sonst. Irgendwie bedrückt. Er wartete. Auf mich: Ob wir kurz miteinander reden könnten. Ich hatte es eilig und somit keine Zeit. Darüber hinaus war ich auch noch recht verkatert und dementsprechend unkommunikativ. »Ich kann jetzt nicht, ich muss rein.« Er wirkte enttäuscht. »Nachher in der großen Pause, im Freizeitraum?« schob ich noch nach, während ich bereits die Tür zu meinem Klassenraum öffnete. Ohne die Antwort abzuwarten, ließ ich René auf dem Gang zurück. Als es zur großen Pause bimmelte, beschloss ich, anstatt nach oben zum ständig überfüllten Freizeitraum hinaus auf den Schulhof zu gehen, um dort frische Luft zu tanken und meine Ruhe zu haben. Danach war mir eher zumute als nach Problemgesprächen.

Am nächsten Vormittag sah ich vom Klassenraumfenster aus, wie ein Leichenwagen vor dem Wohnheim anhielt. Kurz darauf verbreitete sich die Nachricht, dass sie René abgeholt haben, wie ein Lauffeuer. Wie später ermittelt wurde, hatte er sich am Vorabend während einer WG-Party in seinem Zimmer einen »Schuss« gesetzt. Und war dann nachts an seinem Erbrochenem erstickt.

## Alles ist relativ

Ich hatte ein paar kleine Steine, die Grund für eine schmerzhafte Entzündung gewesen waren, aus meinem rechten Knie entfernt bekommen, gerade die Arztpraxis verlassen und humpelte zu meinem E-Bike. Das ich mir ausgeliehen hatte, um möglichst schmerzfrei mobil zu sein. Nach der Behandlung konnte ich nun endlich wieder aufatmen; das Schlimmste hatte ich wohl hinter mich gebracht an diesem Tag. Auf dem Rückweg zum Campingplatz tauchte auf der rechten Straßenseite bald das Dobbertiner Kloster mit seinen pittoresken Zwillingstürmen auf. Dabei bemerkte ich, wie aus genau dieser Richtung kommend ein Mofafahrer mit knatterndem Auspuff sich zügig der Kreuzung näherte. In Tarnkleidung, mit einem großen Kopfhörer auf dem kurz geschorenen, kugelrunden Kopf. Es war keine *Rechts-vor-links*-Situation gegeben (die Doppeldeutigkeit sei mir verziehen an dieser Stelle), denn an der Einmündung zur Hauptstraße befand sich ein Stoppschild. Vor welchem bereits eine kleine Gruppe Radfahrer ordnungsgemäß den vorbeifließenden Verkehr abwartete. Der Mofafahrer steuerte jedoch stoisch immer schneller werdend auf die Vorfahrtstraße zu und machte keinerlei Anstalten, anzuhalten. Mit einem riskanten Schlenker konnte ich noch so gerade eben ausweichen; andernfalls wäre er mir genau in dem Moment, als ich die Kreuzung passierte, ungebremst in die Seite gefahren. Was mit Sicherheit einen üblen Unfall nach sich gezogen hätte, denn: Beide geschätzt gut 20 Stundenkilometer schnell - und beide ohne Helm. Im Rückspiegel sah ich, wie der andere mit einer waghalsigen Schräglage hinter mir einbog, dabei hörbar mit seinen Sandalen auf dem Asphalt abbremsend. Um dann, wie mir schien, meine Verfolgung aufzunehmen. Er fuhr deutlich schneller als ich und bald holte er mich ein. Während seines riskanten Überholmanövers drehte ich mich zu ihm herüber, um ihm dann mit zwei auf meine beiden Augen gerichteten Fingern zu signalisieren, dass er doch gefälligst aufpassen sollte im Straßenverkehr. Und ihn dabei - erschrocken und zugleich wütend - anbrüllte: »Ja, bist du denn eigentlich bescheuert, Mann?!« Um beim näheren Anblick seiner Physiognomie zu registrieren, dass er vermutlich der dortigen klösterlichen Einrichtung für psychisch Behinderte zugehörig sein musste.

Am nächsten Tag fuhr ich ihm zufällig mit dem VW-Bus entgegen. Als er mich erkannte, grüßte er mich freudig winkend schon von Weitem. Ich winkte zurück und senkte den Blick.

# Wo die Liebe hinfiel

## Die Insel

Januar 1985, das Zivildienstende endlich in Sicht. Bald sollte ich wieder frei sein. Anstatt im kalten Deutschland nebulöse Zukunftspläne zu schmieden, beschloss ich, auf den warmen Kanaren zu überwintern. Mein ehemaliger Nachbar Miguel hatte eine Bar nebst Bungalow auf Fuerteventura erworben. Das schien mir die perfekte Anlaufadresse zu sein. Falls ich mich da über Wasser halten konnte, wollte ich auch gerne länger bleiben; in Deutschland hielt mich nichts. Eine Reise war leicht planbar, nicht aber deren Konsequenzen. Aber der Reihe nach: Anfang Februar saß ich im Flieger nach Puerto del Rosario.

*

Als ich gegen Mittag auf der Insel landete, war es sommerlich warm bei strahlend blauem Himmel. Allein dafür hatte sich die Reise schon gelohnt. Der Flughafen befand sich im Norden der Insel, Miguels Lokal jedoch ganz im Süden - die Adresse hatte ich auf einem Zettel notiert. Da musste ich erst einmal irgendwie hinkommen. Irgendwie und möglichst günstig, so lautete die Devise. Meine Reisekasse bestand nur aus der ersten Rate Arbeitslosengeldes, knapp 200 Mark. Mittels Bankvollmacht und Postanweisung sollte mir mein Freund Hugo die weiteren Raten alle zwei Wochen nachsenden. So der Plan.

Als ich das Flughafengebäude verließ, musste ich bald feststellen, dass meine Spanischkenntnisse aus einem Anfängerkurs nicht zielführend waren. Und Deutsch oder Englisch niemand verstehen konnte oder wollte. Eigentlich hatte ich erwartet, vor dem Ausgang eine Bushaltestelle vorzufinden; da war aber keine. Zugverbindungen gab es nicht und eine Taxifahrt quer über die Insel kam nicht in Frage. Über dieses Problem hätte ich mir besser vor der Abreise Gedanken machen sollen. Ich setzte mich auf eine Bank und sah mich um. Die Passagiere aus meiner Maschine versammelten sich auf dem Parkplatz und verschwanden sukzessive allesamt in Shuttlebussen lokaler Reisegesellschaften. Hinter dem Gewühl bemerkte ich einen Einheimischen, wie er Koffer auf die Ladefläche eines klapprigen Lastwagens wuchtete. Vermutlich transportierte er Gepäck zu den Hotels und Resorts auf der Insel - er musste sich also auskennen. Ich ging zu ihm herüber, grüßte auf Spanisch und zeigte ihm den Zettel mit der Adresse von Miguels Bar. Mit Händen und Füßen gestikulierend wollte ich wissen, ob er in diese Richtung fahren - und falls ja mich vielleicht mitnehmen - würde. »Ah sí, Jandía!«, sagte er, musterte mich kurz und nickte dann bejahend. Dabei deutete er auf einen Anhänger voller Koffer und Reisetaschen, dann auf die Ladefläche seines Gefährts, anschließend auf mich und zuletzt auf sich selbst. Falls ich das richtig interpretierte, war er wohl bereit, mich mitzunehmen - wenn ich ihm im Gegenzug helfen würde, seine Fracht aufzuladen. In seinen Augen scheinbar eine Win-win-Situation. Ich war einverstanden und machte mich gleich an die Arbeit. Bei inzwischen knapp 30 Grad im Schatten fragte ich mich kurz darauf schweißgebadet, was manche Leute so in ihre Koffer packten. Nachdem alles Gepäck aufgeladen war, durfte ich im Laster meines neuen Chefs Juán Platz nehmen. Wie sich bereits nach kurzer Fahrt herausstellen sollte, war ich von ihm über das Aufladen hinaus auch noch für das Abladen engagiert worden. Als wir Stunden später schlussendlich den Süden der Insel erreicht und alles abgeliefert hatten, wollte mich Juán im Zentrum von Jandía absetzen. Dieses schien auf den ersten Blick aus einem Neubauviertel zu bestehen. Juán ließ sich noch einmal meinen Zettel geben und fragte noch ein paar einheimische Passanten nach der Adresse. Die daraufhin aber alle bedauernd mit Kopfschütteln reagierten. Juán gab mir meinen Zettel achselzuckend zurück, klemmte sich wieder hinter sein Lenkrad und ließ mich winkend zurück. Ich setzte mich auf eine Parkbank und stellte meinen Koffer und die Gitarre daneben. Die Sonne stand immer noch hoch - und weit und breit kein Schatten. Ich war um 4:30 Uhr aufgestanden, nach Fuerteventura geflogen und hatte stundenlang ohne Pause gearbeitet. Hungrig, durstig und nicht wissend, wie es weitergehen sollte, schlief ich unversehens auf der Parkbank ein. Bis mich jemand unsanft an der Schulter rüttelnd weckte. Es war Miguel.

*

»Wo ist denn dein Bruder?«, fragte er mich zur Begrüßung. Mit ihm war er befreundet, mit mir weniger. »Zu Hause« antwortete ich, mich schlaftrunken aufraffend. »Er konnte nicht mitkommen – ist ja vor vier Wochen erst Vater geworden.« Miguel sah mich entgeistert an. Sie hatten offenbar wohl schon länger keinen Kontakt mehr gehabt. Vor seiner Abreise hatte Miguel angeboten, uns im Falle eines Besuchs zu beherbergen. Dass ich allein auftauchen würde, damit hatte er nicht gerechnet. Wiedersehensfreude war etwas anderes. Augenscheinlich missmutig fuhr Miguel mich zu seinem Bungalow. Damit ich meine Sachen dort deponieren und mich kurz ein wenig frischmachen konnte. Um ihm anschließend in seiner neuen Kneipe mitzuhelfen, die er ja schon vor einer Stunde hatte aufmachen wollen, erfuhr ich. Er fragte mich erst gar nicht nach meiner Befindlichkeit oder Zustimmung. Dass ich am liebsten schlichtweg nur ankommen und mich ausruhen wollte, hatte er entweder nicht auf dem Schirm oder es war ihm einfach völlig egal. So hatte ich am ersten Tag bereits den zweiten Job – was mir aber eindeutig zu schnell ging. Trotzdem kooperierte ich und fand mich am frühen

Abend hinter Miguels Tresen wieder. Obwohl inmitten von Baustellen gelegen, war seine Bar - überwiegend mit deutschen Gästen - gut besucht. Bierzapfen und Cocktailmixen war mir nicht fremd; das schien bei Miguel keinen schlechten Eindruck zu hinterlassen, sodass er mich - Sympathie hin oder her - wohl als geeignete Thekenkraft ansah und gleich für den nächsten Tag wieder engagieren wollte. Mittlerweile war es bereits weit nach Mitternacht. Ich war nun endgültig erschöpft und todmüde; insofern begeisterte mich diese Offerte absolut nicht. Das teilte ich Miguel auch mit. Ebenso, dass ich mir sein Angebot erst einmal durch den Kopf gehen lassen wollte. Worin dieses genau bestand - vermutlich sollte ich meine Unterbringung bei ihm erarbeiten - hatte er auch nicht konkretisiert. Am nächsten Tag wollte ich auf jeden Fall erst einmal ausschlafen, bewusst ankommen und den lang herbeigesehnten Strandspaziergang machen. Das gefiel Miguel nicht. Er konnte es vielleicht auch gar nicht nachvollziehen - er hatte den Strand ja permanent vor seiner Haustür. Das war mir aber alles egal: Am nächsten Vormittag setzte ich meinen Vorsatz erholt und frisch geduscht in die Tat um.

*

Mit dem um den Hals baumelnden Walkman spazierte ich den schier endlosen Strand entlang. Ein paar Touristen sonnten sich auf ihren Handtüchern. Als ich an ihnen vorbeischlenderte, beäugten sie mich argwöhnisch - vermutlich wegen meiner unpassenden Kleidung. Denn ich trug weder Flipflops noch Badehose, sondern Boots, Jeans und Parka - ich befand mich noch im Wintermodus. Auf Fuerteventura herrschten aber auch Anfang Februar sommerliche Temperaturen; das musste ich erst einmal realisieren. Bald kam ich an einer Höhle vorüber, an deren Eingang jemand entspannt aufs Meer blickte. Im Vorbeigehen nickte ich dem etwa Gleichaltrigen lässig zu – und dieser winkte freundlich zurück. Als ich gut eine Stunde später auf meinem Rückweg wieder dort vorbeikam, hockte er unverändert im Schneidersitz am selben Platz. Ich zögerte kurz, doch dann ging ich gemächlich zu ihm herüber und fragte ihn, ob er Englisch oder Deutsch spräche. »Beides« lautete die Antwort. Er war Österreicher und hieß Carlo, ließ er mich wissen. Carlo wohnte schon seit Monaten in der kleinen Höhle, die er bei seinem ersten Strandspaziergang entdeckt hatte. Der Eingang befand sich fast auf Meereshöhe und war somit leicht zugänglich. Direkt davor hatte Carlo aus zahlreichen Klippensteinen eine Trockenmauer aufgeschichtet. Damit die Flut nicht eindrang, wenn Vollmond war. Das beeindruckte mich sehr - hatte ich doch immer schon wie Robinson Crusoe einmal am Strand wohnen wollen. Ob ich denn seine Höhle einmal von innen sehen durfte, fragte ich Carlo. »Kein Problem, es kommen täglich Touristen vorbei, die dasselbe wollen. Manchmal sogar ganze Familien.« Dieser Tatsache geschuldet konnte Carlo sich überaus günstig vor Ort aufhalten, verriet er mir. Denn auch im nahe gelegenen Robinson Club gab es immer wieder Gäste, die auf ihn aufmerksam wurden. Und wenn ein Familienvater den Höhlenbewohner entdeckte und seine Unterkunft besichtigt hatte, wurde Carlo oft gefragt, ob man denn darin auch seine Kinder ablichten durfte. Damit hatte Carlo kein Problem. Das Interieur seiner Höhle war vollkommen spartanisch und unspektakulär. Um weich auf seiner Isomatte liegen zu können, hatte er mittels einer halbierten Plastikflasche eine beachtliche Menge Strandsand hineingeschaufelt. Aus Treibholzstücken hatte er kleine Regale angefertigt, in die Höhlenwände geklemmt und darauf seine wenigen Habseligkeiten drapiert. An einem Ast hingen ein paar Kleidungsstücke, und in einer Felsnische stand ein kleiner Campingkocher. Das war alles. Carlo war ausgesprochen schlank, auf seine Besucher wirkte er aber vermutlich eher ausgemergelt. Weil er mutmaßlich mittellos war – andernfalls hätte er ja nicht in einer Höhle wohnen müssen. Diese Annahme bestärkte einige empathische Urlauber, ihn als absolut hilfsbedürftig einzustufen. Da Carlo darüber hinaus auch noch ein sympathischer Kerl war, wurde ein touristisches Soforthilfeprogramm gestartet. Dies bestand in der Regel darin, belegte Brötchen, Obst und alles, was ansonsten noch an geeigneten Lebensmitteln vom Frühstücksbuffet stibitzt werden konnte, vorbeizubringen. Und ihn somit – zumindest in der

Vorstellung der Kinder – vor dem sicheren Hungertod zu bewahren. Was sie vermutlich anschließend an ihren Urlaub zu Hause nicht ohne Stolz ihren Gästen beim obligatorischen Dia-Abend berichteten. Ein echtes Abenteuer also. Carlo spielte gerne mit und nahm alle Gaben dankend entgegen. Wie ein thailändischer Mönch, der nicht um Nahrung oder Almosen betteln musste, weil ihm alles, was er brauchte, einfach vor die Füße gelegt wurde. Was seine Gelegenheitswohltäter nicht wussten, war, dass Carlo im Sand unter seiner Isomatte mehr Reiseschecks deponiert hatte als die meisten Touristen in ihren Hotelsafes. Er befand sich auf Weltreise. Das alles erfuhr ich bereits bei unserer ersten Begegnung. Carlo war unglaublich offen und redselig. Von mir wusste er noch gar nichts. Mir gefiel seine Geschichte. Carlo tat nichts Unrechtes: Er machte niemanden etwas vor und nahm gerne Lebensmittel an, die ansonsten wahrscheinlich sowieso nur im Hotelmüll gelandet wären. Ich sah mich um und erspähte in der Nähe eine weitere Höhle. Die ich vielleicht beziehen würde, wenn ich bei Miguel ausziehen wollte oder musste, dachte ich. An ein Hotelzimmer war wegen meines schmalen Budgets absolut nicht zu denken. Der Höhleneingang befand sich keine 20 Meter von Carlos Behausung entfernt und war sehr klein, aber deswegen auch bestimmt relativ schnell mit einer Mauer aus Felsbrocken zu schützen, überlegte ich weiter. Ich merkte mir die Stelle, bedankte mich bei Carlo herzlich für seine Gastfreundschaft und Offenheit und fragte ihn, ob und wo man denn in der Nähe vielleicht einmal gemeinsam etwas trinken gehen konnte. Den Hügel hinauf gab es eine kleine Dorfdiskothek, in der sich in der Regel ausschließlich junge Einheimische einfanden, wusste Carlo. Wir verabredeten uns gleich für den kommenden Abend dort auf ein Bier. Miguels Jobangebot blendete ich zunächst einmal aus.

*

Im örtlichen Tanzschuppen schien die Zeit stehen geblieben zu sein: Stroboskoplampen, Spiegelkugeln, bonbonfarbene Plüschmöbel – alles noch aus den 1970er-Jahren. Mein Outfit sollte perfekt dazu passen: Ich hatte mein cremefarbenes Sakko in meinen Koffer gepackt, warum auch immer. Carlo kannte man vor Ort bereits, und er wurde freundlich begrüßt. Wir setzten uns gleich an den Tresen direkt neben dem Mischpult des DJs. Als Carlo mich kurz dem Personal vorstellte, war ich ebenfalls ein willkommener Gast. Zunächst einmal jedenfalls. Bis ich nach einer Weile die beiden bildhübschen Spanierinnen ansprach, die uns heimlich aus den Augenwinkeln musterten und über uns zu tuscheln schienen. Im direkten Vergleich zum Stammpublikum bildeten wir vermutlich eine exotische Abwechslung. Soweit ich das beurteilen konnte, sah Carlo zudem auch verdammt gut aus. Da wir nur ein paar Wörter Spanisch sprechen konnten und sie kaum Englisch geschweige denn Deutsch, gestaltete sich unsere Konversation als ebenso schwierig wie lustig. Vor allem nach ein paar eisgekühlten Bieren nahm unser Spaß exponentiell zu. Was leider auch zeitnah den Unmut der einheimischen männlichen Youngsters nach sich zog, die ausnahmslos die beiden Hübschen anbaggerten, aber allesamt auch abblitzten. Carlo und mir war das egal.

Meine Reisekasse schwand allmählich, aber deutlich: Nach knapp zwei Wochen hatte ich so gut wie kein Geld mehr. Inzwischen hätte schon längst die erste Postanweisung eingetroffen sein müssen. Damit hatte ich nicht gerechnet. Täglich fragte ich Miguel, ob der Geldbriefträger bei ihm erschienen war. Er verneinte jedes Mal aufs Neue. Ich begann langsam, aber sicher nervös zu werden. Es konnten meiner Ansicht nach praktisch nur drei Ursachen dafür infrage kommen: Entweder funktionierte meine Bankvollmacht nicht, Hugo hatte seine Zusage nicht eingehalten - oder Miguel log und hatte das Geld einfach behalten. Paradoxerweise hielt ich alle diese Varianten aber auch ebenso für unwahrscheinlich. Gegen Letztere sprach, dass Miguel mir gegenüber immer so misstrauisch war, wenn ich betonte, dass mein Geld bald eintreffen musste. Wenn er mir das nicht glaubte, hatte er also nichts einbehalten. Es ging auch nur um 200 Mark, da machte er locker an jedem Abend mehr Umsatz. Da ich mir so gut wie sicher war, dass sich das Ganze aus irgendwelchen nebulösen Gründen nur verzögert hatte, bat ich Miguel, mir für die kommenden Tage etwas Geld zu leihen. Was mir sehr unangenehm war - und er unverhohlen auch sehr ungern tat. Was mich wiederum wunderte. Wir hatten über zehn Jahre Tür an Tür gewohnt, er kannte meine Eltern und er war mit meinem Bruder befreundet. Der ihm ein Jahr zuvor noch einen sechsstelligen Betrag als Abstandssumme für seine Pizzeria überwiesen hatte. Vielleicht dachte er ja, dass ich ihn belog und auf diese Weise versuchte, ohne eigenes Geld auf der Insel zu überwintern? Ich hatte nicht die geringste Ahnung, warum er mir misstraute und so abweisend war. Auf meine Bitte hin ließ er mir am nächsten Tag umgerechnet etwa 70 Mark in Peseten auf dem Küchentisch zurück. Eigentlich eine Unverschämtheit, aber wenn die Postanweisung zeitnah eintraf, war das zur Überbrückung ausreichend. Das war die Hauptsache. Jeden weiteren Vormittag folgte dann das gleiche unangenehme und zunehmend erniedrigende Prozedere: »Ist mein Geld angekommen?« - »Nein« war dann immer die lapidare Antwort. Mehr hatten wir uns auch nicht zu sagen. Die Stimmung war im Keller, und ich hatte ein echtes Problem. Aus der einfachsten Lösung, dass ich in Miguels Kneipe arbeitete und dann auch keine Geldprobleme mehr gehabt hätte, wurde leider nichts mehr. Zweimal hatte ich noch mitgeholfen hinterm Tresen: Da sich aber bald herausstellte, dass die weiblichen Gäste eher mit jüngeren Kellnern als mit älteren Barbesitzern flirteten, stand unsere Geschäftsgrundlage schnell auf tönernen Füßen. Denn Miguel passte es keineswegs, nicht wie gewohnt im Mittelpunkt zu stehen und nur die zweite Geige zu spielen. Er ging permanent proaktiv auf die Damenwelt zu und war normalerweise auch recht erfolgreich damit. Wenn ich nicht gerade direkter Konkurrent war. In Miguels Augen waren wir das wohl. Im Gegensatz zu ihm hatte ich aber anderes im Sinn, als sporadische Urlaubsbekanntschaften zu machen. Was aber vielleicht genau den Unterschied machte. Wenn Miguel nachts nach Hause kam, amüsierte er sich in der Regel mit seiner aktuellen Beute im Nebenzimmer. Es war leider nicht zu überhören, dass er es mit der ehelichen Treue nicht so genau nahm. Seine Frau war noch in Deutschland. Ich kannte sie gut, und er konnte sich nicht sicher sein, dass ich alles für mich behielt. Das war vermutlich der Hauptgrund seines Unmuts über meine Anwesenheit. Ich störte einfach und barg eine potenzielle Gefahr für ihn. Ich hatte aber weder die Absicht, Miguels Konkurrent noch Denunziant zu sein. Ich wollte nur schauen, ob ich mich auf dieser recht tristen Vulkaninsel länger wohlfühlen konnte und falls ja, wie ich meinen Aufenthalt dauerhaft finanzieren konnte. Das hatte absolute Priorität, denn die Raten vom Arbeitsamt bildeten de facto keine kalkulierbare Größe: Ein einziger Termin, den ich nicht hätte wahrnehmen können, und die Zahlungen wären sofort eingestellt worden. Demzufolge blieb mutmaßlich nicht viel Zeit, mir einen Job zu suchen. Die Tage gingen ebenso ins Land wie mein geliehenes Geld. Es bestand akuter Handlungsbedarf.

Ich musste der Sache endlich auf den Grund gehen und umgehend mit Hugo telefonieren. Da ich Miguel nicht fragen wollte, ob ich von ihm aus anrufen konnte, blieb mir nur die Telefonzelle auf dem Dorfplatz übrig. Ein Anruf ins Ausland war teuer. Von meinem Restgeld besorgte ich mir einen Haufen Münzen und hoffte, meinen Freund direkt an den Hörer zu bekommen. Wäre er nicht zu Hause und jemand anderes ging ans Telefon, hätte ich, ohne etwas erreicht zu haben, mein letztes Geld ausgegeben. Ich drehte die Wählscheibe und stopfte dabei permanent Peseten in den Wurfschlitz. Und hatte tatsächlich Glück: Prompt erklang Hugos Stimme am Hörer. Im Telegrammstil schilderte ich ihm meine Lage. Hugo teilte mir mit, dass er mein Geld bereits vor gut zwei Wochen an Miguels Kneipenadresse verschickt hatte. Mehr konnte er mir dazu auch nicht sagen. Ich bedankte mich und hängte ratlos den Hörer ein. Was nun? Das Geld war also unterwegs, aber wieso brauchte eine Postanweisung von Deutschland nach Spanien mehr als zwei Wochen? Und: Würde es überhaupt noch ankommen – und falls ja, wann? Ich vertraute Hugo und misstraute Miguel. Der aber ja kein großes Interesse daran haben konnte mein Geld zu unterschlagen. Früher oder später wäre ja herausgekommen, wer die Postanweisung quittiert hatte. Meine Situation hatte sich kein bisschen verbessert. Im Gegenteil: Hätte ich erfahren, was mit dem Geldtransfer nicht funktioniert hatte, so hätte man das Problem vielleicht noch rechtzeitig beheben können.

So aber befand ich mich in absoluter Ungewissheit. In einer unangenehmen und unabsehbaren Lage, in einem finanziellen Vakuum. Sollte ich Miguel berichten, dass das Geld unterwegs war, ihn fragen, ob er mir noch einmal etwas leihen konnte? Würde er mir das überhaupt glauben? Aber: Was blieb mir anderes übrig? Genau das tat ich dann auch schweren Herzens. Ich bekam aber keine Antwort. Und am nächsten Morgen lag kein Geld für mich auf dem Küchentisch. Auch nicht am übernächsten. Das war eine deutliche Sprache. Ich konnte es schlichtweg nicht glauben: Miguel schien es also vollkommen egal zu sein, wovon ich vor Ort lebte. Im wahrsten Wortsinn, denn: Es ging ja ans Eingemachte, ans Essen und Trinken. Das war's dann also: Ich packte meine Sachen zusammen und wollte hinunter zum Strand. Bleiben wollte ich nicht mehr bei diesem Arschloch. Lieber verhungern. Nach dem Telefonat hatte ich nur noch wenige Münzen übrig und keine Ahnung, wie ich die kommenden Tage überstehen sollte. Mein vorläufiges Rückflugdatum war erst in vier Wochen; für ein Umbuchen hätte ich Geld benötigt. Was ich nicht hatte. Es wurde also alles eng.

*

Als ich bepackt mit Koffer und Gitarre den Strand erreichte, kam ich wieder an Carlos Höhle vorbei. Er saß wie immer entspannt im Schneidersitz davor und blickte aufs Meer hinaus. Beneidenswert. Erst recht in meiner Lage und Verfassung. Er fragte mich verwundert, was ich vorhatte. Die kleine Nachbarhöhle neben ihm beziehen, ließ ich ihn kurz wissen und ging wortkarg weiter. Mir war nicht nach Reden zumute. An der kleinen Höhle legte ich mein Gepäck ab, zog mich bis auf meine Shorts aus und begann, in der Nähe nach tragbaren Felsstücken zu suchen. Um eine ausreichend schützende Mauer aufzuschichten, sollte ich jede Menge davon benötigen. Ein zeitaufwendiges und schweißtreibendes Unterfangen. Nach einer Weile schlenderte Carlo mit einer Plastikflasche in der Hand zu mir herüber und bot mir Wasser und seine Hilfe an. Diese lehnte ich dankend ab. Ich wollte es allein schaffen. Das Wasser nahm ich aber gerne an. Als der Sonnenuntergang bevorstand und meine Kräfte schwanden, beendete ich mein Projekt für diesen Tag. Die Mauer wies keine großen Zwischenräume auf; in diesem Moment wusste ich, wofür sich meine Ausbildung gelohnt hatte. Das Bauwerk mutete fast keltisch an und signalisierte schon von Weitem, dass sich dahinter jemand häuslich eingerichtete hatte. Was inzwischen auch der Fall war: Koffer und Gitarre befanden sich bereits in der Höhle. Ich klemmte ein Stück Treibholz in eine Felsspalte, legte mein Sakko sorgfältig darüber und rannte dann zum Wasser. Um hineinzuspringen und abzutauchen. Allen Widrigkeiten trotzend und nicht wissend, wie es nach dem Auftauchen weitergehen sollte. Ohne Essen, ohne Geld. Aber: Von niemandem mehr abhängig und keine Spur von Angst. Was für ein Moment, was für ein herrliches Gefühl von Freiheit! Nach der ganzheitlichen Erfrischung setzte ich mich auf meine Mauer, um mich trocknen zu lassen und dabei der untergehenden Sonne zuzusehen. Ich hatte den Eindruck, alles richtig gemacht zu haben an diesem Tag. Als die Sonne hinter dem Horizont verschwunden war, kam Carlo noch einmal zu mir herüber. »Hast du Lust, gleich noch rauf in die Disco zu gehen?« fragte er mich. »Lust schon, aber kein Geld mehr«, hörte ich mich antworten. »Kein Problem. Die Getränke gehen auf mich.« – »Danke, aber das ist mir irgendwie unangenehm.« Ob ich ihm denn erzählen wollte, was los war. Carlo war sehr offen zu mir gewesen, also klärte ich ihn ebenso offen über meine Situation auf. Froh, darüber reden zu können. »Wie viel brauchst du denn?« wollte Carlo wissen. »Tja, eigentlich hätte ich schon längst die ersten 200 bekommen sollen ...«, dachte ich laut. »Ok, ich leih' sie dir einfach!« sagte Carlo und ging zurück zu seiner Höhle. Kurz darauf kam er wieder und drückte mir ein Bündel Peseten in die Hand. »Das müsste ungefähr hinkommen. Dann zieh dich mal schnell an, und ab geht die Post!« Ich konnte kaum glauben, was an diesem Tag alles passiert war: Ein langjähriger Nachbar, der von meinem Bruder 100.000 D-Mark Abstandssumme bekommen hatte und meine Notlage kannte, überließ mich ohne einen Pfennig meinem Schicksal auf einer Insel im Atlantik; und ein mir bis wenige Tage zuvor vollkommen Unbekannter lieh mir von sich aus 200 Mark. Einfach so, ohne Vertrag, ohne Gegenleistung, ohne Zinsen. Manchmal hielt das Leben echte Überraschungen parat. Freudig und erleichtert steckte ich Carlos Geld ein, zog mein Disco-Outfit an und exzellent gelaunt gingen wir wie alte Freunde den Hügel hinauf eisgekühlten Getränken entgegen. Direkt vor der Diskothek hatte an diesem Abend jemand einen Grill aufgebaut und servierte knuspriges Hähnchenfleisch auf Toast. Dieser Tag war eigentlich kaum noch zu toppen.

*

Aber er sollte noch lange nicht zu Ende gehen. In der Disco befanden sich nur wenige Gäste. Die meisten standen draußen am Grill. Unsere beiden lokalen Schönheiten Carmen und Marisol erschienen auch nicht mehr an diesem Abend, was uns zunächst enttäuschte. Aber wir konzentrierten uns dann eher auf unsere Getränke am Tresen. Ich lud Carlo ein, was angesichts der Tatsache, dass ich dies mit seinem Geld tat, sich schon ein wenig komisch anfühlte. Bald waren wir in bester Feierlaune und unterhielten uns prächtig. Zu vorgerückter Stunde betraten dann offensichtlich Nicht-Einheimische den Laden. Ich tippte auf ein deutsches Pärchen. Wie jedes Mal, wenn ich in entsprechender Stimmung war, wünschte ich mir vom DJ *Samba pa ti* von Santana. Bereits als die ersten Takte ertönten, begaben sich die zwei auf die Tanzfläche. Und begannen, sich unter Hunderten gespiegelten bunten Lichtpunkten der Diskokugel eng aneinandergeschmiegt sanft hin- und herzubewegen.

Beide waren etwa Mitte zwanzig. Sie war blond, schlank und wirkte auf mich äußerst attraktiv. Er groß, dunkelhaarig und eher unscheinbar. »Mein Musikwunsch. Und die beiden schmusen einfach darauf so rum …« musste ich neidvoll denken. Diese spontanen Gedanken waren bestimmt auch dem Rioja geschuldet, das war mir aber egal: Ich wollte mit der hübschen Lady ebenfalls Klammerblues tanzen! Unverzüglich ging ich zu ihnen hinüber und klatschte in die Hände – internationales Signal für das Abwerben von Tanzpartnern. Immer ein spannender Moment, der manchmal auch zu Reibereien führen konnte; ein souveräner Tänzer ließ diese Konvention aber gelten. Ungern, aber folgsam löste sich der Dunkelhaarige von seiner Partnerin. Mit einer galanten Geste überließ er sie mir. Die Hübsche sah mich überrascht mit großen Augen an, aber sie war offensichtlich einverstanden. Ich hatte kein Problem damit, mich dem langsamen Musikstück angemessen an sie anzuschmiegen. Sie schien nichts dagegen zu haben. Ihr Parfum roch fantastisch, und ich musste mich bremsen, nicht sogleich an ihrem Hals herumzuschnüffeln. Normalerweise war ich eher zurückhaltend – aber was war an diesem Tage eigentlich schon normal gewesen? Ebenso unnormal war es, von einem Moment auf den anderen eine wildfremde Frau in den Armen zu wiegen; ich genoss jede Sekunde. Leider war *Samba pa ti* viel zu schnell zu Ende. Direkt darauf folgte Hardrock. Der DJ hatte offenbar kein Gespür für seinen Job. Wir ließen einander los, und ich folgte der Schönen wie selbstverständlich in die Sitzecke zu ihrem Partner. Erstaunlicherweise machte er umgehend Platz für uns beide. Er entschuldigte sich aber gleich und ging in Richtung Toiletten. Ohne dass ich gefragt hatte, bekam ich die denkbar erfreulichste Auskunft in diesem Moment: »Das ist mein Cousin. Und der ist schwul«, sagte die hübsche Cousine und sah mir dabei entspannt in die Augen. »Und jetzt?« dachte ich laut, verwundert über meine spontane Forschheit. »Tja, wenn du mich nachher zurück zum Resort begleitest, dann könnte ich ihn überreden, uns allein zu lassen. Er hat meinen Eltern nämlich versprechen müssen, auf mich aufzupassen.« – »Das nimmt jetzt aber richtig Fahrt auf«, dachte ich angenehm überrascht, sagte aber nur: »Kein Problem, gerne!« Der Cousin kam zurück. Meine Tanzpartnerin winkte ihn sofort zu sich heran und flüsterte ihm eindringlich ins Ohr. Carlo saß noch an der Theke und nippte weiterhin entspannt an seinem Glas – ihn hatte ich vor lauter Aufregung komplett vergessen. Ich ging zu ihm herüber und klärte ihn kurz über die neue Lage auf: Dass ich mich noch gerne mit meiner neuen Bekanntschaft unterhalten wollte und es vielleicht noch spannend werden konnte. Carlo hatte alles beobachtet und volles Verständnis. Bald verabschiedete er sich winkend von allen und ging hinaus. Der Cousin erhob sich, sah mich an und sagte ruhig, aber bestimmt zu mir: »Bring Tina bloß heil zum Robinson Club zurück!« Er küsste Tina auf die Wangen, klopfte mir kurz zweimal auf die Schulter und ging zum Ausgang. Wir beide waren nun die letzten Gäste. »In welchem Hotel wohnst du eigentlich?« wollte Tina wissen. »In gar keinem. Ich schlafe in einer Höhle unten am Strand. Nur den Hügel hinunter, keine fünf Minuten von hier.« Das klang so, als ob das vollkommen normal für mich war, dabei stand meine erste Nacht in der Höhle ja erst noch bevor. Sie sah mich kurz ungläubig an, lachte dann herzlich und zeigte dabei auf mein cremefarbenes Sakko. »Klar, du wohnst natürlich in einer Höhle – so siehst du auch aus.« – »Sollen wir wetten?« fragte ich und ärgerte mich sofort über diese infantile Frage. Ich versuchte sie umgehend zu relativieren: »Ich zeig sie dir. Wir kommen sowieso daran vorbei, wenn ich dich zu deinem Resort begleite. Nachts hier am Strand zu laufen ist allemal viel schöner als auf der Straße – und sogar noch etwas kürzer.« – »Einverstanden. Gehen wir.« Ich zahlte und winkte noch dem DJ. Der zwinkerte mir anerkennend zu.

Wie selbstverständlich schlenderten wir Hand in Hand die Straße hinunter. Die Temperaturen glichen einer lauen Sommernacht in Deutschland, und die Luft war samten. Als wir den Strand erreichten, zogen wir gleichzeitig unsere Schuhe aus. Wir passierten Carlos Höhle. »Hier wohnt der Carlo – und ich gleich da drüben. Meine ist aber winzig. Leider kein Platz für zwei.« Tina wollte sie sich trotzdem genauer ansehen, und ich leuchtete ihr währenddessen mit meinem Feuerzeug. Sie war überrascht. »Unglaublich. Da ist auch noch eine Gitarre drin! Ich hatte dir das nicht geglaubt. Kommt mit einem Sakko in die Disco und sagt, er schläft in einer Höhle …« Das schien sie ebenso zu amüsieren wie zu beeindrucken. »Komm, wir setzen uns noch ans Wasser!«, sagte sie und nahm mich wieder bei der Hand. Dort, wo der Sand noch trocken war, ließ sie sich einfach auf den Rücken fallen. Und zog mich dann zu sich herunter.

*

Als wir wieder weitergingen, machten sich am Himmel bereits die ersten hellen Streifen bemerkbar. Eine gute halbe Stunde schlenderten wir wortlos wieder Hand in Hand entlang der sanften Brandung. »Da vorne ist unser Bungalow. Ich muss jetzt aber auch langsam ins Bett - wir fliegen heute Mittag zurück nach Hamburg«, sagte Tina leise. Ich hing noch meinen Gedanken und Gefühlen nach und konnte diese Information nicht so schnell einordnen. »Kommst du denn später noch Tschüss sagen …?« fragte sie und sah mir dabei tief in die Augen »Und was ist mit deinen Eltern …?« wollte ich wissen. »Kein Problem. Ich stelle dich ihnen einfach als meinen Discokavalier vor. Die werden schon keinen Verdacht schöpfen. Ich bin schließlich offiziell verlobt.« - »Ach so … dann komme ich nachher noch mal vorbei. Wann müsst ihr denn los?« - »Um zwölf Uhr geht unser Shuttlebus zum Flughafen.« - »Gut, ich bin dann so gegen 11:30 Uhr wieder hier, ok?« - »Schön, ich freu mich!« sagte sie, küsste mich sanft auf die Stirn, drehte sich um und stapfte durch den Sand.

Auf dem Rückweg versuchte ich, das Erlebte Revue passieren zu lassen. Bleierne Müdigkeit stand aber klaren Gedanken im Weg. Aus pragmatischen Überlegungen bereute ich es aber schon fast, einem Wiedersehen zugestimmt zu haben: Mittlerweile ging die Sonne auf, ich war todmüde, und es lag noch eine halbe Stunde Fußweg vor mir. Ein paar Stunden später würde ich wieder aufstehen, und, um mich frisch zu machen, zu Miguels Apartment schleichen müssen; ich hatte noch meinen Schlüssel behalten. Danach übermüdet durch die pralle Sonne wieder zu Tinas Resort laufen, um mich unter den Argusaugen ihrer Eltern in einer vermutlich eher verkrampften Situation von ihr zu verabschieden - wozu das eigentlich alles? Tina war verlobt und lebte in Hamburg - und ich in einer Höhle auf Fuerteventura, leicht verliebt in eine Dorfschönheit. Vielleicht hätte man es unter diesen Umständen einfach dabei belassen sollen.

*

Endlich an meiner Höhle angekommen, fiel mir ein, dass ich gar keinen Wecker hatte. Was also, wenn ich erwartungsgemäß verschlafen würde …? Dann hätte ich meine Zusage nicht eingehalten und Tina nie erfahren, warum. Das wäre mir unangenehm gewesen und außerdem wollte ich auch gerne noch ihre Telefonnummer bekommen - man konnte ja nie wissen, was noch so alles passiert im Leben. Schon gar nicht nach den letzten 24 Stunden. Ich beschloss, Carlo zu fragen, ob er mir seinen Reisewecker leihen würde und ging zu ihm hinüber. Er schlief noch fest, kein Wunder. Ich rief ihn leise. Er wachte auf und reichte mir dann kommentarlos den Wecker aus der Höhle. Es war bereits kurz vor 7 Uhr. Spätestens um 10 Uhr musste ich aufstehen, wenn ich das komplette Programm bewältigen wollte. Keine berauschenden Aussichten bei meiner Verfassung. Als ich mich in die dünne Decke, die ich aus dem Flugzeug für alle Fälle hatte mitgehen lassen, einwickelte, musste ich feststellen, dass ich vergessen hatte, Sand in meine Höhle zu schaufeln. Der Felsboden fühlte sich an wie ein Nagelbrett. Trotzdem schlief ich unverzüglich ein.

Als der Wecker klingelte, öffnete ich die Augen und erblickte eine Höhlendecke. Ich wusste nicht, was los war. Ich musste mich erst einmal sortieren. Mir dämmerte, was wenige Stunden zuvor passiert war. Oder hatte ich das alles etwa nur geträumt? Der Sand in meinen Boxershorts bewies, dass das nicht der Fall war. Ich rappelte mich auf und zog mich hastig an. Das heimliche Duschen bei Miguel entpuppte sich als wenig nachhaltig; zu wenig Schlaf und der Fußweg am Strand hinterließen schnell ihre schweißnassen Spuren. Gegen 11:30 Uhr näherte ich mich pünktlich Tinas Resort. Von Weitem entdeckte ich sie inmitten einer Gruppe, die mit Gepäck davor wartete. Sie hatte wohl Ausschau nach mir gehalten und winkte mich fröhlich zu sich. Ihr war die kurze Nacht absolut nicht anzusehen. Im Gegenteil: Im Sonnenlicht sah sie noch toller aus als unter Discokugelbeleuchtung. Tina stellte mich kurz ihren Eltern vor. Ihre Mutter begrüßte mich freundlich, ihr Vater eher skeptisch, ebenso wie der Cousin. Nach kurzem Smalltalk erschien bereits der Shuttleservice. Eltern und Cousin griffen nach ihren Koffern, winkten mir zum Abschied zu und gingen zum Bus. Einen kurzen Moment hatten Tina und ich also noch für uns. Sie umarmte mich heftig und leicht bebend, gab mir einen Wangenkuss und drückte mir dabei einen Zettel in die Hand. »Ruf mich an, wenn du wieder in Deutschland bist, ok?!« Das klang mehr nach einer Aufforderung als nach einer Bitte. »Klar, mach ich gerne!« hörte ich mich antworten. Sie schulterte ihre Reisetasche und folgte den anderen. Ich konnte nicht widerstehen, ihr nachzusehen. Was für eine Figur. Sofort erschien die letzte Nacht vor meinem geistigen Auge. Innerlich kopfschüttelnd machte ich mich wieder auf den Weg zurück zu meiner Höhle.

*

Die nächsten Tage verliefen unspektakulär. Leider änderte sich nichts an meiner finanziellen Lage: Ich gab Geld aus und bekam kein neues. Auch wenn ich nur einmal am Tag aß, meine Kasse schwand zusehends. Die Zeit lief gegen mich. Carlo lud mich aber gelegentlich zu einer Mahlzeit ein: Sich nur von Obst und Sandwiches zu ernähren wurde ihm auf die Dauer zu dröge. Deswegen machte er sich manchmal Konserven auf seinem Campingkocher warm; zuvor hätte ich nicht gedacht, dass das Teilen einer Dose Ravioli zu einer festlichen Zeremonie avancieren konnte. Um meine Zeit zu nutzen, saß ich tagsüber meistens mit meinem Spanischlehrbuch am Strand und bräunte vor mich hin. Ich hatte vor, meine hübsche Carmen mit ein paar speziellen Sätzen zu überraschen. Mithilfe der Lautschrift versuchte ich, diese möglichst korrekt auswendig zu lernen. Als ich wieder einmal direkt am Wasser in mein Buch vertieft war, hörte ich, wie sich recht schnell ein Motorboot näherte. Ich blickte auf und erkannte bald, dass dahinter jemand Wasserski fuhr. Das Boot hielt direkt auf mich zu, um dann kurz vor mir mit einer rasanten Drehung abzubiegen. Der Jemand hinter dem Boot war Miguel. Ich hatte ihm bei meinem »Auszug« einen Zettel mit einer Skizze von meiner neuen Unterkunft dagelassen. Und ihn gebeten, mit mir Kontakt aufzunehmen, wenn der Geldbriefträger bei ihm aufgetaucht war. Einen kurzen Moment flackerte Hoffnung bei mir auf, dass nun der lang ersehnte Moment gekommen war. Miguel hob aber nur lässig die Hand, um dann wieder mit einem betont eleganten Schlenker davon zu preschen. »Was für ein Arschloch« musste ich erneut denken. Das konnte absolut nichts mehr werden mit uns. Es wurde Zeit, der Realität nun endgültig ins Auge zu sehen: Es waren noch knapp zwei Wochen bis zu meinem Rückflug. Sollte ich den wahrnehmen, so wäre mein Plan nach nur sechs Wochen kläglich gescheitert. Nach gut vier Wochen war immer noch kein Geld für mich eingetroffen, und das geliehene Geld von Carlo ging auch zur Neige. Von Miguel wollte oder konnte ich mir nichts mehr leihen; erst recht nicht nach seiner Wasserski-Performance. Mir von Carlo noch mehr Geld zu leihen, erschien mir unverschämt und schied somit ebenfalls aus. Was tun also? Während ich meinen trüben Gedanken nachhing, kam Carlo zu mir und setzte sich neben mich. Er hatte die Szene wohl beobachtet und gleich richtig eingeordnet. Mit »Das wars dann wohl endgültig mit Euch, nicht wahr?« kommentierte er die Situation präzise. Ich nickte nur. »Und was nun?« wollte er wissen. »Ich muss wohl noch zwei Wochen durchhalten und dann wieder zurück nach Deutschland«, dachte ich laut. »Ok, dann leih ich dir aber noch etwas Geld. Du hast bestimmt nicht mehr viel übrig.« Tatsächlich war das meiste für unsere allabendlichen Besuche in der Dorfdisco draufgegangen. Wir wollten aber auch unbedingt täglich Carmen und Marisol wiedersehen. An ein privates Treffen irgendwo am Strand war nicht zu denken, dafür standen sie zu sehr unter Beobachtung. Meine Hoffnung, Carmen über kurz oder lang für mich zu gewinnen, konnte ich unter meinen prekären Umständen aber wohl langsam begraben. Ich wollte kein weiteres Geld von Carlo annehmen und lehnte dankend ab. »Ach was! Wie willst du denn sonst hier noch an Geld kommen?« fragte er rhetorisch und erhob sich aus dem Schneidersitz. »Gute Frage ...«, musste ich zugeben. »Also schön – aber nur unter einer Bedingung: Ich schenk dir meinen neuen Walkman. Der hat auch etwa 200 Mark gekostet. Und das geliehene Geld überweise ich, wenn ich wieder zu Hause bin, umgehend auf dein Konto.« Das waren meine Konditionen. Carlo lehnte diese zunächst ab, merkte aber, dass es mir ernst war. »Ok, den Walkman behältst du aber bis zu deiner Abreise.« Er ging zu seiner Höhle, kam wieder und drückte mir erneut umgerechnet 200 Mark in Peseten in die Hand. Unglaublich. Ich war nun wieder meine größte Sorge los, erleichtert und froh. Aber auch ein wenig beschämt. Hätte ich an Carlos Stelle auch so empathisch, vertrauensvoll und großzügig gehandelt? »Kann ich dir denn wenigstens auch irgendetwas Gutes tun, Carlo …?« – »Kannst du«, lautete die lapidare Antwort. Überrascht hakte ich nach: »Wie denn …?« – »Ich würde gerne mal wieder richtig duschen. Das fehlt mir hier in meinem kleinen Paradies.« Das konnte ich verstehen. Sich ausschließlich mit Meerwasser waschen, machte auf Dauer auch keinen Spaß. Carlo wusste, dass ich noch Miguels Schlüssel hatte. »Ok, kein Problem. Nachher, wenn keiner mehr da ist, gehen wir rauf zum Bungalow. Dann wird ausgiebig geduscht!« versprach ich Carlo. Der freute sich und ging wieder zu seiner Höhle. Gesagt, getan: Als wir uns von der Rückseite Miguels Bungalow näherten, stand sein Auto nicht mehr vor der Tür. Ich war ein wenig nervös, unter diesen Umständen fühlte ich mich wie ein Einbrecher. Es war tatsächlich niemand zu Hause und ich zeigte Carlo gleich das Badezimmer. Ich hoffte, dass uns kein

Nachbar gesehen hatte und Miguel davon berichten würde. Ebenso, dass er nicht irgendetwas vergessen hatte und auf einmal wieder zurückkam. Das wäre bestimmt nicht lustig verlaufen. Ich wartete also ungeduldig auf Carlo, der laut pfeifend fröhlich vor sich hin duschte. Hätte ich nur mal nicht »ausgiebig« gesagt. Er schien das wörtlich zu nehmen. Nach einer guten Viertelstunde lauschte ich an der Badezimmertür. Das Wasser rauschte immer noch vom Duschkopf in die Badewanne. Ich klopfte – wollte ich doch auch noch auf die Schnelle duschen, wenn ich schon mal da war. Das Wasser wurde abgedreht und Carlo, eingewickelt in ein riesiges Badehandtuch, öffnete strahlend die Tür. Er hatte vor lauter Freude wohl vergessen, den Duschvorhang zuzuziehen; der geflieste Boden war komplett überschwemmt. »Auch das noch«, dachte ich, ließ mir aber nichts anmerken. »Ich will auch noch kurz duschen. Danach sollten wir aber schnell wieder weg.« Ich beeilte mich und versuchte noch, Carlos sandige Hinterlassenschaft zu beseitigen. Mir blieb nichts anderes übrig, als diese mit einigen Handtüchern sporadisch aufzuwischen. Es wurde nicht viel besser; die Fliesen sahen ziemlich unappetitlich aus. Ich gab auf. »Komm, lass uns wieder verschwinden«, sagte ich zu Carlo. Der inzwischen vermutlich eine halbe Flasche Eau de Toilette aufgetragen hatte – es roch so, wie man es sich in einem exotischen Harem vorstellte. Der Duft ging bestimmt nicht so schnell wieder aus der Wohnung raus, wenn alle Fenster und Türen geschlossen blieben. Ich konnte sie aber schlecht aufmachen und mich dann aus dem Staub machen. Da ich bisher weder ein derart wüst genutztes Bad noch so ein Aroma hinterlassen hatte, würde Miguel wohl eins und eins zusammenzählen und mich damit konfrontieren. Um mir ein sicherlich unerfreuliches Treffen zu ersparen, beschloss ich, den Schlüssel da zu lassen und legte ihn auf den Küchentisch. Nach Miguels Performance am Vormittag wollte ich auch keinerlei Kontakt mehr zu ihm. Außer, er brachte mir mein Geld vorbei. Carlo und ich achteten darauf, nichts Persönliches zurückzulassen und schlichen uns davon.

Die restlichen Tage vergingen wie im Flug. Mein Abreisedatum näherte sich unaufhaltsam und das schlug reichlich auf die Stimmung. Denn Carlo und ich hatten uns richtig angefreundet, viel Spaß miteinander gehabt und viel gelacht. Da meine autodidaktischen Sprachkenntnisse Fortschritte machten, hatte ich mir vorgenommen, am letzten Abend Carmen meine Zuneigung auf Spanisch einzugestehen. Mein Ziel war, ihre Postanschrift zu bekommen, damit ich ihr schreiben und den Kontakt halten konnte, wenn ich wieder zurück in Deutschland war. Man konnte nie wissen, was noch so passiert.

Der Tag des Abschieds stand bevor, das war jedenfalls leider sicher. Ich hatte herausbekommen, dass zweimal täglich ein Linienbus vom Süden in den

Norden der Insel pendelte. Mein Flug ging mittags, also musste ich wohl oder übel den Bus um 5:30 Uhr erwischen. Am Vorabend wollten Carlo und ich noch in die Dorfdisco, um Abschied zu feiern. Carmen und Marisol waren schon da - sie wussten von mir, dass es mein letzter Tag auf der Insel war. Dementsprechend war auch ihre Gemütslage: Sie waren ebenfalls traurig, dass unsere lustigen Abende zu viert auf unabsehbare Zeit oder für immer Geschichte sein würden. Ich war alles andere als fröhlich, schließlich musste ich unvorhergesehen und absolut unfreiwillig wieder zurück ins kalte Deutschland. Ohne irgendeine Vorstellung, was die nahe Zukunft für mich bereithielt. Ich versuchte, mir möglichst nichts anmerken zu lassen, und es wurde trotzdem noch ein schöner Abend. Als es an der Zeit war, sich zu verabschieden, nahm ich Carmen beiseite und gestand ihr in mühsam auswendig gelernten Sätzen, dass ich sie sehr mochte und sie so bald wie möglich wiedersehen wollte. Was sie denn davon hielte, wenn wir uns in der Zwischenzeit schreiben würden und ob sie mir ihre Anschrift geben wollte. Das machte sie gerne, wenn auch sichtbar zunehmend betrübt. Ich bedankte mich froh und erleichtert und hauchte ihr noch einen Kuss auf die Stirn. Was von den einheimischen Youngstern, die uns ungeniert beobachteten, gar nicht gerne gesehen wurde. Danach verabschiedete ich mich noch herzlich von Marisol, dem Thekenpersonal und DJ. Carlo wartete inzwischen diskret draußen auf mich. Schweigend gingen wir hinab zum Strand. Ausgerechnet in dieser Nacht war Vollmond, auflandiger Wind und Springflut. Der Weg zurück zu unseren Höhlen war komplett überflutet. Mangels Alternativen mussten wir durch das knietiefe Wasser waten. Meine Jeans und Schuhe würden bestimmt nicht mehr trocken werden bis zum Abflug. Alternativ hatte ich nur noch meine Shorts und Flipflops zur Auswahl. Damit wollte ich aber keinesfalls in den klimatisierten Flieger steigen. Um dann im winterlichen Deutschland mit öffentlichen Verkehrsmitteln noch stundenlang nach Hause fahren zu müssen. Das war aber alles relativ unwichtig: Absolute Priorität hatte, den Bus – und somit meinen Rückflug – nicht zu verpassen. Nicht auszudenken, was dann gewesen wäre. Als wir durchnässt an unseren Höhlen ankamen, borgte ich mir noch mal Carlos Wecker aus und wünschte ihm eine gute Nacht. Die höchsten Wellenausläufer erreichten inzwischen die Schutzmauer vor meiner Höhle. Ich hoffte, dass der Wasserpegel nicht noch weiter anstieg, denn dann würde sie volllaufen. Eine ungute Vorstellung, wenn man vorhatte, drinnen zu schlafen. Der Mond leuchtete hell und die Brandung rauschte. Eigentlich wäre es eine schöne Nacht gewesen. Wenn ich nicht wenige Stunden später zum Flughafen hätte fahren müssen. »Hoffentlich hat der Wecker keinen Aussetzer« musste ich noch denken, als mir die Augen zufielen. Als er rasselte, war ich noch hundemüde. Ich hätte besser gar nicht schlafen sollen, als nur so kurz. Die Flut war immer noch recht hoch und Schaumkronen glitzerten silbern im Licht des Vollmonds. Ich stieg in meine nassen Sachen, griff mir Koffer und Gitarre und ging zu Carlo rüber. Ich weckte ihn, um mich zu verabschieden und für alles zu bedanken. Carlo raffte sich auf und wollte mich noch unbedingt zum Bus begleiten. Das freute mich; gleichzeitig bedauerte ich, ihn bald nicht mehr in meiner Nähe zu haben. Dass wir uns irgendwann wiedersehen würden, war uns aber klar. Der Weg zur Bushaltestelle zog sich hin. Um diese Zeit war es noch recht frisch; ich fror erbärmlich in meinen nassen Sachen. Alles im Dorf schien noch zu schlafen. Als wir ankamen, hoffte ich inständig, dass meine Informationen richtig waren und der Bus bald auftauchen würde. Kurz darauf bog er tatsächlich um die Ecke und hielt direkt vor mir an. Ich hing Carlo meinen Walkman um den Hals, umarmte ihn kurz und stieg in den Bus Richtung Norden.

*

Als wir den Flughafen erreichten, war ich erleichtert, denn nun konnte nichts mehr schiefgehen. Es war inzwischen hell geworden. Ich setzte mich auf eine Bank und hoffte, dass die Morgensonne meine Sachen noch ein wenig trocknen konnte. Am späten Vormittag begann das Boarding. Die Maschine aus Düsseldorf befand sich im Landeanflug und würde nach dem üblichen Prozedere wieder zurückfliegen. Der Flughafen war gut überschaubar. Ankunft- und Abflugterminal lagen dicht beieinander. Auf dem

Weg zum Gate glaubte ich, meinen Augen nicht zu trauen: Vor dem Ankunftsbereich sah ich Miguel, wie er ungeduldig auf und ab ging. Offensichtlich wollte er jemanden abholen. Die ersten Fluggäste passierten bereits die Kontrollschleuse und liefen in unsere Richtung. Von Weitem erkannte ich Miguels Frau, die, als sie ihren Mann entdeckte, freudig auf ihn zueilte. Nachdem Miguel sie filmreif begrüßt hatte und ihr nonchalant den Koffer abnahm, entdeckte sie mich und winkte mir fröhlich zu. Sie war nicht überrascht, mich zu sehen, denn sie wusste ja, dass ich auf der Insel war. Vermutlich dachte sie, ich wäre zusammen mit Miguel gekommen, um sie abzuholen. Miguel drehte sich verwundert um und erschrak, als er mich sah; ihm entgleisten beinahe die Gesichtszüge. Ich begrüßte seine Frau, ihn nicht. »Was machst du denn hier – und wie bist du hier hergekommen …?« fragte er mich völlig perplex und musterte kopfschüttelnd meine feuchte Kleidung. »Mit dem Bus. Ich fliege mit der Maschine aus Düsseldorf zurück.« – »Warum das denn? Wolltest du nicht eigentlich länger bleiben …?« fragte er mich heuchlerisch. »Meine Postanweisung scheint nicht angekommen zu sein – ich habe kein Geld mehr.« Miguels Frau guckte ungläubig zuerst mich und dann ihren Mann an. Dieser schaltete schnell: »Ja Mensch, warum hast du denn nur nichts gesagt …?!« fragte Miguel mit gespielter Entrüstung. Ich ließ die beiden stehen und ging weiter in Richtung Gate. Und behielt mir vor, Miguels

Frau nach ihrer Heimreise über ihren Mann aufzuklären.

## Home Sweet Home

Laut Piloten landeten wir in Düsseldorf bei vier Grad Celsius. Stunden später kam ich bei mir zu Hause an. Meine Sachen waren immer noch nicht ganz getrocknet, und ich war komplett durchgefroren. In meiner Wohnung war es eiskalt. Als Erstes musste ich in den Keller, um Briketts für den Kohleofen heraufzuholen. Es würde noch eine ganze Weile dauern, bis die Raumtemperatur zweistellig wurde. Meine Laune war ebenfalls im Keller. Ich rief Hugo an, um ihm mitzuteilen, dass ich wieder im Lande war. Er konnte in etwa nachfühlen, wie mir zumute war. Am Tag zuvor hatte er bereits die dritte Rate auf den Weg gebracht, erfuhr ich. Auch das noch. Mein Geld war also irgendwo im virtuellen Raum verschwunden, und ich hatte nichts mehr auf dem Konto. Die nächste Rate würde erst in knapp zwei Wochen wieder erfolgen. Mit dem Kleingeld aus meiner Spardose ging ich zum Kiosk um die Ecke einkaufen. Eine Dose Ravioli, zwei Flaschen Wein. Am nächsten Tag blieb mir nichts anderes übrig, als mir auch noch von Hugo Geld zu leihen. Mit den Überweisungsbelegen wollte ich umgehend nachforschen lassen, wo denn mein Geld geblieben war. Auf der Hauptpoststelle erklärte man mir, dass man für einen entsprechenden Antrag 30 D-Mark bezahlen sollte. Warum man bei der Post dafür bezahlen musste, herauszufinden, wo die Post sein Geld verschlampt hatte, leuchtete mir nicht ein. Da ich aber keine andere Wahl hatte, brachte ich einen so genannten *Nachforschungsantrag* auf den Weg. Sechs ungewisse Wochen später sollte ich von einem Postbeamten erfahren, dass man nicht herausgefunden hatte, wo mein Geld geblieben war. »Und jetzt?« fragte ich den Mann am Schalter. »Pech«, antwortete dieser achselzuckend, »da kann man wohl nichts machen. Die Frist ist abgelaufen.« Für ihn war damit die Sache offenbar erledigt; mein Nachforschungsantrag grenzte in seinen Beamtenaugen vermutlich an Majestätsbeleidigung. Ich stand fassungslos vor dem Schalter. 600 Mark einfach so weg – wegen Pechs? Ich trottete frierend nach Hause. Auf Fuerteventura war es zur gleichen Zeit 20 Grad wärmer. Eins bereitete mir am meisten Sorgen: Wie sollte ich Carlo jetzt nur die geliehenen 400 Mark überweisen? Er brauchte das Geld zwar nicht dringend, er wurde ja von empathischen Touristen gut versorgt und hatte noch jede Menge Reiseschecks unter seiner Isomatte. Aber: Was, wenn er einmal seine Kontobewegungen kontrollierte und dabei feststellen musste, dass ich mein Wort nicht gehalten hatte? Er wäre bestimmt maßlos enttäuscht von mir. Da ich meine Versprechen immer einzuhalten gewohnt war, machte ich mir echte Gedanken. Natürlich auch darüber, wie es nun überhaupt weitergehen sollte. Ich hatte vor meiner Abreise keinen Plan B gemacht.

Zwei Tage später teilten mir meine Eltern telefonisch mit, dass Miguels Frau sie angerufen hatte. Und mir ausrichten ließ, dass sie wieder zurück war und Miguel ihr mein Geld mitgegeben hatte. Ich konnte es jederzeit bei ihr abholen. Ich konnte es kaum glauben, dass ich doch noch an mein Geld kommen sollte und machte mich unverzüglich auf den Weg. Miguels Frau öffnete mir braun gebrannt die Tür und überreichte mir einen Umschlag mit 530 D-Mark. Drei Raten à 200 minus 70, die Miguel mir geliehen hatte. Warum er denn das Geld erst so spät erhalten hatte, wollte ich wissen. Die Anschrift seiner Bar im Neubauviertel war dem lokalen Postboten nicht bekannt und somit konnte er das Geld zunächst nicht zustellen. Erst nach der dritten Anweisung schien sich das geklärt zu haben, erfuhr ich. »Warum hatte er mir im Vorfeld nicht seine Privatanschrift gegeben, der Depp?!« dachte ich wütend. Dann wäre alles nicht passiert und ich würde entspannt mit Carlo auf Fuerteventura überwintern. Und jeden Abend Carmen sehen. Das war alles bitter, aber leider nicht zu ändern. Ich zögerte kurz: Miguels Frau wirkte erholt und vollends happy. Ich wollte es dabei belassen, bedankte mich und ging.

Noch am selben Tag überwies ich 400 Mark auf Carlos Konto mit dem Verwendungszweck »Marisol«, gab Hugo sein Geld zurück und fühlte mich befreit. Trotzdem war ich maßlos traurig und wütend: Was für ein unglaubliches Pech, dass nicht alles so funktioniert hatte, wie von mir sorgfältig geplant. Carlo saß bestimmt gerade wieder im Schneidersitz vor seiner Höhle und abends dann vor seinem eisgekühlten Bier am Tresen. Während die Youngsters Carmen und Marisol anbaggerten. Während ich im kalten und grauen Deutschland war, kein Geld für ein neues Ticket und keinen Plan B hatte. Nach einer geleerten Flasche billigen Rotweins war meine Laune wieder unterirdisch. Da kam mir eine Idee: Ich holte meinen Brustbeutel, den ich nach meiner Ankunft achtlos in eine Zimmerecke geworfen hatte, hervor. Zwischen den Seiten meines Reisepasses hatte ich Tinas Zettel aufbewahrt.

Ich wählte ihre Nummer. Und hoffte, dass sie an den Hörer gehen würde - und nicht etwa ihr Verlobter. Aber Tina ging dran. Sie schien ebenso überrascht wie erfreut zu sein, meine Stimme zu hören. Es war schon seltsam, nach unserer gemeinsamen Nacht auf Fuerteventura nun miteinander zu telefonieren. Viel geredet hatten wir damals nicht. Wir plauderten eine Weile und beschlossen, uns möglichst bald wiederzusehen. Da ich flexibler war als sie, schlug Tina vor, dass ich nach Hamburg kommen sollte für ein Wochenende. Sie hatte eine gute Freundin, die könnte mich bestimmt unterbringen. Sie wollte sie fragen und mich dann bald zurückrufen. Es war schon ein gewisses Kribbeln im Spiel - schließlich arrangierten wir ja ein heimliches Treffen. Tinas Verlobter wäre bestimmt nicht amüsiert, wenn er davon erfahren sollte. Gleich am nächsten Tag rief Tina zurück: »Alles klar. Meine Freundin ist einverstanden. Du kannst auch gerne einen Freund mitbringen, meinte sie. Zu viert wäre es nämlich bestimmt lustiger für sie als zu dritt. »Anke ist nämlich zur Zeit solo«, ergänzte Tina. »Prima. Ich überlege mal, wer da infrage kommen könnte mitzukommen. Ich melde mich.« So verblieben wir. Ich fragte meinen Freund Jackson, ob er Lust hatte mitzukommen. Er war Berufssoldat und ebenfalls solo. Jackson war sehr angetan von der Idee und ich machte mit Tina ein Treffen gleich für das nächste Wochenende aus.

*

Mit Ankes Anschrift in der Tasche machten wir uns am Freitagnachmittag auf den Weg nach Hamburg. Als wir ankamen, waren wir sehr gespannt, wer uns denn die Tür öffnen würde. Anke war auf den ersten Blick sympathisch, begrüßte uns freundlich und ging uns voraus die Treppe hoch zu ihrer Wohnung im ersten Stock. Dabei war unvermeidlich, dass ihr apfelrunder Po sich direkt vor mir befand. Ich drehte mich kurz augenzwinkernd zu Jackson, der mir folgte, um. Er wusste sofort, was ich meinte. Verwundert, dass Tina nicht anwesend war, wollte ich von Anke wissen, warum. Tina sollte an diesem Abend nicht mehr kommen können. Ihr eifersüchtiger Verlobter war wohl misstrauisch geworden und wollte sie an einem Freitagabend nicht allein losziehen lassen, erfuhr ich. »Tina kommt erst morgen Nachmittag vorbei, wenn ihr Macker zu einem Motorradtreffen fährt. Er ist bei den Hell's Angels«, ergänzte sie noch. »Ach so«, entfuhr es mir wenig begeistert von diesen Informationen. Es sollte trotzdem noch ein richtig lustiger Abend werden. Anke hatte ein herzerfrischendes und ansteckendes Lachen; erstaunlicherweise schien sie keinerlei Bedenken zu haben, zwei wildfremde Typen bei sich zu beherbergen. Mit fortgeschrittenem Abend bemerkte ich, dass Anke mir deutlich mehr Aufmerksamkeit schenkte als Jackson. Was ich nicht so richtig einordnen konnte. Unter diesen Rahmenbedingungen hätte ich es mir lieber andersrum gewünscht. Jackson bestimmt auch. Gegen Mitternacht wollte Anke schlafen gehen. Sie war Floristin, musste also auch samstags arbeiten. Das große Ecksofa in ihrem Wohnzimmer hatte ein integriertes Ausziehbett. Wir zogen es aber vor, auf der Couch zu nächtigen, wenn es so weit war. Anke hatte uns einen Schlüssel bereitgelegt und für unser Frühstück genug im Kühlschrank deponiert. Wir sollten uns nehmen, was wir wollten. Sie hatte erst um 18 Uhr Feierabend, aber dann konnten wir ja zu viert etwas unternehmen. So der Plan.

Als ich aufwachte, war es bereits später Vormittag. Jackson hockte mit Kopfhörer vor dem Fernseher und hatte bereits ein Bier vor sich auf dem Tisch stehen. Anke musste so leise aufgestanden sein, dass ich davon nichts mitbekommen hatte. Ich ging ins Bad, machte mich frisch und setzte dann Kaffee auf. Dabei läutete es. Ich vermutete, dass es der Postbote war, ging die Treppe hinunter und öffnete die Haustüre. Davor stand Tina und strahlte mich an, sah sich dann noch kurz um, betrat den Hausflur und begrüßte mich ungestüm. Unglaublich, einander jetzt 4000 Kilometer von der ersten Umarmung entfernt erneut zu spüren. Oben stellte ich Jackson Tina kurz vor, um dann sogleich mit ihr eng umschlungen auf der Couch Platz zu nehmen. Jackson setzte wieder den Kopfhörer auf und startete den Videorecorder. Ich hatte erst am Nachmittag mit Tina gerechnet. Nachdem unser Treffen am Vorabend geplatzt war, wollte sie mich aber unbedingt so früh wie möglich wiedersehen, erfuhr ich von ihr. Sie hatte ihrem Verlobten erzählt, dass sie noch einige Besorgungen machen wollte. Und sie sich dann ja nach seinem Motorradtreffen wiedersehen konnten. Ich hatte absolut nichts dagegen. Sehr schnell wurde uns klar, dass wir uns weniger unterhalten als uns näherkommen wollten. Nach einer Weile bemerkte das auch Jackson. Er setzte betont langsam seinen Kopfhörer ab und fragte, ob wir uns denn nicht ins Nachbarzimmer begeben wollten. Er nickte dabei in Richtung Ankes Schlafzimmer. Das schien Tina ein wenig peinlich zu sein, aber ich stand auf und zog sie an der Hand hinter mir her nach nebenan. Gerade als wir dort alles andere um uns herum zu vergessen begannen, klingelte im Wohnzimmer das Telefon. Laut und unverschämt lang; bis es nach etwa 40-mal Klingeln automatisch beendet wurde. Dann ging es wieder von vorne los. Minute um Minute, pausenlos und penetrant. Jackson saß direkt neben dem Telefon und trotz Kopfhörers musste es ihn dann wohl so sehr genervt haben, dass er schließlich den Hörer abnahm. Tina und ich waren schon längst nicht mehr bei der Sache und lauschten einfach nur. »Ich? Ich bin der Jackson. Ein Freund von Anke. Und Du? Aha. Nein, hier ist keine Tina«, sagte Jackson und legte auf. Tina sprang aus dem Bett und zog sich hastig an. Sie hatte Panik in den Augen, als sie sagte: »Los, ihr müsst sofort verschwinden. Der sucht mich wohl und steht bestimmt gleich auf der Matte. Und vermutlich nicht allein!« Die Zeit zwischen Anruf und dem wahrscheinlich baldigen Klingeln an der Haustür war nicht vorhersehbar. Jetzt musste alles schnell gehen. Ich zog mich ebenfalls in aller Eile an, rannte ins Wohnzimmer und rief Jackson zu, dass es an der Zeit war, sich aus dem Staub zu machen. »Warum bist du bloß ans Telefon gegangen?!« wollte ich wissen. »Die Klingelei ging mir auf den Sack«, war Jacksons lapidare Antwort. Wir packten schnell unsere Sachen zusammen und wollten gerade die Treppe hinunter, als uns Tina resolut davon abhielt: »Nein, bloß nicht zum Vordereingang raus. Da können die jede Sekunde auftauchen – oder stehen vielleicht schon davor!« Wir sollten das Wohnzimmerfenster öffnen und über das angrenzende Flachdach das Weite suchen. »Wie im Film«, musste ich denken. Nur das hier war echt. Ich räumte hastig ein paar Blumentöpfe von der Fensterbank, öffnete das Fenster und fragte Tina noch: »Und was ist mit dir ...?« – »Ich lass mir schon was einfallen, verschwindet jetzt bloß schnell! Und viel Glück!«, rief sie uns noch hinterher, als wir auf dem Flachdach nach einer geeigneten Abstiegsmöglichkeit Ausschau hielten. »Ruf an, sobald du kannst!«, rief ich zurück und folgte Soldat Jackson, der schon eine passende Regenrinne entdeckt zu haben schien. Wir hangelten uns in SEK-Manier hinunter in den Hinterhof. Von dort aus gingen wir, möglichst ohne uns etwas anmerken zu lassen, zu Jacksons Wagen, der in einer Seitenstraße geparkt war. Niemand folgte uns. Wir stiegen ein, um dann sofort loszufahren. Bleiben war keine Option. Verbrannte Erde. »Hoffentlich kommt Tina heil raus aus der Sache«, musste ich besorgt denken, als wir Richtung Heimat fuhren.

## Déjà-vu

Als Jackson und ich unbehelligt die Autobahn erreicht hatten, atmeten wir auf. Geschafft! Ich wollte mir gar nicht ausmalen, was passiert wäre, wenn uns Tinas Verlobter begegnet wäre. Vielleicht sogar noch mit seinen Freunden von den »Hell's« im Schlepptau. Hoffentlich konnte sich Tina irgendeine plausible Geschichte einfallen lassen, um ihren Typen zu beruhigen. Ebenso hoffte ich, dass sie sich so schnell wie möglich bei mir melden würde. Auf der Rückfahrt thematisierten wir das Geschehene nicht. Jackson war wie immer entspannt und pragmatisch. Vermutlich hakte er unseren Ausflug als eine Art missglückten Einsatz ab. Als wir zu Hause ankamen, hatte ich keine Lust mehr, noch auf Tour zu gehen. Mir war eher nach einem ruhigen Abend zumute. Und ich wollte in der Nähe des Telefons sein.

Am nächsten Mittag rief Tina an. »Alles ok, Süßer – ich habe ihm ein Märchen aufgetischt, und er hat sich dann schnell wieder beruhigt«, ließ sie mich gleich wissen. Ich war erleichtert, wollte aber nicht nachhaken. »Und nun?« dachte ich laut. »Dann komm ich dich halt besuchen. Inoffiziell natürlich. Offiziell fahre ich mit Anke ein Wochenende in die Lüneburger Heide. Dann schöpft er keinen Verdacht.« »Wie willst Du das denn hinkriegen?« fragte ich skeptisch. »Das lass nur mal meine Sorge sein – wird schon irgendwie schiefgehen«, entgegnete Tina. Das klang zuversichtlich. Fehlte uns also nur noch ein Termin für unser Treffen. Bald war April, und der 1. Mai fiel auf einem Samstag. »Ihr könntet doch vielleicht genau dieses Wochenende anvisieren. Da hätte

Anke frei, und wir vier könnten hier schön in den Mai tanzen«, schlug ich vor. »Klingt super. Ich check das ab. Dann sehen wir uns schon bald wieder, ich freu mich! Anke bringen wir dann beim Jackson unter. Die werden schon noch warm werden miteinander. Ich ruf dich bald wieder an und sag dann Bescheid. Mach's gut!« Tina hatte aufgelegt, bevor ich noch antworten konnte.

*

Ein paar Tage später rief sie wieder an. Mit »Hallo mein Süßer, geht alles klar – wir kommen am 30. abends und jetten dann alle in den Mai«, kam sie gleich zur Sache. – »Ehrlich? Großartig!« Ich freute mich. »Ja, und danach sehen wir weiter – ich kann jetzt nicht so lange telefonieren. Er kommt gleich aus dem Bad. Küsschen!« – »Ziemlich mutig die Gute«, dachte ich. Und verdrängte dabei meine aufkommenden Gedanken, wie das mit uns überhaupt alles weitergehen sollte. Unter anderem den, ob man mit einer Frau liiert sein wollte, die man ihrem Verlobten – in diesem Fall einem Mitglied der Hell's Angels – mehr oder weniger ausgespannt hat. Hätte dieser allein von unserer Nacht am Strand erfahren, wäre es für mich sicherlich schnell ungemütlich geworden. Aber das ließ sich ja nun nicht mehr ändern; dafür aber gut verheimlichen. Alles was darüber hinaus ging, aber eher weniger.

30. April, abends. Meine Dachgeschosswohnung war geputzt und auf den Besuch vorbereitet. Wenn die Ladys eingetroffen waren, sollten sie sich noch ein wenig ausruhen und frisch machen können, bevor wir dann zum Tanz in den Mai aufbrechen würden. Mit Jackson war ich so verblieben, dass ich ihn anrufen würde, wenn wir uns auf den Weg machten. Er wollte dann dazustoßen. Das Telefon klingelte. Anke war am Hörer. »Hallo, ich bin jetzt hier in der Nähe von Münster an der Raststätte. Musste noch tanken. Aber ich bin dann so in etwa einer Stunde da.« – »Ich …? Wo ist denn Tina?« wollte ich wissen. »Die konnte nicht mitkommen«, sagte Anke. »Ihr Alter wollte sie nicht weglassen.« Ich hielt das für einen Scherz und vermutete Tina im Hintergrund. Mit »Also gut, bis nachher dann!« beendete ich das Telefonat. – »Das kann doch nicht wahr sein, oder …? Die wollen sich bestimmt nur einen Spaß mit mir machen«, dachte ich. Aber ich sollte mich irren: Als es klingelte, stand Anke allein vor meiner Wohnungstür. Von Tina weit und breit keine Spur. Ich versuchte, meine Enttäuschung nonchalant zu überspielen. Zeit, um darüber nachzudenken, würde ich noch genügend haben. Aber nicht mehr an diesem Abend. Eine kurze, freundschaftliche Umarmung, ein kleiner Imbiss und dann wollte ich gleich mit Anke aufbrechen zur legendären »Tanz in den Mai«-Veranstaltung in meiner Stammkneipe. Dass Tina nicht mitkommen würde, damit hatte ich absolut nicht gerechnet. Warum hatte sie mir nicht Bescheid gesagt? Ließ ihr Typ sie nicht

mehr unbewacht telefonieren? Und warum war Anke ohne ihre Freundin aus Hamburg angereist? Nach Jackson erkundigte sie sich nicht. Das kam mir alles sehr seltsam vor. irgendwie fühlte ich mich absolut nicht wohl in meiner Haut. Ich rief Jackson an und informierte ihn über die veränderte Lage. Er überlegte kurz und wollte dann doch nicht mehr dazustoßen.

Bisher war ich noch nie in weiblicher Begleitung in meinem Stammlokal aufgetaucht. Dementsprechend groß war die Verwunderung, als ich mit der unbekannten und attraktiven Anke das Lokal betrat. Einige begannen, verstohlen zu tuscheln. Vor allem die weiblichen Gäste. Vermutlich befürchteten sie unerwartete Konkurrenz. Das Hinterzimmer war zu einer Art Minidisco hergerichtet. Eine kleine mobile Theke war hereingerollt worden, und die restliche Fläche diente als Tanzboden. In der Regel verspürte ich keine Lust zu tanzen. Ich beherrschte keinen einzigen Standardtanz. Noch nicht einmal den simplen Foxtrott. Der DJ legte aber einen breiten Mix auf und bald fanden Anke und ich mich auf der Tanzfläche wieder. Je länger wir uns dort bewegten, umso mehr strahlte mich Anke mit ihrem gewinnenden Lächeln an; sie schien sich rundum wohlzufühlen. Ich konnte und wollte das alles in diesem Moment nicht einordnen. Aber ich fühlte mich auch zunehmend wohler; im gewohnten Ambiente und Ankes ungewohnter Nähe. Auf einmal erklang *Samba pa ti.* Schlagartig leerte sich die Tanzfläche. Anke und ich blieben als Einzige übrig. Wie selbstverständlich gingen wir aufeinander zu und umarmten einander für einen klassischen Klammerblues. Erinnerungen an Tina, die Sehnsucht nach Wärme, Meer, Strand und meiner Höhle, nach Freiheit und Carmen: all das verschmolz im Trockeneisnebel in Ankes Armen zu einem unwirklichen, leidenschaftlichen Kuss.

*

Als wir bei mir zu Hause ankamen und uns in mein Bett legten, stellte ich fest, dass in Sachen Leidenschaft bei Anke nicht mehr viel übriggeblieben war. Vielleicht war sie nach dem Arbeitstag, der langen Autofahrt und dem Tanzmarathon einfach nur sehr müde. Oder sie wollte in unserer ersten gemeinsamen Nacht nicht zu weit gehen. Ich war ebenfalls müde und wollte nicht aufdringlich sein. Wir schliefen eng umschlungen ein. Wenige Stunden später wurden wir jäh aus dem Schlaf gerissen. Das Telefon klingelte unangenehm laut und lange. Schlaftrunken und verärgert ging ich ran. Wer störte so früh am Maifeiertag? Tina. Mit »Gib mir mal deinen Besuch« kam sie sogleich schroff zur Sache. Ich reichte Anke den Hörer. Sie ahnte, wer da dran war – so viele Optionen kamen auch nicht infrage. Es wurde gleich laut am anderen Ende. Anke hörte kurz zu, um dann »Du hast doch einen Freund, oder?! Also, was willst Du eigentlich?!« in den Hörer zu schreien und aufzulegen. Das klang nach mächtig Ärger – obwohl Tina ja gar nicht wissen konnte, wie unser Abend und die Nacht verlaufen war. Sie schienen sich aber gut zu kennen und Tina war bestimmt von der Tatsache, dass ihre beste Freundin ohne sie zu mir gefahren ist, wahrscheinlich wenig begeistert. Offenbar war das so nicht abgesprochen worden. Aber Anke hatte im Grunde auch recht: Was wollte Tina, genau genommen? Sie war verlobt und sollte es wohl besser auch bleiben. Aber: Was hatte Anke im Sinn? Das war ebenfalls eine berechtigte Frage. Die ich bis dahin erfolgreich verdrängt hatte. Erschwerend hinzu kam: Was wollte *ich* denn eigentlich? Fragen über Fragen. Mich überforderte das alles zu dieser frühen Stunde. Ich setzte erst einmal einen Kaffee auf. Unser Brunch fiel wortkarg aus. Wahrscheinlich hatte die Freundschaft der beiden nun massiven Schaden erlitten – wenn sie nicht gerade bereits beendet worden war. »Seit wann kennt Ihr Euch eigentlich?« wollte ich wissen. »Seit der 5. Klasse«, nuschelte Anke, während sie nachdenklich und lustlos an ihrem Toast nagte. »Oha«, sagte ich daraufhin nur. Mehr fiel mir dazu nicht ein zu diesem Zeitpunkt. Ich versuchte, ein Gespräch in Gang zu bringen. »Was magst du denn heute hier mal gerne unternehmen?« fragte ich sie. »Ich muss gleich wieder zurück. Ich habe niemanden auf die Schnelle für meine Katzen bekommen. Die werden langsam hungrig sein.« Ich war verblüfft: Anke war nach der Arbeit mit dem Auto aus Hamburg angereist, um am nächsten Morgen wieder 400 Kilometer zurückzufahren. Und jetzt massiven Ärger mit ihrer besten Freundin hatte; oder keine beste Freundin mehr. Warum? Sie sah mir lange in die Augen, um dann lapidar zu sagen: »Du kannst ja mitkommen.« Ich war mir nicht sicher, ob mir das alles nur immer seltsamer vorkam oder aber auch langsam zu imponieren begann. Auf jeden Fall wurde es jetzt spannend. »Oder hast du etwa keine Zeit?« schob sie hinterher, während sie weiter auf ihrem Toast herumkaute. Eine rhetorische Frage, denn sie wusste um meine Situation. Keine Stunde später verstaute ich meine Reisetasche in ihrem Kofferraum und wir fuhren los. Richtung Hamburg, aber ich hatte keinen blassen Schimmer, wohin die Reise überhaupt ging.

## Spontan liiert

Eigenartig: Obwohl ich nichts gegen meinen Willen tat, fühlte ich mich irgendwie überrumpelt. Ein komisches Gefühl. So, als ob etwas faul wäre. Dabei saß ich neben einer attraktiven Frau, mit der ich wohl aus ihrer Sicht nach einer einzigen gemeinsamen Nacht ohne Intimitäten liiert zu sein schien. Es wurde eine kurzweilige Fahrt. Wir kannten uns zwar kaum, aber Gesprächsstoff gab es ja genug. Ich hatte keine Idee, wie nun was weitergehen sollte. Nachdem mein

Fuerteventura-Plan gescheitert war, konnte ich auch alles erst einmal in Ruhe auf mich zukommen lassen. Falls es ungemütlich werden sollte, jederzeit wieder zurückfahren zu können, war eine beruhigende Option. Auf meine Frage, wie wir die kommenden Tage gestalten würden, hatte Anke konkretere Vorstellungen als ich im Kopf. Sie hatte noch einen guten Kontakt zu ihrem Ex-Freund, erfuhr ich. Wenn ich einverstanden war, würde sie ihn anrufen und fragen, ob er nicht Lust hatte, sich mit mir auf ein Bier zu treffen, während sie im Blumengeschäft war. Ganz in der Nähe gab es ein Billardcafé, dass auch tagsüber geöffnet war. Ich spielte gerne Billard - aber mit dem Ex-Freund einer neuen Freundin? Ich wusste nicht so recht, was ich davon halten sollte. Als wir ankamen, folgte ich Anke zum zweiten Mal die Treppe hoch zu ihrer Wohnung. Wieder hatte ich ihren fantastischen Po vor meinen Augen. Bloß dieses Mal unter komplett anderen Vorzeichen: Wir waren allein. Anke fütterte umgehend ihre beiden Katzen, die schon launisch miauten, als sie die Tür öffnete. Danach bereitete Anke uns noch ein paar Häppchen zu. Anschließend gingen wir getrennt ins Bad und dann wie selbstverständlich in ihr Schlafzimmer. Wir legten uns in Ankes schönes Messingbett. Wegen Tinas Anruf am Morgen hatten wir viel zu wenig geschlafen und waren erschöpft und müde. Wie ein langjähriges Ehepaar gaben wir uns noch einen flüchtigen Gutenachtkuss, um dann synchron die Nachttischlampen auszuknipsen. Genau auf diesem Bett hatte ich unlängst noch mit Ankes bester Freundin gelegen - aber eindeutig anders. Anke wusste selbstverständlich nichts davon, und es herrschten noch andere Rahmenbedingungen. Die Situation kam mir sehr befremdlich vor in diesem Moment. Aber ich war zu müde, um mir über die bizarren Umstände Gedanken zu machen. Es würde sich schon alles finden, dachte ich, während ich langsam in der nach Weichspüler duftenden Bettwäsche hinüberdämmerte. Anke und ich schliefen eng aneinandergeschmiegt ein. Der nächste Tag war ein Sonntag; gleich am Morgen wollte ich einen eindeutigen Annäherungsversuch starten.

*

Am nächsten Morgen klingelte aber Ankes Wecker. Schlaftrunken versuchte ich, mich zu sortieren. »Was ist los?« wollte ich wissen. »Ich muss gleich ins Geschäft. Wir haben sonntags immer ein paar Stunden geöffnet. Und gestern war ja Feiertag. Du kannst noch ruhig liegen bleiben. Aber wenn du Lust hast, mit mir zu frühstücken ...« Lust hatte ich zu diesem Zeitpunkt ebenso wenig wie Hunger. Ich dachte aber, dass es angemessen war, sie an unserem ersten gemeinsamen Morgen bei ihr zu Hause nicht allein frühstücken zu lassen. »Ich komme gleich«, hörte ich mich ihr hinterherrufen und rappelte mich unwillig auf. Während Anke ihre Katzen versorgte und dabei telefonierte, ging ich ins Bad. Dann tranken wir zusammen Kaffee. »Übrigens: Ich habe gerade mit Mustafa telefoniert. Er ist heute wie an jedem Sonntagmittag im Billardcafé. Ich habe ihm gesagt, dass Du eventuell vorbeischaust, während ich im Geschäft bin. Was meinst du?« - Tja, was sollte ich sagen? Nichts gegen ein paar Partien Billard am Sonntag, aber für meinen Geschmack ging mir alles irgendwie zu schnell. Ihr Ex hieß also Mustafa. »Also gut« sagte ich und ließ mir den Weg beschreiben. Das Café war direkt um die Ecke. »Und wie erkenne ich Mustafa ...?« wollte ich noch wissen. »Du wirst ihn schon erkennen. Er ist Deutschtürke und sieht verdammt gut aus.« - »Schön. Also gut - ich geh nachher mal rüber, und dann schauen wir mal.« - »Prima. Ich hol dich dann dort nach der Arbeit ab. Ich muss jetzt los.« Sie gab mir einen sanften Kuss auf die Stirn und rauschte hinaus. Ich setzte mich auf die Couch, auf der ich ja bereits mit Jackson und Tina gesessen hatte. Da lagen jetzt die beiden satten Katzen. Ankes dicker und entspannter Kater namens Karlo nebst Katze Diva. Der war nicht zu trauen, die guckte immer so heimtückisch. Ich sah noch eine Weile fern und machte mich dann etwas unwillig auf zum Billardcafé. Um dort den Ex-Freund meiner brandneuen Freundin zu treffen. Ein Blind Date der besonderen Art.

Es befanden sich nur wenige Gäste im Café. Auf einen traf Ankes Beschreibung zu. Er saß direkt am Eingang an der Theke. Als ich eintrat, drehte er sich zu mir um.

»Mustafa …?«, fragte ich. Er nickte und deutete auf den Hocker neben sich. Mustafa wirkte auf Anhieb sympathisch, und wir kamen gleich ins Gespräch. »Du bist also Ankes neuer Freund«, mutmaßte Mustafa. Dieses Mal war ich es, der nickte; wenn auch zögerlich. Nach etwas Small Talk beschlossen wir, eine Partie Billard zu spielen. Was Spaß machte, denn wir hatten ungefähr die gleiche Spielstärke. Währenddessen wollte ich eines von ihm wissen: »Wenn du und Anke noch so ein gutes Verhältnis habt – wieso habt ihr euch eigentlich getrennt?« – »Es passte alles wunderbar bei uns bis auf eines: Wir hatten keinen Sex«, sagte Mustafa und spielte weiter. Das hatte ich absolut nicht erwartet und war irritiert. »Darf ich fragen, warum …?« – »Anke wollte nicht. Sie hatte als Teenager mal sehr schlechte Erfahrungen gemacht. Hat sich Hals über Kopf in einen älteren DJ verliebt und der hat sie übel behandelt. Wirklich *sehr* übel. Seitdem war für sie das Thema durch. Daran ließ sich auch nichts mehr ändern. Ich konnte das eine Weile akzeptieren, weil ich dachte, dass sich das noch geben würde. Aber irgendwann musste ich dann kapitulieren und mich von ihr trennen. Es war nicht mehr auszuhalten, immer nur abgewiesen zu werden.« Eine ebenso offene wie auch verstörende Erklärung. Die ich erst einmal verarbeiten musste, denn sie betraf mich vermutlich ja auch. Ich konnte jetzt schlecht sagen: Aber mit uns wird das bestimmt funktionieren! Erstens wäre das ziemlich daneben gewesen und zweitens: Woher sollte ich das wissen? Ich sagte also besser nichts dazu und konzentrierte mich wieder auf unsere Partie. Was mir nicht mehr so recht gelang, denn das gab mir alles sehr zu denken. Sollte ich aufgrund dieser Information die Notbremse ziehen und schnell das Weite suchen, nach nur zwei Tagen - anstatt behutsam und geduldig abzuwarten, wie sich die Dinge entwickelten? Eines machte mich stutzig: Warum hat Anke dieses Treffen mit Mustafa dermaßen schnell arrangiert? Vermutete - oder hoffte sie sogar - dass das Problem thematisiert und ich quasi somit »vorgewarnt« werden würde? Ich mochte Anke bereits sehr und fand sie auch ausgesprochen attraktiv; ich beschloss, nichts zu überstürzen und jetzt erst einmal vor Ort in Ruhe die Sache anzugehen. Wenn ich aufgrund dieser Informationen gleich die Segel streichen würde, wäre das ziemlich schäbig von mir. Und offenbaren, dass mir an ihrer Persönlichkeit nicht ausreichend lag. Da tat sich ein echtes Dilemma auf. In das ich Hals über Kopf hineingeraten war. Alles klang nicht gerade vielversprechend. »Wusstest du eigentlich, dass Ankes Eltern Millionäre sind?« fragte Mustafa nach einer Weile und versenkte eine weitere Kugel. Die zweite Überraschung. »Nein, hat mir bisher niemand gesagt … « - »Ihr Vater hat mit seinem Bruder eines der erfolgreichsten mittelständischen Unternehmen hier. Das rüstet die Villen der Reichen und Promis mit Sicherheitseinrichtungen aus.« - »Und wieso arbeitet Anke dann als Floristin?« überlegte ich laut. »Sie möchte unabhängig sein und ihr eigenes Ding machen. Und ihrem Vater ist sie auch nicht sehr zugetan. Das hat auch seine Gründe.« Ich wusste nicht, was ich mit diesen geballten Informationen anfangen sollte. Manchmal war weniger mehr. Kaum hatten wir unsere zweite Partie zu Ende gespielt, betrat Anke das Café und winkte uns von weitem fröhlich zu. Damit hatte sich das Thema erledigt. Anke wollte nicht bleiben, sondern mich nur abholen. Das passte mir gut; ich wollte nicht noch mehr von Mustafa erfahren. Sondern mir mein eigenes Bild machen. Wir verabschiedeten uns. Draußen fragte mich Anke, ob es ein nettes Treffen gewesen war. Der Einfachheit halber bejahte ich das – obwohl ich mich davor eindeutig besser gefühlt hatte. Jetzt schleppte ich etwas mit mir rum, von dem ich nicht wusste, ob ich das überhaupt thematisieren wollte oder sollte. Vielleicht war es Mustafa unangenehm, wenn Anke dann wusste, dass er es mir erzählt hatte. Möglicherweise wollte sie auch gar nicht, dass ich davon wusste. Vielleicht hatte sie aber auch genau aus diesem Grund unserer Treffen arrangiert. Das würde ich aber alles nur herausfinden, wenn ich es ansprach. Ich war also in der Bredouille und entschloss mich, erst einmal abzuwarten.

Der Sonntagnachmittag. Anstatt frisch liiert nach der Arbeit mit ihrem neuen Freund zurück nach Hause zu fahren, zog Anke es vor, mir mit dem Auto ihre Heimat zu zeigen: Elternhaus, Schule und so weiter. Am frühen Abend fuhr sie dann zu einem bekannten

Restaurant auf dem Land; dort gab es die besten Pferdesteaks im Umkreis. So etwas hatte ich zuvor noch nie gegessen. Das Essen und der Service waren Spitzenklasse – ebenso wie die Preise auf der Speisekarte. Aber Anke wollte mich unbedingt einladen – schließlich würde sie ja sonst nicht ausgehen. Danach fuhren wir wieder zurück zu ihr. Nach unserer Heimkehr fütterte Anke ihre Katzen, schaltete den Fernseher ein und wir setzten uns nebeneinander auf die Couch. Die Spätnachrichten liefen. Trotz meines neuen Kenntnisstandes versuchte ich, unsere physische Nähe ein wenig zu intensivieren. Als es für Anke wohl zu viel des Guten wurde, erhob sie sich abrupt, um dann eilig ins Badezimmer zu gehen. Kurz darauf kam sie abgeschminkt im Nachthemd wieder heraus. Sie gab mir einen Kuss auf die Stirn, sagte Gutenacht und verschwand in ihrem Schlafzimmer. Konsterniert blickte ich noch eine geraume Weile in Richtung Fernseher.

*

Die Tage gingen ins Land. Morgens ging ich einkaufen, um anschließend etwas für Ankes Mittagspause vorzubereiten. Die sie immer, um die Katzen zu versorgen, zu Hause verbrachte. Gegen 19:30 Uhr kam sie von der Arbeit zurück und fütterte Karlo und Diva. Danach aßen wir auf der Couch zu Abend, während der Fernseher lief. Anke war wie immer recht entspannt und gut gelaunt. Trotz des laufenden

Fernsehprogramms unterhielten wir uns angeregt und lachten auch viel gemeinsam. Aber pünktlich nach den Spätnachrichten um 22:30 Uhr folgte dann immer das gleiche Prozedere: Gutenachtkuss und ab ins Bett. Anke ging immer um diese Zeit schlafen, damit sie ausreichend fit für den kommenden Arbeitstag war. Ich sah noch weiter fern, bis ich müde wurde und mich dann zu ihr ins Bett schlich. Bis zum kommenden Wochenende bot sich keine passende Gelegenheit für Annäherungsversuche; solange ich keine entsprechenden Signale bekam, wollte ich auch nichts überstürzen oder forcieren. Mir kam das Ganze aber schon sehr merkwürdig vor; ich ahnte nichts Gutes.

## Das Damoklesschwert

Noch eine Woche länger wollte ich nicht bleiben. Erstens musste ich zu Hause nach meiner Post gucken, damit ich nicht einen eventuellen Termin des Arbeitsamtes bezüglich Arbeitsvermittlung verpasste. Zweitens wollte ich diese spezielle Form von Beziehungsalltag weder länger am Stück tolerieren noch ertragen. Und drittens wollte ich gerne meine Freunde wiedersehen. Als ich dies Anke – abgespeckt auf Punkt 1 – mitteilte, meinte sie nur, dass dies ja kein Problem bedeutete: Wir könnten ja am Freitag zu mir und am Sonntag wieder zurück zu ihr fahren. Sie wollte sich den Samstag dann freinehmen. Damit hatte ich nicht gerechnet. Ich war nun in der Schere: Ankes Angebot, zusammen mit dem Auto zu fahren, konnte ich ja schlecht mit der Begründung ablehnen, dass ich lieber allein mit dem Zug fahren wollte. Wer denn in der Zwischenzeit ihre Katzen füttern würde, wollte ich von ihr wissen. Weniger um deren leibliches Wohlergehen besorgt als in der Hoffnung, dass Anke diese bei ihrem Vorschlag vergessen hatte und es sich auf meinen Einwand hin anders überlegen würde. Sie wollte eine Arbeitskollegin darum bitten; die wäre sehr tierlieb und würde das bestimmt gerne machen wollen. Tina brauchte sie nicht mehr diesbezüglich zu fragen - der Kontakt war seit Ankes Ausflug zu mir definitiv beendet. Ich hätte gerne gewusst, ob sich Tina in der Zwischenzeit bei mir telefonisch gemeldet hatte oder nicht. Oder ob sie sich dachte - oder vielleicht sogar wusste - dass ich seitdem bei Anke war. Ich wollte sie lieber nicht anrufen. Da hätten sowohl Tinas Verlobter als auch Anke sicherlich etwas dagegen gehabt. Wahrscheinlich wollte mich Tina auch gar nicht mehr wiedersehen. Vielleicht war sie sogar eifersüchtig. Was angesichts der Tatsache, dass sie verlobt war, schon ein wenig merkwürdig gewesen wäre, aber: Auszuschließen war das nicht.

Am Freitagabend starteten Anke und ich in Richtung Ruhrgebiet. Es war schon beinahe Mitternacht, als wir bei mir zu Hause ankamen. Anke war sehr müde und deswegen kam Ausgehen nicht mehr infrage. Also gingen wir bald schlafen. Allerdings wieder eher wie Bruder und Schwester oder ein altes Ehepaar. Am kommenden Morgen kaufte ich für unser Frühstück ein, während Anke Kaffee und Eier kochte. Was ich ebenso angenehm wie befremdlich empfand; ich war so eine enge Beziehung nicht gewohnt. Schon gar nicht in meiner Wohnung. Ich schien mich aber unaufhaltsam mehr in Anke zu verlieben; Gefühle scherten sich offenbar nicht um Rahmenbedingungen. Mit jedem Tag wäre es mir schwerer gefallen, mich von ihr zu trennen: Sie war attraktiv und aufgeweckt, hatte Humor und war immer gut gelaunt und liebenswürdig. Dass sie mich ebenfalls sehr mochte, daraus hatte sie von Anfang an ja keinen Hehl gemacht. Was sie dann dadurch bewies, dass sie allein und ohne Tinas Einverständnis zu mir gefahren ist – und dadurch ihre beste Freundin verlor. Eigentlich war es recht schön mit uns. Wenn es da nicht dieses unsägliche Damoklesschwert gegeben hätte, das latent ständig über unserer Beziehung baumelte. Da Sex nach dem Frühstück wohl leider nicht infrage kam – obwohl ich dem alles andere als abgeneigt gewesen wäre – beschlossen wir, meine für mich signifikanten Orte in der Umgebung anzusteuern. Inklusive einer klassischen Imbissbude, um dieses Mal als regionale Spezialität statt Pferdesteak nun Currywurst mit Pommes zu verkosten. Anschließend wollte ich mit Anke ein paar Freunde in der Nachbarstadt besuchen. Die wohnten - oder besser hausten - dort in einer legendären Wohngemeinschaft.

*

Als wir dort am späten Nachmittag ankamen, öffnete einer der Bewohner verkatert die Tür und ließ uns herein. Ich bekam umgehend ein Bier in die Hand gedrückt. Anke wollte lieber ein Wasser. Sie trank keinen Alkohol. Schade eigentlich, denn dieser hatte bekanntlich ja eine enthemmende Wirkung, musste ich denken. Der Vorteil von Ankes Abstinenz bestand darin, dass sie immer fahrtüchtig war. Allmählich wurde ein klassischer WG-Abend eingeläutet. Der sah zunächst so aus, dass WG-Bewohner und übrig gebliebener Besuch mehr oder weniger erholt sukzessive in der großen Küche auftauchten. Wo ihnen dann bereits wieder ein Bierchen schmeckte und sie dann Pläne für den weiteren Abend schmiedeten. Dabei gab es eigentlich nicht viel zu schmieden, denn die Locations, wo sich die lokale Feiergemeinde traf, standen eigentlich fest. Nur die Reihenfolge variierte. Anke wurde gleich integriert und war wegen ihrer offenen und humorvollen Art eine echte Bereicherung für das noch ziemlich verkaterte Ensemble vor Ort. Als Anke das Bad aufsuchte und meine Freunde ihr dabei hinterher sahen, bekam ich anschließend hochgestreckte Daumen gezeigt. Ich freute mich darüber, musste aber unwillkürlich denken: »Wenn ihr nur wüsstet ...« Aber ich verdrängte diesen Gedanken wieder schnell. Anke schien sich pudelwohl zu fühlen in diesem für sie ungewohnten Ambiente. Sie hatte damit absolut keine Berührungsängste. Zu fortgeschrittener Stunde quetschten wir uns dann zu sechst in Ankes Fiesta und fuhren zu Location Nummer eins, zum traditionellen samstäglichen »Vorglühen«. Es wurde Billard, Kicker oder Dart gespielt. Anke und ich waren von Anfang an ein kongeniales Team und hatten einen Heidenspaß. Gegen Mitternacht ging es dann in eine sehr angesagte und innovative Tanzlocation: dem MCR, dem Music Circus Ruhr. Ein Bekannter von mir hatte die pfiffige Idee gehabt, ein gebrauchtes Zirkuszelt zu kaufen, um es als Diskothek zu nutzen. Mit originalem Interieur und der Manege als Tanzfläche. Neben einem Fußballstadion - wo der Betrieb nachts niemanden störte und ausreichend Parkplätze vorhanden waren - hatte er einen Stellplatz dauerhaft von der Stadt angemietet, das Zelt aufstellen lassen und los ging's. Genial. An jedem Wochenende kamen tausende Besucher aus allen Richtungen; mein Bekannter und seine Partner verdienten sich dumm und dämlich. Also hinein ins Getümmel. Anke staunte nicht schlecht. Sie zog mich gleich hinter sich her in die Manege, und wir tanzten, bis wir schweißgebadet waren und strahlten uns dabei nur so an. Hunderte Menschen um uns herum, und wir hatten nur Augen für uns - ein euphorisches, erotisierendes Gefühl. Jedoch ernüchternd getrübt von meinen Gedanken, dass ich Ankes, nur von einem durchgeschwitzten T-Shirt bedeckten, wogenden Brüste vor meinen Augen später in meinem Bett nicht berühren durfte. Eine ebenso groteske wie bedrückende Vorstellung. Ich fühlte mich, als spielte jemand einen diabolischen Streich mit mir.

Wie nicht anders zu erwarten, sollte sich später auf meinem Futon Euphorie in Ernüchterung verwandeln. Wie sollte das bloß nur weitergehen? Je größer mein Begehren, umso schroffer Ankes Ablehnung. Die Gewissheit, weder dauerhaft auf körperliche Nähe verzichten zu wollen noch zu können, korrelierte dramatisch mit meiner wachsenden Zuneigung zu Anke. Eine klassische Zwickmühle. Da mir unsere unerwartete Beziehung jedweder Planung in meiner Heimat im Wege stand, ging das Pendeln zwischen meinem und ihrem Zuhause bis zum Jahresende weiter. Noch hatte ich vom Arbeitsamt kein Arbeitsangebot unterbreitet bekommen und ich erhielt alle 14 Tage weiterhin meine Raten. Damit kam ich über die Runden: Ich brauchte nur Geld für Mitfahrgelegenheit nach Hamburg; vor Ort übernahm Anke die Kosten für die Einkäufe. Anke hatte keine Geldprobleme. Als Kind war für sie ein Sparbuch angelegt und den wohlhabenden finanziellen Verhältnissen ihrer nahen Verwandten entsprechend immer wieder reichlich bestückt worden. Aber sie kam sogar mit ihrem überschaubaren Floristinnen-Gehalt zurecht. Die Wochen gingen ins Land und nichts änderte sich. Ein wahrhaft unbefriedigender Dauerzustand. Erschwerend hinzu kam die Tatsache, dass wir kaum etwas gemeinsam unternahmen. Einmal besuchten wir eine angesagte Diskothek in Lübeck. Anke hatte sich auffällig geschminkt, trug ein rotes, knappes Kostüm – und war ein echter Hingucker. Ich tanzte sie in meinem weißen Sakko an. Auf der Tanzfläche reagierte sie darauf provokativ aufreizend, geradezu sinnlich. Was für eine absurde Parodie. Unsere Performance blieb nicht unbemerkt und wir hatten vom Rand der Tanzfläche aus einige Zuschauer. Danach trank ich frustriert neben Anke wortlos ein paar Biere an der Theke. Zurück bei ihr zu Hause war ich emotional so aufgeheizt und erregt, dass ich mich Anke in ihrem knappen Kostüm eindeutig näherte. »Wenn nicht jetzt nach ihrem Tanz, wann dann?«, dachte ich. Es kam, wie es kommen musste: Ich bedrängte sie und sie fühlte sich bedrängt. Sie stieß mich von sich und rannte ins Bad. Ich holte mir ein Bier aus dem Kühlschrank und setzte mich auf die Couch. Den Fernseher ließ ich ausgeschaltet. Ich hatte das Gefühl, selbst in einem Film zu sein; in einem sehr schlechten. Anke kam abgeschminkt und bettfertig aus dem Bad, ging an mir vorbei direkt ins Schlafzimmer und ließ mich wort- und ratlos auf der Couch zurück. Ich leerte mein Bier, suchte ebenfalls noch das Bad auf und folgte ihr ins Bett. Anke hatte inzwischen ihre Nachttischlampe ausgeschaltet, sich auf die Seite gelegt und mir derart nicht nur symbolisch ihren Rücken zugedreht. Ich rollte mich ebenso demonstrativ wie fatalistisch seufzend auf die andere Seite und machte das Licht aus. Ich hätte lieber mit Napoleon getauscht. Der wurde in seiner Hochzeitsnacht von »Fortune«, dem eifersüchtigen Schoßhund seiner geliebten Joséphine, äußerst schmerzhaft ins Bein gebissen. Ein wenig glücklicher Umstand; aber bei Napoleon und Joséphine war es wenigstens zur Sache gegangen.

*

Die Begebenheit vom Vorabend wurde nicht thematisiert und profaner Beziehungsalltag ergriff weiterhin Besitz von uns. Es gab auch keine zwingenden Gründe mehr, nach Hause zu fahren: Ich hatte Hugo meinen Zweitschlüssel dagelassen und ihn gebeten, alle paar Tage nach meiner Post zu schauen. Wenn ich dann doch einmal wieder in die Heimat fahren wollte, wollte mich Anke begleiten. Vielleicht hatte sie Angst, dass ich andernfalls geneigt war, länger daheim bleiben zu wollen. So hatte mein Lebensmittelpunkt von einer pulsierenden Ruhrgebietsstadt zu einem deprimierenden Hamburger Randbezirk gewechselt. Ohne Stammkneipe, Freunde oder Partys. In Hamburg selbst hätte man einiges erkunden und unternehmen können. Aber Anke arbeitete an sechs Tagen in der Woche und deshalb hielten sich Zeitfenster und Engagement diesbezüglich stark in Grenzen. Einerseits vermisste ich meine Freunde und das Feiern. Gleichzeitig hatte ich mich in Anke verliebt und wollte sie nicht verlassen. Das Damoklesschwert »kein Sex mit 24 Jahren« baumelte aber weiterhin über unserer Beziehung. Irgendetwas musste sich irgendwie ändern, soviel stand fest. Anke war nicht unsensibel und merkte natürlich, was mit mir los war.

Eines Samstagabends, als wir wieder einmal bei mir zu Hause waren, fragte sie mich nachdenklich: »Wie wäre es, wenn ich im Frühjahr einfach zu dir ziehe?« Ich war perplex und fühlte mich irgendwie überrumpelt. Paradoxerweise aber auch zugleich geschmeichelt: Da wollte eine Hamburger Millionärstochter Job und Familie zurücklassen und zu einem Arbeitslosen ins Ruhrgebiet ziehen – zu mir! »Und was wird dann aus Sultan …?« wollte ich verdattert wissen. Sultan war ihr Springreitpferd, das sie von ihrem Vater zur Konfirmation geschenkt bekommen hatte. Seitdem wir zusammen waren, hatte sie sich kaum mit ihrem Pferd beschäftigt. Sie hatte aber eine Reitbeteiligung, die sich täglich um Sultan kümmerte. »Den nehme ich halt mit«, lautete die lapidare Antwort. Ich dachte kurz nach. Ein Vorteil war: Ich konnte mir in meinem gewohnten Umfeld endlich einen Job suchen – und jederzeit auch meine Freunde wiedertreffen. Also: Warum eigentlich nicht? »Also gut: Soll ich versuchen, dir hier eine Arbeitsstelle zu besorgen?« – »Ja.« – »Wie lang ist deine Kündigungsfrist für die Wohnung?« – »Drei Monate glaube ich, normal.« – »Ok. Ich werde in der Zeitung inserieren und mich um einen neuen Job für dich kümmern.

Und um eine Unterbringungsmöglichkeit für Sultan.« Damit war die Sache besiegelt. Etwas unwirklich und ein Stück weit blauäugig das Ganze, weil mir bezüglich unseres Damoklesschwertes eine langfristige Perspektive unserer Beziehung als eher illusorisch erschien. So inserierte ich überregional in der Tageszeitung ein Arbeitsgesuch für Anke und konnte zwei Vorstellungsgespräche für sie vereinbaren. Bereits beim ersten erfuhr ich nach einer knappen Stunde Wartezeit im Auto von ihr freudestrahlend, dass sie den Job zum neuen Quartal beginnen konnte. Sie kündigte ihren Job, ihre Wohnung sowie die Unterbringung für Sultan und ab diesem Moment lief unser gemeinsamer Countdown.

## Der Umzug

Durch die Vermittlung einer guten Bekannten konnte ich kurzfristig eine günstige Pferdebox auf einem Bauernhof in der Nähe organisieren. Alles lief wie am Schnürchen. Eigentlich ein Grund, sich zu freuen – von meiner Seite aus wegen meiner latenten Bedenken aber eher mit angezogener Handbremse. Die Zeit bis zum Umzugstermin verging schnell. Ich fragte mich und auch Anke, was sie von ihrem Mobiliar in meiner kleinen Wohnung unterbringen wollte. Sie wollte sich von vielen Dingen trennen und auch ein paar Möbelstücke austauschen. Wie zum Beispiel meinen durchgelegenen Futon gegen ihr barockes Messingdoppelbett. Wir einigten uns und organisierten weiter: Ich leerte und renovierte meine Wohnung und bereitete alles für Ankes Einzug vor. Jackson lieh mir seinen Transporter für das Umzugswochenende. Er bot sogar an, mitzukommen und zu helfen. Das Angebot nahm ich gerne an. Anke hatte inzwischen – über Mustafa – ein Zugfahrzeug mit Anhängerkupplung organisiert und wollte am Sonntag mit Sultan nachkommen. Als ich mit Jackson bei ihr eintraf, war alles optimal vorbereitet: Anke hatte – mit Mustafa – die infrage kommenden Möbel auseinander gebaut und bereitgestellt. Ebenso wie etwa 30 Umzugskartons. Der Abend verlief ruhig, denn der nächste Tag versprach, anstrengend zu werden. Umzüge werden gerne unterschätzt. Alles nur zu zweit in meine Dachwohnung hochtragen zu müssen war keine angenehme Vorstellung. Zur Sicherheit hatte ich noch meinen Freund Longo gefragt, ob er zum Helfen vorbeikommen konnte. Planmäßig fuhren wir nachmittags bei mir zu Hause vor. Die Nachbarn hingen hinter ihren Gardinen und beäugten wie immer das Geschehen neugierig und misstrauisch. Ich versuchte, sie zu ignorieren. Für Ende März war es außergewöhnlich warm; bereits nach kurzer Zeit kamen Jackson und ich reichlich ins Schwitzen. Von Longo keine Spur. Die vollgepackten Umzugskartons allein nach oben zu schleppen war eine echte Plackerei, ebenso wie die größeren Teile zu zweit. Erschwerend hinzu kam Ankes antiquierte Waschmaschine mit Betonsockel. »Wo bleibt Longo, wenn man ihn tatsächlich einmal braucht?« musste ich bei jeder Treppenstufe aufs Neue denken. Jacksons Laune war inzwischen ebenso unterirdisch, und ich wollte ihn nicht weiter in Anspruch nehmen. Wir luden alles Restliche aus und ich bedankte mich bei ihm. Er sollte nach Hause fahren und sich ein Bierchen gönnen; Longo würde ja bestimmt gleich um die Ecke kommen und mir helfen. Als ich alle Sachen vom Bürgersteig in meine Wohnung verfrachtet hatte, war ich total erledigt. Erschöpft fiel ich auf Ankes – oder war es jetzt unsere? – Couch, da schellte es. Es war Longo, der eigentlich drei Stunden früher erscheinen wollte. Mit einer Plastiktüte voller Bierflaschen polterte er auf seinen krummgelaufenen Cowboy-Stiefeln die Treppe hoch und brüllte dabei »Siciliano! Da bin isch! Isch abé auch noch einen 'Elfer mitgebracht!«. Der Helfer folgte ihm und war genauso voll wie Longo. Als sie fast oben waren, brüllte ich zurück: »Verschwindet! Aber schnell!« – und knallte meine Wohnungstür zu. Unfassbar, der Typ. Ich sah mich um: Man konnte sich kaum noch von A nach B bewegen in meiner Wohnung. Bis zur Decke vollgestopft mit Möbelteilen und Kartons. Ich wusste nicht, wie und wo alles seinen Platz finden sollte.

Am nächsten Tag versuchte ich so gut es ging vorläufig Ordnung zu schaffen. Am frühen Nachmittag sah ich vom Fenster aus, wie ein Wagen mit Pferdeanhänger vorfuhr. Anke stieg aus, blickte hoch und winkte mir fröhlich zu. Als erstes brachte sie Kater Karlo in seinem Transportkäfig nach oben. Diva hatte sie abgegeben.

*

Auf den euphorischen Neuanfang - jetzt würde bestimmt alles besser werden! - folgte schnell Ernüchterung. Auch das ultragemütliche Schlafzimmer kreierte keine nennenswerte Abwechslung. Dabei hatte ich mir im Vorfeld so viele Mühe damit gemacht: Mit einem ausgemusterten, bordeauxroten Theatervorhang hatte ich das komplette Schlafzimmer ausstaffiert. Decke, Wände, Boden - alles war mit rotem Samt bedeckt. Und indirekt beleuchtet. Ankes Messingbett machte sich perfekt darin. Es war mir gelungen, ein erotisch anmutendes Ambiente zu gestalten, ohne kitschig oder gar Rotlichtmilieuartig zu wirken. Gäste, die einen Blick darauf erhaschten, fanden es absolut gelungen. Und dachten vermutlich, dass bei uns die abendlichen Präferenzen eindeutig in eine Richtung gingen. Abhängig von Person und Fantasie wurde mir anerkennend auf die Schulter geklopft oder auch nur vermeintlich kennerisch zugezwinkert. Es war auch ein sehr schönes Schlafzimmer. Zumindest optisch. Die bittere Realität sah aber leider anders aus. Nichts änderte sich: Um 22:30 Uhr gab es den obligatorischen Gutenachtkuss für mich, danach ging Anke zu Bett. Ich folgte ihr wiederum nach einer Weile Fernsehens. Morgens gab es einen Kuss auf die Stirn, kurz darauf fuhr sie zur Arbeit. Ein gemeinsames Mittagessen entfiel, weil allein die Fahrzeit hin und zurück die komplette Pause ausgefüllt hätte. Karlo konnte auch ich füttern; ihm war das egal. Gegen 19:30 Uhr kam Anke von der Arbeit zurück. Gemeinsames Abendessen, Fernsehen - und nach den Spätnachrichten wieder ins Bett. An fünf Tagen pro Woche. Freitagabends ging es ebenfalls um 22:30 Uhr ins Bett. Anke war immer müde zu dieser Uhrzeit. Samstagabends gingen wir aber immer aus: Das Highlight der Woche. Ich freute mich jedes Mal auf meine Freunde. Überall, wo wir auftauchten, hielt man uns für ein normales und glückliches Paar.

Im bevorstehenden Sommer wollten wir unseren ersten gemeinsamen Urlaub verbringen. Das würde uns dem eingefahrenen Alltagsleben entreißen. Vielleicht sollte es dann endlich eine erotische Wende geben, hoffte ich. Wir beschlossen, nach Frankreich an die Atlantikküste zu reisen und dann eventuell noch weiter nach Spanien. Auf dem Hinweg wollte ich noch Carlo besuchen. Er war inzwischen wieder zurück daheim in Vorarlberg angekommen. Ich wollte ihn gerne wiedersehen. Und Richtung Frankreich war das auch kein großer Umweg. Anke war einverstanden. Aber unsere Reise sollte sich verzögern.

*

An einem Freitagnachmittag holte ich mit Ankes Auto Hugo ab. Wir wollten gemeinsam noch ein paar Besorgungen machen und anschließend noch beim Longo vorbeischauen. Wir fuhren plaudernd und entspannt, bis vor einem Waldstück die zulässige Geschwindigkeit von 50 km/h auf 30 km/h reduziert wurde. Ich kannte diese Örtlichkeit - nicht zuletzt, weil ich dort schon mehrfach geblitzt worden war - und konzentrierte mich auf das Fahren. Aus dem Augenwinkel heraus bemerkte ich an einer Einmündung ein Auto, das auf die Hauptstraße einbiegen wollte. Als wir uns der Stelle näherten, schoss der Wagen aus der Querstraße heraus. Und krachte direkt hinter Hugo in unsere rechte Seite. Mein reflexartiges Ausweichmanöver blieb leider ohne nennenswerten Erfolg: Die Wucht des Aufpralls katapultierte den Fiesta auf die Gegenfahrbahn. Gott sei Dank kam uns in diesem Moment niemand entgegen. Der Wagen stoppte sofort; ich musste unwillkürlich gebremst und den Motor abgewürgt haben. Mein Kopf war durch den Aufprall vor die Seitenscheibe geprallt und Hugos an meine Schulter. Nach einer Schrecksekunde sahen wir uns an und stellten fest, dass uns wohl nichts Ernstliches passiert war. Zum Glück war das andere Auto nicht direkt in die Beifahrertür gefahren, was für Hugo hätte übel ausgehen können. Mit weichen Knien stieg ich zögerlich aus dem Auto. Hugo verließ ebenso bedächtig den Wagen. Als Erstes versuchten wir, den Verkehr aus beiden Richtungen zu warnen. Dann wollten wir uns vergewissern, wie es um den

Fahrer des anderen Wagens bestellt war. Während Hugo das Warndreieck aus dem Kofferraum hervorholte, bemerkte ich, wie aufgeschreckte Anwohner an ihren geöffneten Fenstern erschienen. Ein älterer Mann rief mir zu, dass er bereits die Polizei informiert hatte. Ich drehte mich um und wollte zum Fahrzeug des Unfallgegners gehen. Das stand aber nicht mehr da, wo ich es zuletzt gesehen hatte: Ein etwa 70 Jahre alter Mann war gerade dabei - zusammen mit einem etwa halb so alten - das Auto zurück in die Querstraße zu schieben. Was mir seltsam vorkam, denn eigentlich sollte man ja einen Unfallort unverändert lassen, zwecks Rekonstruktion der Ursache seitens der Polizei. Da der Wagen nach dem Aufprall quer zur Fahrtrichtung zum Stehen gekommen war, vermutete ich, dass die beiden dadurch verhindern wollten, dass jemand in dieses unerwartete Hindernis hineinfuhr. Da für mich der Fall klar war, machte ich mir diesbezüglich keine weiteren Gedanken. Als die Polizei erschien, winkten die Unfallgegner sie sogleich zu sich. Ein paar Minuten später schlenderten die Uniformierten zu uns herüber. Ohne Umschweife begannen sie, mich einer verhörähnlichen Befragung zu unterziehen. Ich wunderte mich über ihre unfreundliche Wortwahl fernab jeglicher Empathie bezüglich unserer Befindlichkeit. Meine Erläuterungen zum Unfallgeschehen notierten sie eher unwillig und zunehmend mürrisch. Danach reichten sie mir wortlos den Durchschlag ihres handschriftlichen Kurzberichts. Oben auf dem Zettel war eine »01« vermerkt - die vorläufige Einstufung eines Unfallbeteiligten als Verursacher. Was nicht unwesentlich bezüglich der späteren Abwicklung durch die Versicherungen war. Der Schuldige hatte die Schäden seines Fahrzeugs selbst zu tragen; es sei denn, man war vollkaskoversichert. Was meine Anke nicht war. Ich starrte ungläubig auf das Blatt Papier und konnte nicht glauben, was ich da las. Ich fragte den Beamten, wie er denn zu der Ansicht gelangt war, dass ich Schuld an dem Unfall hatte. Ohne von seinem Schreibblock aufzusehen, erklärte er mir in dienstlichem Tonfall, dass der gegnerische Fahrer und sein Beifahrer - dessen Sohn - einvernehmlich zu Protokoll gegeben hatten, dass sie korrekt und nichts ahnend an der Sichtlinie der Kreuzungseinmündung gehalten hatten. Während ich in ihr Fahrzeug gefahren war. In Verbindung mit überhöhter Geschwindigkeit und einem plötzlichen Schlenker. Wäre mir der Unfallhergang von jemand anderem so beschrieben worden, hätte ich wahrscheinlich lauthals lachen müssen. Darauf musste man erst einmal kommen. Dass mir diese Version jedoch ein Verkehrspolizist mit ernster Miene übermittelte und ich eine dunkle Ahnung hatte, was das für Konsequenzen nach sich ziehen konnte, war aber alles andere als lustig. »Alles Weitere regelt Ihre Versicherung«, sagte der Beamte zum Abschied und ließ mich völlig konsterniert stehen. Damit der Verkehr wieder ungehindert fließen konnte, sollte ich schnellstmöglich den Wagen auf den Gehweg befördern, ließ er mich bei seinem Abgang noch wissen.

Wie in Trance startete ich den Wagen und fuhr langsam den Bordstein hoch. Dabei quietschte das rechte Hinterrad elendig; es stand quer. An eine Weiterfahrt war nicht mehr zu denken. Es war Ankes Auto. Und Freitagnachmittag. Der Wagen musste ebenso schnell in die Werkstatt wie ich zur Versicherung.

*

Zum Glück hatte ich Hugo als Zeugen, das beruhigte mich ein wenig. Aber diese ungeheuerliche Anschuldigung auf mir sitzen zu lassen und für die Schäden an Ankes Wagen aufkommen zu müssen, war schwer vorstellbar in meiner finanziellen Situation. Was war, wenn Aussage gegen Aussage stand und ein späteres Verfahren daraufhin eingestellt werden müsste? Oder ich als Unfallverursacher galt und dann auch noch die kompletten Anwaltskosten hätte tragen sollen? Undenkbar. Zudem wäre Ankes Kfz-Versicherung automatisch höher eingestuft worden, was langfristig zusätzliche Kosten bedeutet hätte. Also alles absolut inakzeptabel. Aber: was tun? Ich ließ den Wagen zur Werkstatt eines Bekannten abschleppen und machte mich schnell auf den Weg zur Geschäftsstelle der Versicherungsagentur, bevor sie schließen würde. Das schaffte ich gerade noch rechtzeitig. Der zuständige Sachbearbeiter, der sich vermutlich schon im Wochenendmodus befand, war wenig erfreut über mein Erscheinen kurz vor Feierabend. Aber er hatte mich wohl erwartet; mein Unfallgegner war bei derselben Versicherung und in Begleitung seines Sohnes in dieser Angelegenheit bereits vorstellig geworden, erfuhr ich umgehend. Und hätte die Sachlage geklärt. »Was für eine Sachlage?« wollte ich wissen. »Den Unfallhergang. Dass Sie plötzlich in sein Auto gefahren sind«, lautete die lapidare Antwort. Ich dachte, ich hörte nicht richtig. Ob er nicht einmal meine Version des Unfallhergangs hören wollte, fragte ich ihn. »Meinetwegen, wenn Sie es wünschen. Aber der Herr Weigel ist ein langjähriger Kunde bei uns. Und ein *ehrenwerter Mann*, fügte er noch betonend hinzu. Damit schien ich für ihn bei eventueller Abweichung meiner Schilderung von Herrn Weigels Version per se folgerichtig als Lügner dazustehen. *Touché!* Für den Sachbearbeiter schien damit der Fall erledigt zu sein. Ich konnte ja klagen, schob er noch lakonisch hinterher und nickte dann auffordernd in Richtung Ausgangstür. Vollkommen perplex ging ich hinaus. Meine Gedanken überschlugen sich: Wie brachte ich es Anke nur bei, dass ich ihr Auto schrottreif gefahren hatte – zunächst einmal abgesehen von der Schuldfrage? Wenn der Unfallhergang bei der Versicherung korrekt vorgelegen hätte, würde sie einen Anspruch auf einen Leihwagen für die Dauer der Reparatur ihres Wagens gehabt haben. Und ich sie damit von der Arbeit abholen können. So blieb mir aber nichts anderes übrig, als sie im Geschäft anzurufen und ihr stark verkürzt mitzuteilen, was vorgefallen war. Sie nahm das zunächst kommentarlos zur

Kenntnis und wollte ihre Arbeitskollegin fragen, ob die sie nach Feierabend heimfahren konnte.

Über unserem Wochenende schwebte dann ein weiteres Damoklesschwert. Ich war immer noch fassungslos darüber, was sich abgespielt hatte und aufgrund der Falschangaben des Unfallgegners bei der Versicherung als Status quo darstellte. Als ich Anke dies schilderte, gewann ich aber den Eindruck, mich vor einer zwölfköpfigen Jury im Gericht erklären zu müssen und niemand meinen Ausführungen Glauben schenkte. Wie sollte es nur weitergehen? Ankes Auto hatte vermutlich einen *wirtschaftlichen Totalschaden* erlitten. Diesen zu regulieren hätte ich nur mit einem Kredit stemmen können. An einen Zivilprozess wollte ich erst gar nicht denken. Ich beschloss, am kommenden Montag noch einmal bei der Versicherung vorstellig zu werden. Um den Fall von meiner Warte aus zu schildern, am besten gleich beim Agenturleiter. In was für eine perfide Situation war ich da nur hineingeraten? Man wollte mich mit einem miesen Trick hereinlegen und als Lügner darstellen. Langsam wich meine Fassungslosigkeit blanker Wut: Der alte Knacker konnte doch froh sein, dass ich beim Unfall so juvenil reagiert hatte. Andernfalls wäre mein rechter vorderer Kotflügel in seine Fahrerseite gerauscht und hätte ihm eine Breitseite verpasst. Und ihm dabei seine vermutlich bereits zweite Hüfte gebrochen, wenn nicht gar mehr. Mit welcher Abgebrühtheit – in genetischer Allianz mit seinem Sprössling als Beifahrer – der *ehrenwerte Mann* den Unfallhergang sowohl der Polizei als auch seiner Versicherung absolut verfälscht dargestellt hatte, war unfassbar. Vor allen Dingen: Um die Schuld von sich zu weisen, musste sich einer der beiden bereits unmittelbar nach dem Unfall diese Variante ausgedacht haben. Anstatt heilfroh zu sein, dass nichts Schlimmeres passiert war. Hätte ich gewusst, wo der *ehrenwerte Mann* wohnte, wäre ich zeitnah zu ihm gefahren und hätte ihn zur Rede gestellt. Egal, wie dies ausgegangen wäre. Aller Voraussicht nach hätte dann die Polizei kommen und mich festnehmen müssen. Ich war unglaublich wütend, musste aber die Faust in der Tasche ballen und erstmal bis zum Montagmorgen untätig abwarten. Bis dahin war die Stimmung dementsprechend mies und das Wochenende gelaufen: Anke war wenig begeistert von der Aussicht, mit öffentlichen Verkehrsmitteln zur Arbeit fahren zu müssen. Und ich war unausgesprochen schuld an allem.

Am Montagmorgen fuhr Anke dann mit dem Bus zur Arbeit und ich zur Versicherung. Den Bauch voller Wut und den Kopf voll finsterer Gedanken wollte ich gerade die Eingangshalle betreten, als gleichzeitig die Tür von innen geöffnet wurde: Der *ehrenwerte Mann* und ich liefen beinahe ineinander. Da stand er leibhaftig vor mir: Auslöser und zugleich Fokus all meiner üblen Gedanken und Gefühle der letzten Tage. Er blieb abrupt stehen und sah mich aus seinen stahlblauen Augen an. Irgendwie erschien er mir von Größe und Physiognomie her für eine Nazifilmrolle geeignet: Alter, Aussehen und Körpersprache passten jedenfalls bestens. Ich hatte offenbar tatsächlich üble Gedanken. Mit dieser Begegnung hatte ich nicht gerechnet und wollte einfach nur an ihm vorbei gehen. »Warten Sie bitte«, sagte er und hielt mich an der Schulter fest. Was ich absolut nicht mochte. »Ich hatte am Wochenende genug Zeit gehabt, um über den Vorfall nachzudenken. Und möchte mich gerne aufrichtig bei Ihnen entschuldigen. Auch im Namen meines Sohnes. Ich habe bereits alles Erforderliche mit unserem Sachbearbeiter geklärt. Ihnen wird kein finanzieller Schaden entstehen.« Ohne eine Antwort abzuwarten, ging er seines Weges. Ich betrat das Foyer, um dem Sachbearbeiter zuzuwinken und einen Leihwagen bei ihm einzufordern.

## Der Urlaub

Ankes Wagen wurde von einem Freund, der gut schrauben konnte, sozusagen *unter der Hand* repariert und lackiert. Von der Versicherungssumme blieb noch ein guter Beitrag für unsere Urlaubskasse übrig. Am Ende hatte sich der ganze Stress zumindest finanziell gelohnt. Aber ich hätte gerne darauf verzichtet.

Endlich war es so weit: Alles, was wir für den Urlaub brauchten, war im Auto verstaut. Es konnte also losgehen. Auf dem Weg zur Autobahn wollte ich mich noch kurz beim Longo verabschieden. Das lag auf dem Weg, und ein Besuch bei ihm lohnte sich eigentlich immer: In der Regel hatte er trinkfreudigen Besuch von großem Unterhaltungswert um sich geschart. Da Anke die erste Etappe fahren wollte, gönnte ich mir ein kaltes Bier im Sonnenschein auf Longos Gartenbank. Umgehend beschlich mich dabei der Gedanke, eigentlich lieber in dieser lustigen Runde bleiben zu wollen, als mit der weniger gut gelaunten Freundin in den Urlaub aufzubrechen. Aber wir mussten los: Am Abend wollten wir in Vorarlberg ankommen. Ich freute mich schon auf das Wiedersehen mit Carlo.

Für zwei Nächte hatte Carlo uns im Gasthaus seines Onkels untergebracht. Als wir ankamen, war die Freude groß und wir feierten zusammen mit Carlos Freunden unser Wiedersehen. Es wurde ein sehr munterer Abend mit reichlich Likören aus der Region. Am kommenden Tag fuhren wir mit Carlo und seinem Gefolge an einen Baggersee in der Nähe. Es war ein heißer Sommertag mit azurblauem Himmel und wir hatten jede Menge Spaß beim Grillen, Baden und Ballspielen. Zurück in unserer Pension wollten wir uns noch ein wenig ausruhen für den Abend. Nach dem Duschen legte ich mich erfrischt aufs Doppelbett. Die Abendsonne schien darauf. Anke duschte ebenfalls, kam danach ins Zimmer und legte sich neben mich. Sie war nackt und hatte sich nur nachlässig abgetrocknet. Überall auf ihrem Körper glitzerten Wassertropfen. Sie wirkte sehr entspannt oder müde – und ließ es einfach über sich ergehen. Gleichmütig und bewegungslos. Es ging sehr schnell und war wenig einfühlsam. Auch von mir. Ein trauriger Akt, fast schon erniedrigend – aber immerhin vielleicht ein Anfang? Ich wollte nicht weiter drüber nachdenken: Wir taten so, als ob nichts passiert war und zogen uns an. Dabei hörte man ein wildes Hupen unten auf dem Parkplatz. Carlo hatte sich Ankes Wagen ausgeliehen; er wollte einige Besorgungen machen und uns anschließend zum Picknicken abholen. Er wartete mit drei Kumpanen bei lauter Musik auf uns im Wagen. Zu sechst fuhren wir dann Richtung Arlberg zu einem Hügel mit fantastischem Ausblick über das Umland. Carlo hatte sich nicht lumpen lassen und reichlich eingekauft. Bei traumhaftem Sommerwetter und einem spektakulären Sonnenuntergang, begleitet von lokalen Spezialitäten und Bier aus Kühlboxen wurde es ein sehr ausgelassenes Picknick. Als wir später wortlos ins Bett fielen, beneidete ich Carlo. Er konnte mit seinen Freunden weiterfeiern. In jener Nacht und auch die Tage danach. Das war der Vorteil eines Singledaseins. Aber es konnte auch sein, dass er lieber am kommenden Tag wie ich mit Freundin nach Frankreich gefahren wäre. Das Gras auf der anderen Seite des Hügels ist immer grüner. Am nächsten Morgen verabschiedete ich mich schweren Herzens von

Carlo. Ich wäre gerne noch länger geblieben, aber wir wollten ja noch weiter an die Côte Landaise. Dort gab es wunderschöne Strände und Campingplätze mit Schatten spendenden Kiefern. Die Fahrt dorthin verlief ebenso problemlos wie schweigsam. Bei dieser enormem Hitze 1200 Kilometer ohne Klimaanlage quer durch Frankreich zu fahren, erwies sich als äußerst strapaziös. Wir waren heilfroh, als wir spätabends auf dem Campingplatz in Moliets Plage ankamen. Die nächsten Tage verbrachten wir dort am Meer und genossen das Strandleben. Fliegende Händler mit großen Kühltaschen versorgten die Badegäste mit Sandwiches, Eis, Softdrinks und Bier. Wir erfrischten uns im flachen, warmen Wasser und erholten uns beim Sonnenbaden. Anke verzichtete permanent darauf, ihr Bikinioberteil anzuziehen. Damit war sie nicht die einzige am Strand. Was mich alles andere als unbeeindruckt ließ und sich im Laufe des Tages zunehmend unangenehm bemerkbar machte. Als sich der Nachmittag dem Ende näherte, gingen wir wieder zurück zum Zelt. Ich hatte vor, im Angelpark des Nachbardorfs noch ein paar Forellen zu fangen, um diese dann fangfrisch für unser Abendessen auf den Grill zu legen. Vorher wollten wir noch duschen gehen. Im Zelt zog Anke sich aus. Sie hatte den ganzen Tag wieder oben ohne und mit einem transparenten, knappen Bikinihöschen neben mir verbracht. Meine Erregung verursachte mir inzwischen ein schmerzhaftes Ziehen in der Leistengegend und ließ sich auch nicht mehr verbergen. Anke blieb das nicht unbemerkt. Sie begann ohne Umschweife, mich manuell von dem unangenehmen Druck zu befreien. Mechanisch, schnell und pragmatisch. Eher beiläufig-mitleidig. Es fühlte sich an wie ein Akt der Barmherzigkeit. Alles andere als erotisch erfüllte es aber seinen Zweck; zumindest temporär. In stillem Einvernehmen wurde diese wenig feierliche Zeremonie in den folgenden Tagen dann direkt nach dem Strandaufenthalt im Zelt vollzogen. Ebenso sachlich wie präventiv - vermutlich, damit ich nicht eventuell übergriffig wurde. Da es aber mich und die Gesamtsituation erleichterte, betrachtete ich das Prozedere blauäugig zunächst als ein Licht am Horizont. Nicht als das, was es im eigentlichen Sinn war: eine zweckmäßige und zugleich erniedrigende Handlung. Ein fauler Kompromiss der besonderen Art.

Das nächste Etappenziel sollte wieder ein Campingplatz sein, diesmal in Nordspanien, im Baskenland. Nach Bayonne und Irún fuhren wir die atemberaubend schöne Küste entlang Richtung Bilbao. Der beginnende Sonnenuntergang war spektakulär und wir waren begeistert von den Farben, der rauen Landschaft und dem Ausblick auf den Atlantik. In bester Laune beschlossen wir, den nächsten Campingplatz anzusteuern, um vor Einbruch der Dunkelheit in dieser wildromantischen Gegend unser Zelt aufzuschlagen. Von Lekeitio am Golf von Biskaya fuhren wir noch ein Stück ins Hinterland und nach einer Weile wies ein kleines Schild auf einen Campingplatz hin.

Als wir dort ankamen, öffnete uns ein älterer Mann äußerst unwirsch den Schlagbaum. Im restlichen Tageslicht waren nur wenige Wohnwagen zu sehen, Zelte keine. Gestikulierend erklärte ich dem schroffen Schrankenwärter, dass wir nur ein kleines Zelt dabeihatten und wollte wissen, wo wir es aufbauen konnten. Mit einer schwirrenden Handbewegung wies er uns einen Platz zu. Von dort aus waren weit und breit keine sanitären Anlagen zu sehen. Jedoch ein wirtlich beleuchtetes Gebäude in der Nähe der Einfahrt. Reklameschilder signalisierten einen gastronomischen Betrieb. In unserer Begeisterung für die spektakuläre Landschaft hatten wir es versäumt, uns mit Proviant zu versorgen. Umso mehr freuten wir uns schon auf baskische Tapas und gezapftes Bier direkt vor Ort. Unser Zelt war schnell aufgebaut und danach steuerten wir unverzüglich das einladend wirkende, rustikale Haus aus Natursteinen an. Es war tatsächlich eine Bar; dort gab es bestimmt wie überall in Spanien auch Tapas direkt an der Theke zur Auswahl. Durch die geöffneten Fenster waren einige Gäste - auf den ersten Blick Einheimische, keine Touristen - zu sehen und auch lautstark zu hören. »Alles richtig gemacht - der Abend ist gerettet!« dachte ich freudig. Als ich die massive Holztüre öffnete und wir eintraten, erstarben abrupt alle Gespräche und es wurde totenstill. Wie in einer Szene aus einem Western, wo ein gefürchteter Revolverheld einen Saloon betritt. Alle sahen uns an. Aber keiner erwiderte unser »Buenas noches!«, was wir freundlich in die Runde riefen. Ich wusste, dass die Basken zwar auf ihre kastilisch sprechenden Landsleute nicht unbedingt gut zu sprechen waren. Aber ich hatte nicht vermutet, dass unsere höfliche Begrüßung auf derartige Unfreundlichkeit stoßen konnte. Vielleicht lag es am Kastilisch, aber: Welcher Ausländer konnte schon Baskisch? Als wir uns an die Theke stellten und ich gut gelaunt »Dos cervezas, por favor!« bestellte, reagierte der Mann hinter dem Tresen nicht. Seltsam, denn er war keine zwei Meter von mir entfernt und es war mucksmäuschenstill. Ich wiederholte meine Bestellung. *Dos cervezas* musste er doch verstehen, da war ich mir sicher. Wollte er aber offensichtlich nicht. Mit »Two beers, please!« versuchte ich erneut mein Glück. Keine Reaktion. »Deux bieres, s'il vous plait!« schob ich noch hinterher. Frankreich war nicht weit weg. Wieder keine Reaktion. Es war immer noch totenstill. Inzwischen sah uns niemand mehr an. Es war nicht zu ignorieren, dass wir anscheinend absolut unerwünscht waren. Unfassbar. Vollkommen ratlos sah ich Anke an, und wir begaben uns einvernehmlich langsam wieder hinaus. Kaum, dass wir die Bar verlassen hatten, gingen die Gespräche und der Trubel sofort weiter; es mutete an wie in einem schlechten Film. Außer einer Handvoll Kekse hatten wir nichts mehr zu essen dabei. Um unser Zelt wieder abzubauen und dann weiter nach Bilbao zu fahren waren wir eindeutig zu müde. Es blieb uns deshalb nichts weiter übrig, als uns hungrig und durstig schlafen zu legen.

Am nächsten Morgen wollten wir nur noch schnell wieder weg. Ins nächste Dorf fahren, um irgendetwas Essbares einzukaufen. Dem mürrischen Schrankenwärter musste ich noch einen vollkommen überhöhten Preis für unsere Zeltübernachtung in die Hand drücken. Danach brauste ich – mit einer offensichtlich noch schlechter gelaunten Beifahrerin – davon. Auf der Landstraße Richtung Bilbao passierte ich das Ortsausgangsschild. »Gernika«. Irgendetwas sagte mir dieser Name, ich wusste nur nicht, was. Auf der schweigsamen Fahrt dämmerte es mir dann doch noch: Gernika musste die baskische Bezeichnung für »Guernica« sein – das weltberühmte Gemälde von Pablo Picasso! Der verheerende Luftangriff deutscher Kampfflugzeuge auf die schutzlose baskische Stadt hatte den Künstler zu diesem Werk inspiriert. Francos Verbündeter Hitler hatte seine Luftwaffe während des Spanischen Bürgerkriegs dort erproben lassen; der Zweite Weltkrieg war ja schließlich in Planung. Mit einem BMW und deutschem Kennzeichen auf dem Campingplatz in Gernika vorzufahren, war offenbar keine gute Idee gewesen. Auch 50 Jahre nach dem Überfall nicht. Wir änderten unsere Pläne und fuhren knapp 600 Kilometer entlang der Pyrenäen quer durchs Land Richtung Barcelona. Eine pittoreske Strecke, die aber irgendwann dennoch langweilig wurde. Wie uns. Wir beschlossen, heimzufahren. Zwei Tage später waren wir froh, wieder zurück zu sein.

Zuhause hatte uns schnell der Alltag wieder eingeholt. Es war alles wie gehabt. Da ich unser Zeltritual - zumindest physisch - vermisste, versuchte ich ein paar Tage nach unserer Ankunft, es abends bei den obligatorischen Spätnachrichten wieder aufleben zu lassen. Anke tat mir wortwörtlich lustlos den Gefallen. Dass mir in diesem Zusammenhang das Wort »Gefallen« in den Sinn kam, war ebenso bezeichnend wie beschämend. Die Art und Weise, wie das vonstattenging, war nicht nur beschämend, sondern entwürdigend. Ihre volle Konzentration auf den Fernseher gerichtet, erledigte Anke stakkatoartig das notwenige Übel. So kam es mir jedenfalls vor. Danach wollte ich es nie wieder einfordern.

### Die Feier

Ende November wollte mein langjähriger Schulfreund Fritz sein Diplom als Volkswirt feiern. Es sollte gleichzeitig seine Abschiedsfeier sein, denn er hatte bereits einen Ausbildungsvertrag zum Groß- und Außenhandelskaufmann in der Tasche. Bereits im Januar konnte er beginnen - in Bombay. Nicht zuletzt deshalb fragte ich mich, warum ich so schludrig mit meiner Vita umgegangen war. Aber ich hatte auch diesbezüglich keine stringenten Pläne verfolgt und mein Fuerteventura-Projekt war unvermutet kläglich gescheitert. Einige der geladenen Gäste kannte ich persönlich oder vom Hörensagen und freute mich, sie wiederzusehen oder kennen zu lernen. Zunächst hatte ich noch Anke im Schlepptau und stellte sie allen Gesprächspartnern vor. Obwohl Anke niemanden außer mir vor Ort kannte, verlor ich sie nach einer Weile im Getümmel aus den Augen. Ich fand, dass es gut war, wenn sie sich auch ohne mich amüsieren konnte; falls sie sich langweilte, würde sie bestimmt wieder auftauchen. Nach einer Weile hielt ich aber trotzdem Ausschau nach ihr. Sie saß an der Theke der Kellerbar und unterhielt sich mit einem großen, sympathisch wirkenden und gutaussehenden Typen um die 30. Sie schien sich absolut nicht zu langweilen. Ich dachte mir nichts dabei und war froh, mich weiterhin unterhalten zu können, ohne dass jemand an meiner Seite dabei zuhörte. Bedingt durch fortgeschrittenen Alkoholkonsum und erhöhtem Lautstärkepegel aus der Musikanlage wurde bald der hintere Bereich des Partykellers als Tanzfläche genutzt. Es ergab sich bald mein zweites Déjà-vu innerhalb weniger Monate: Als *Samba pa ti* erklang und ich mich wie konditioniert von meinem Barhocker erhob, um mit Anke einen Klammerblues zu tanzen, war sie bereits dabei. Ich fragte Fritz, wer dieser Typ eigentlich war. Es handelte sich um Thommy, den hatte irgendjemand mitgebracht, erfuhr ich. Thommy, der Tennislehrer. Langhaarig und vollbärtig sah nicht wie der Prototyp eines solchen aus; dafür aber sehr sportlich. Wie ich aus dem Augenwinkel bemerkte, amüsierten die beiden sich prächtig: Sie tanzten – oder besser klammerten – als ob sie sich schon lange kannten. Oder unbedingt bald näher kennenlernen wollten. Das kam mir doch ein wenig befremdlich vor. Ich wollte Anke aber nicht beim Klammerblues in der Rolle des eifersüchtigen Freundes abklatschen. Mich beschlich tatsächlich Eifersucht. Das war mir neu; aber Anke hatte ja bisher absolut keinen Anlass dafür geboten. Eifersucht bedeutete aber nicht zuletzt auch ein Zeichen von Liebe. Es hatte mich also doch mehr erwischt, als ich bisher vermutet hatte. Bevor ich jedoch die etwas seltsame Situation reflektieren konnte oder wollte, zog ich es vor, weiter zu feiern und mit Fritz unseren legendären »Stick-Dance« zu tanzen. Dieses Mal bewaffnet mit zwei Gehstöcken seines Vaters führten wir eine Art Schwerttanz nach sehr freier Choreografie auf und hatten unseren Spaß dabei. Kurzfristig abgelenkt und schweißgebadet stellte ich dann fest, dass Anke unterdessen Schulter an Schulter mit Thommy in der Thekennische saß und sich köstlich zu amüsierten schien. Deutlich mehr als mir lieb war: Sie lachte ihr ansteckendes Lachen und strahlte übers ganze Gesicht. Kurz darauf sah ich sie zum ersten Mal Alkohol trinken – Thommy zapfte hinter dem Tresen ein Bier und stellte es vor sie hin. Wie selbstverständlich prostete sie ihm zu und nahm einen kräftigen Schluck. Inzwischen schien Thommy auch den Posten des DJs übernommen zu haben: nebenbei bestückte er die Stereoanlage mit einer anderen Kassette. Gut sortierte Party-Musik, ganz nach meinem Geschmack. Inzwischen war es schon recht spät geworden, und die Reihen hatten sich gelichtet. Fritz verabschiedet oben seine Gäste. An einem Ende der Theke saß ich, am anderen Anke und Thommy. Sie beachteten mich nicht, hatten nur Augen für sich. Als mir das zu blöd wurde und ich mich verschwitzt und nicht mehr ganz nüchtern zu ihnen gesellen wollte, hatte ich sofort das untrügliche Gefühl, dass ich störte. Falls ein spezielles Gesprächsthema der Grund dafür war, so hatte ich ja durchaus Verständnis dafür. Jedoch kam in mir das Gefühl auf, dass dies allein aufgrund meiner Anwesenheit beruhte. Ich war angetrunken und dachte, dass ich mir dies vielleicht auch nur einbildete. Ich wollte das nicht kommentieren oder gar eine peinliche Szene machen. Es war gegen 2:30 Uhr, und ich machte mich noch auf die Suche nach einem Gesprächspartner, fand aber keinen mehr. Aber ich war auch nicht mehr so recht in Stimmung. Ungeachtet dessen unterhielten sich Thommy und Anke immer noch prächtig, ohne das Drumherum wahrnehmen zu wollen. Im Vorfeld der Party hatte ich mit Fritz ausgemacht, mit Anke bei ihm zu übernachten. Als die Musik erstarb und mich eine gewisse Bettschwere übermannte, ging ich dann wieder zu den beiden Turteltäubchen. Während ich – so weit wie möglich – versuchte, souverän und gelassen Thommys Musikgeschmack zu loben, öffnete dieser blitzschnell das Kassettenfach der Anlage und reichte mir die Kassette herüber; »Hier – ich leih sie dir gerne!« Er hatte wohl sein eigenes Tape mitgebracht. »Jetzt wird es wohl ernst«, mutmaßte ich. »Nett von Dir, aber wir kennen uns doch gar nicht - wann und wie soll ich die dir denn zurückgeben?« wollte ich von Thommy wissen. »Anke hat meine Telefonnummer - die steht aber auch auf der Kassette«, erfuhr ich daraufhin. Touché! »Ok ...«, hörte ich mich sagen. Und zu Anke dann: »Also, Hase: Sollen wir dann jetzt mal nach oben gehen - die Party scheint wohl vorbei zu sein...?« - »Geh du nur schon mal vor - ich komm dann gleich«, entgegnete sie lapidar und sah dabei aber nicht mich, sondern Thommy an. Ich konnte nun nicht mehr einfach so bleiben, ohne mich lächerlich zu machen, ich war ausgehebelt worden. Widerwillig stecke ich Thommys Tape in die Hemdtasche und ging konsterniert aus dem Partykeller. Ich verstand die Welt nicht mehr. Je länger ich oben auf Anke wartete, umso unwirklicher kam mir das Ganze vor.

Ich konnte nicht einschlafen - durch das grübelnde Warten wurde ich immer nüchterner und wacher. Nach unten gehen und mich eventuell lächerlich machen wollte ich nicht. Also warten, bis Anke hochkam. Die normalerweise um 22:30 Uhr ins Bett ging. Und nicht erst nach mittlerweile 4:30 Uhr. Unglaublich. Sie saß immer noch mit dem Tennislehrer Thommy im Partykeller und unterhielt sich. »Etwas anderes wird sie ja wohl nicht mit ihm machen«, dachte ich in einem Anflug von Galgenhumor. Trotzdem war es schlimm genug. Als Anke nach oben kam, zog sie nur ihre Schuhe aus, legte sich an den Rand des Gästebetts und starrte zur Decke hinauf. Ich war mittlerweile hellwach. Was sie aber nicht zu interessieren schien. Ich konnte mir »Da hast du es aber lange ausgehalten heute« nicht verkneifen. »Ja«, lautete ihre lakonische Antwort. Dann drehte sie mir den Rücken zu und schlief ein.

Am nächsten Vormittag stand noch ein gemeinsamer Brunch mit Fritz auf dem Programm. Ich hatte keinen Appetit und ich war alles andere als gut gelaunt. Fritz merkte das zwar, hielt es aber vermutlich für Katerstimmung. Auf unserer zunächst schweigsamen Heimfahrt ergriff ich dann das Wort: »Du scheinst dich ja gut amüsiert zu haben gestern.« – »Ja.« Und nach einer kurzen Pause folgte: »Wir sehen uns in der nächsten Woche auch mal auf einen Dia-Abend bei Thommy.« Ich dachte, ich hörte nicht richtig. »Was?« fragte ich ungläubig nach. »Ja, Dia-Abend. Von seinem Surfurlaub am Golf von Biskaya.« »Aha.« Meine Gedanken überschlugen sich: Sollte ich mir die Blöße geben und ihr das verbieten wollen? Aber, falls nicht: Wohin sollte das Ganze eigentlich führen? Was hatte Anke vor, was wollte sie nur…? Ein Verhältnis mit dem Typen anfangen, während sie mit mir zusammenwohnte? Ohne mit ihm zu schlafen – oder vielleicht doch?! Und was sollte aus mir dann werden? Ich sagte erst einmal nichts dazu. Ich konnte das alles weder glauben noch einordnen, aber nach zwei wortkargen Tagen war es tatsächlich so weit: Anke kam in bester Laune von der Arbeit zurück und begann gleich damit, sich frisch und hübsch zu machen. Um sich dann, aufreizend geschminkt wie nie zuvor zu Thommys »Dia-Abend« auf den Weg zu machen. Ich wollte das Ganze nicht wahrhaben, aber wollte und konnte es ihr wohl auch nicht verbieten. Sie sagte noch fröhlich Tschüss in meine Richtung und ging zur Tür hinaus. Ich blieb wie vor den Kopf geschlagen auf ihrer Couch in meiner Wohnung sitzen.

Der Abend schritt voran und ich verbrachte meine Zeit mit Grübeln. Dienstagabends um 22:30 Uhr ging Anke wie an jedem anderen Wochentag ins Bett. Konsequent und ausnahmslos. Jedenfalls bisher. Sie war aber immer noch nicht zurück. Ich hatte das Gefühl, dass irgendetwas vollkommen aus dem Ruder lief und ich zum Deppen gemacht wurde - oder mich selbst zu einem machte. Wenn ich bei Thommy anrief, um sie daran zu erinnern, dass sie normalerweise um diese Zeit ins Bett ging und sie jetzt langsam nach Hause kommen sollte ...? Um mich damit als eifersüchtiger Freund zu entlarven, der wissen wollte, wann denn seine Freundin nach Hause kommen wollte? Aber nicht anrufen und sie einfach gewähren zu lassen ging auch nicht. Jede weitere Minute war demütigender für mich. Ich kramte Thommys Tape mit seiner Telefonnummer hervor und rief also an – es war kurz vor Mitternacht. Nach längerem Tuten war Thommy dann am Hörer. Mit »Gib mir mal Anke«, meldete ich mich. »Ich wollte eh gerade fahren«, hörte ich Anke kurz darauf emotionslos sagen und auflegen. Etwa eine halbe Stunde später kam sie nach Hause, schminkte sich ab, zog ihr Nachthemd an und legte sich neben mich ins Bett. Dann drehte sie sich auf die Seite, mir wieder den Rücken zugewandt. Sie schien entspannt und glücklich einzuschlafen. Ich konnte das alles nicht fassen.

*

Am nächsten Morgen, nachdem Anke zur Arbeit gegangen war, beschloss ich, nochmal Thommy anzurufen. Tennislehrer waren um diese Zeit bestimmt noch zuhause, dachte ich. Und tatsächlich: Nach längerem Klingeln ging er an den Hörer. Er klang noch verschlafen. Ich kam gleich zur Sache: »Ich will mit dir reden. Wann hast du Zeit?« – »Können wir das nicht am Telefon besprechen…?« entgegnete er unsicher. »Nein. Besser unter vier Augen. Und möglichst bald.« – »Also gut, wenn du meinst …«, erklang es wenig begeistert. »Morgen Nachmittag, so gegen Fünf?« – »Ok, sag mir mal deine Adresse – dann brauche ich Anke nicht danach zu fragen.«

Am nächsten Tag nahm ich den Bus, fuhr zu ihm und klingelte an der Haustür. Es summte und die Tür sprang auf. Thommy stand im Türrahmen und trotz seiner körperlichen Überlegenheit wirkte er ängstlich und ließ mich nur zögerlich eintreten. Wir setzten uns an seinen Küchentisch mit Blick auf den Garagenhof. Mir war nicht nach Smalltalk oder um den heißen Brei herum zu reden. Aber wie erklärte ich ihm die Lage? Dass ich es nicht dulden konnte, Anke vorsätzlich eine Liaison eingehen zu sehen und sie unterdessen weiterhin bei mir wohnen zu lassen? Vor dem Umzug hatte ich zwar unaufgefordert versprochen, sie beim eventuellen Scheitern unserer Beziehung nicht vor die Tür zu setzen; aber bei dieser Zusage war eine derartige Situation undenkbar und somit exklusive gewesen. Ich konnte Anke eine Wohnung suchen und währenddessen bei Longo unterkommen, da war ich mir sicher. In der Zwischenzeit Anke bei mir wohnen lassen, während ich mich ausquartierte, dazu wäre ich noch bereit gewesen. Normalerweise, aber in diesem Fall hatte Thommy auch eine Wohnung, und er konnte nicht erwarten, dass ich tatenlos zusehen würde, wie er mir meine Freundin ausspannte, während diese weiterhin bei mir wohnen blieb. Das wollte ich ihm als Erstes deutlich machen. Er sollte sich über die Konsequenz seines Tuns im Klaren sein, und zwar ganz schnell. »Entweder du lässt es gleich sein mit Anke, oder morgen Mittag lade ich Ankes Sachen hier bei dir auf dem Garagenhof aus«, hörte ich mich ruhig sagen, während ich aus dem Fenster schaute. »Kein Witz«, schob ich dann noch hinterher und sah ihn dabei direkt an. Thommy bekam große Augen. Eigentlich hatte ich mir diese Zusatzinformation sparen wollen, aber ich dachte mir, dass ich ihm noch eine kleine Entscheidungshilfe mit auf den Weg geben sollte: »Und, ob du es glaubst oder nicht: Weder Ankes Exfreund noch ich konnten mit ihr schlafen. Sie hat da ein massives Problem ...« Thommy starrte mich mit ungläubigem Blick an. Und merkte, dass ich die Wahrheit sagte und alles ernst meinte. Wer ging denn schon auch mit so etwas hausieren? Thommy sagte nichts – das gab ihm alles reichlich zu denken. Mit seinen Tennisschülerinnen war er vermutlich diesbezüglich auf weniger Schwierigkeiten getroffen, wenn man ein Klischee bedienen wollte. »Also« fuhr ich mit meinem Monolog fort, »wenn dir auch unter diesen Umständen noch etwas an einer Beziehung mit Anke liegen sollte, bitte. Dann entscheide dich. Aber schnell.« – – »Und schaff schon mal Platz für Ankes Sachen«, fügte ich noch hinzu, während ich mich demonstrativ in der Küche umsah. »Ansonsten lass dir was einfallen. Und sag Anke nicht, dass ich hier war, ok?« Ohne die Antwort abzuwarten, stand ich auf und ging Richtung Flur. Mit »Ich finde schon raus« verabschiedete ich mich und ließ Thommy an seinem Küchentisch zurück. Dann fiel mir noch etwas ein. Ich drehte mich um und ging zu ihm: »Hier, deine Kassette.«

Die nächsten Tage waren kaum auszuhalten: Anke kam wortlos zurück von der Arbeit und war alles andere als gut gelaunt. Was man ihr auch unschwer ansah. Sie war permanent geistesabwesend und ging auch nicht mehr weg. Thommy musste ihr wohl tatsächlich klar gemacht haben, dass es aus war, bevor es richtig begonnen hatte. Mich hätte ja interessiert, was er ihr wie gesagt hatte. Ich hatte das Gefühl, dass Anke irgendwie merkte, dass ich etwas damit zu tun hatte. Aber sie konnte sich ja deswegen schlecht bei mir beschweren. Etwas konkret zu thematisieren war auch nicht ihre große Stärke. Eines war klar: Dass es mit uns nie mehr so sein würde wie zuvor. Ich hing noch sehr an Anke, aber bei allem, was passiert - oder auch nicht passiert - war zwischen uns hatte es wohl keinen Zweck mehr. Ich konnte mich nicht darüber freuen, dass ich bei Thommy die Notbremse gezogen hatte. Dies bedeutete keinen triumphalen Sieg für mich, sondern nur eine temporäre Schadensbegrenzung. Unsere Beziehung - falls man sie noch so nennen konnte - wurde immer unerträglicher. Über die ganzen Umstände wurde ich krank. Zunächst hatte ich keinen Appetit mehr. Wenn ich mich dazu zwang, etwas zu essen, so blieb es nicht lange im Magen. Darüber hinaus mehrten sich Durchfälle und üble Bauchkrämpfe. Ich beschloss, erneut die Notbremse zu ziehen: Ich wollte für Anke eine Wohnung suchen und in der Zwischenzeit bei Longo ins Asyl gehen. Ich wusste sehr gut, was mich dort erwartete, aber mir bot sich keine andere Option. Anke nahm meinen Entschluss ebenso geistesabwesend wie kommentarlos zur Kenntnis. Ich packte ein paar Sachen in meine Sporttasche und ging.

*

## Im Asyl

Ich machte mich zu Fuß auf den Weg zu meinem speziellen Freund Longo. Der war leidenschaftlicher Arbeitsloser und tagsüber immer in seinem Souterrainapartment anzutreffen. Eigentlich konnte man aber jederzeit zu ihm, denn er ließ in der Regel seine Wohnungstür, die auf den Garagenhof hinausführte, offen. Daraus resultierte ein ständiges Kommen und Gehen rund um die Uhr. Longo war ausgesprochen gastfreundlich - vorausgesetzt, dass die Besucher sich selbst versorgten. Er hatte gerne Gesellschaft, vor allem beim Biertrinken. Und das fand eigentlich mehr oder weniger permanent statt. Was adäquates Publikum anzog, das dort ständig ein- und ausging; teilweise herrschte in Longos »Basislager« eine Fluktuation wie in einem Taubenschlag. Longos Gäste dienten auch als gerngesehenes Auditorium für seine egozentrische Dauerperformance. Deswegen war ich mir sicher, bis auf weiteres bei ihm unterkommen zu können. Jedoch wusste ich nicht, ob ich für die wenig illustre Gesellschaft vor Ort längerfristig mental stabil genug war, hoffte aber, dass der ganze Trubel mich von meinen Problemen ablenken würde.

Als ich Longos Apartment betrat, mussten sich wie immer meine Augen zunächst an das schummrige Licht gewöhnen. Seit seinem Einzug waren die Rollläden heruntergelassen und der Wohnraum wurde nur von einer staubigen, von Tabakqualm vergilbten 25-Watt-Birne beleuchtet. Longo begrüßte mich im Schneidersitz von seiner Matratze aus freudig mit erhobenen Händen. In der linken eine Selbstgedrehte, in der Rechten eine Bierflasche. Ich fragte ihn gleich, ob ich ein paar Tage bei ihm bleiben konnte. »Klar, Siziliano« sagte er nur und prostete mir zu. Er fragte mich noch nicht einmal, warum. Neben seiner Matratze besaß Longo noch eine kleine Couch. Diese sollte nun mein Lebensmittelpunkt für die kommenden Tage und Nächte sein. Die ganze Situation war mir kräftig auf den Magen geschlagen; der sowieso sehr empfindlich war. In meinem Asyl wurde das nicht besser, im Gegenteil: Ich hatte absolut keinen Hunger mehr und ernährte mich nur noch flüssig. Was fatal war. Bier hatte zwar auch Mineralien, Nährstoffe und Spurenelemente zu bieten, ersetzte aber keine feste Nahrung. Meine krampfartigen Durchfälle nahmen zu und jegliche Flüssigkeitsaufnahme wurde sogleich wieder ausgeschwemmt. Nahrungsergänzungsmittel schienen mir eine geeignete Kompensation für den Verlust an Vitaminen und Nährstoffen zu sein. Wie sich herausstellen sollte, war das ein Perpetuum Mobile der unangenehmen Art, denn: Durch die in den Brausetabletten enthaltenen Zitronensäure verschlimmerten sich die Durchfälle extrem. Dass ich eine Fruktoseintoleranz hatte, wusste ich damals noch nicht. Ich kam kaum noch aus Longos Bad heraus – eigentlich nur noch, wenn jemand an die Tür klopfte, weil er auf die Toilette musste.

»Bad« war jedoch eine zu euphemistische Bezeichnung für die winzige Nasszelle in Longos Mini-Apartment. Der geflieste Boden war von zahllosen Stehpinkelaktionen verklebt. Zwischen der Kloschüssel und dem Waschbecken war ein meterhoher Stapel von mit Essensresten verkrusteten Tellern aufgestapelt. Die Longo laut seiner Aussage irgendwann einmal abzuspülen gedachte; der Zeitpunkt dazu stand aber noch nicht fest. Die wenig einladende Räumlichkeit roch dementsprechend. Die meisten Gäste suchten sie eh nur für kurze Zeit auf, und ihnen war das vollkommen egal. Ich aber blickte dort stundenlang hinab auf meine Füße und die heruntergelassene Hose dazwischen – eine nahezu symbolische Situation. Während nebenan die bizarrsten Typen es reichlich krachen ließen. Nach ein paar Tagen wurde ich immer schwächer, müder und frustrierter. Seit ich gegangen war, hatte ich von Anke nichts mehr gehört. Sie hätte sich eigentlich auch mal melden können. Sie wusste ja, wo ich war. Und sich vielleicht erkundigen, wie es mir ging. Oder wenigstens danach, ob ich eventuell schon eine geeignete Wohnung für sie gefunden hatte. Wofür mir aber bisher jegliche Energie gefehlt hatte. Ich hoffte, dass sie es bei den konstanten Minusgraden der letzten Tage geschafft hatte, den Kohleofen am Laufen zu halten. Nicht aus fürsorglichen Motiven, sondern weil andernfalls die Wasserleitungen bei Dauerfrost drohten, einzufrieren. Ich beschloss, meiner erbärmlichen Situation ein Ende zu bereiten und mich in einem Krankenhaus untersuchen zu lassen. Ich war zu geschwächt, um mir eine Überweisung vom Hausarzt geben zu lassen. Dieser hätte mir vermutlich ein Röhrchen für eine Stuhlprobe mitgegeben, die hätte ich dann wieder vorbeibringen und nach Laborergebnis Tage später erneut beim Arzt vorstellig werden müssen. Daran war alles nicht mehr zu denken: Ich war inzwischen völlig geschwächt. Und wollte nur noch, dass das alles bald aufhört. Außerdem brauchte ich auch dringend Ruhe.

*

Ich rief ein Taxi, fuhr zum nächstgelegenen Krankenhaus und begab mich in die Notaufnahme. Dort wurde ich nach stundenlangem Warten dann endlich aufgerufen. Es war bereits später Abend und man eröffnete mir, dass erst am nächsten Morgen ein reguläres Bett für mich zur Verfügung stehen würde. Ob ich dann nochmal wiederkommen wollte. Was denn die Alternative wäre, wollte ich wissen. Man konnte mir ein Bett für die kommende Nacht bereitstellen, vorausgesetzt, ich war damit einverstanden, in einem Abstellraum zu übernachten. Ich hielt das zunächst für einen Scherz. Es war aber keiner. Lieber allein in einem Abstellraum eines Krankenhauses, als zu zweit mit Anke in meiner Wohnung oder mit was weiß ich welchen Leuten in Longos Behausung. Ich willigte also ein. Kurz darauf sollte ich mit meinen Aufnahmepapieren auf einer entsprechenden Station vorstellig werden. Dort angekommen verwies mich die Stationsschwester an eine Kollegin, die auch im Film *Einer flog übers Kuckucksnest* hätte problemlos mitspielen können – als ebenso unfreundlich wie empathielos sollte sie sich erweisen. Wortlos löste sie die Bremsen von einem leeren Bett, dass auf dem Gang stand und bedeutete mir mit einem kurzen Nicken, dass ich ihr folgen sollte. Was ich, mit meinem kleinen Rucksack in der Hand, auch tat. Mit meinen Unterlagen in der einen, öffnete sie dann mit der anderen Hand eine Zimmertür und schob widerwillig und polternd das Bett hinein. Ich folgte ihr. Es war ein blaugekachelter Raum mit Blechregalen voller Krankenhausutensilien. Sie warf das Schreibbrett aufs Bett und drehte sich beim Verlassen des Zimmers kurz um. Mit »Und scheiß mir bloß nicht die Fliesen voll« verabschiedete sie sich von mir und zog dabei lautstark die Tür hinter sich zu. Ich setzte mich aufs Bett, sah mich um und verstand die Welt nicht mehr.

## Die Überraschung

Am nächsten Morgen bekam ich einen Platz in einem Zweibettzimmer zugewiesen. Als erstes sollte ich eine Stuhlprobe abgeben; das entsprechende Röhrchen dafür hatte mir am Vorabend die Nachtschwester überreicht. Dies sollte sich aber als Problem erweisen, denn ich hatte bestimmt eine Woche keine feste Nahrung mehr zu mir genommen. Bei der Visite wirkte meine Begründung wenig glaubwürdig – wegen permanenter Durchfälle sich selbst ins Krankenhaus einzuliefern und dann keine Stuhlprobe abgeben zu können wirkte äußerst zweifelhaft. Mein etwa 80-jähriger Zimmernachbar schien im Sterben zu liegen und gab seltsame Geräusche von sich. Wenn er gerade nicht vor sich hin röchelte, schnarchte er so laut, dass ich kein Auge zubekam. Seine akustische wie auch visuelle Präsenz war wenig erbaulich. Da ich einen leichten Schlaf hatte, zog ich es vor, auf dem Gang auf und ab zu gehen. Ich hoffte zunächst vergeblich, dass nach ein paar geregelten Mahlzeiten meine Verdauung bald wieder aktiv wurde. Als ich am zweiten Abend das Schwesternzimmer passierte, vernahm ich exakt in diesem Moment durch die angelehnte Tür »Jaja, der Simulant auf 35 … wer das nur glauben soll …«. 35 war meine Zimmernummer. Und wer sollte der Simulant sein außer mir – mein todgeweihter Zimmergenosse galt bestimmt nicht als Simulant. Also glaubte man meinen Angaben nicht. Aber: Was sollte ich an einem stationärem Klinikaufenthalt für so erstrebenswert erachten, dass ich eine Krankheit vortäuschen sollte? Meine anstehende Darmspiegelung sicherlich nicht. Das schien die Nachtschwester nicht bedacht zu haben. Trotz all der widrigen Umstände kreisten meine Gedanken weiterhin ständig um Anke und um unsere weitere Zukunft. Was sie wohl gerade machte? Bei dem herrschenden Dauerfrost war mir schleierhaft, wie sie die Wohnung warmhalten konnte. Um meinen Kohleofen in Gang zu halten, musste man sich alle paar Stunden darum kümmern. Wenn Anke tagsüber arbeiten war, kam sie dann abends in eine abgekühlte Wohnung. Was bedeutete, dass sie den Ofen saubermachen, Briketts aus dem Keller holen, ihn wieder anzünden und befeuern musste. Bis eine entsprechend angenehme Raumtemperatur erreicht war, wäre sie dann wiederum bereits zu Bett gegangen. Morgens wäre der Ofen dann noch aufheizbar gewesen, dann aber im Laufe des Tages wieder ausgegangen. Und so weiter. Also bestimmt auch keine so angenehme Zeit für sie. Es sei denn, sie war gar nicht bei mir zu Hause. Woher sollte ich das eigentlich wissen?

*

Am Abend nach der Darmspiegelung öffnete sich dann plötzlich meine Zimmertür. Anke verharrte kurz im Türrahmen und steuerte dann auf mich zu. »Du siehst ja aus wie Pinocchio!« kommentierte sie meinen Anblick erheitert, als sie vor meinem Bett stand. Bedingt durch den immensen Flüssigkeitsverlust war mein Gesicht deutlich eingefallen; als Folge dessen musste wohl meine Nase deutlicher herausragen als zuvor. Ich fand das weniger lustig. »Woher weißt du, dass ich hier bin?« – »Von Longo.« »Warum bist Du hier?« – »Ich mache einen Krankenbesuch.« – »Ach so. Wie sieht es in der Wohnung aus, hältst du den Ofen am Laufen?« – »Nein. Ich wohne gerade bei meiner Arbeitskollegin. Da ist es wenigstens schön warm«, sagte sie mit einem vorwurfsvollen Unterton. Mir fiel nichts dazu ein. Anke ging wortlos aus dem Zimmer; das war ein recht kurzer Krankenbesuch.

Von meinem Vater hatte ich zwischenzeitlich telefonisch einen guten Tipp für eine günstige Wohnung bekommen. Parterre, mit kleinem Garten und bereits zum nächsten Monatsbeginn beziehbar. Günstig nicht zuletzt, weil renovierungsbedürftig. Gleich nach meinem Klinikaufenthalt wollte ich mich darum kümmern. Ich rief Anke im Blumenladen an und informierte sie über meinen Plan; sie war einverstanden. Nach fünf Tagen wurde ich entlassen – die Darmspiegelung hatte keinen relevanten Befund ergeben: Dank Medikamenten und geregelter Krankenhauskost, ohne Alkohol, Brausetabletten und Remmidemmi hatte ich mich schnell und gut erholt. Ich packte meine Sachen und begab mich zur Bushaltestelle vor dem Krankenhaus. Beim Verlassen des Gebäudes schlug mir ein eiskalter Wind entgegen; die Temperaturen lagen auch tagsüber immer noch weit unter dem Gefrierpunkt. Gehwege und Straßen waren von schmutzigem Schnee umsäumt. Ich war viel zu dünn angezogen und fror erbärmlich, bis irgendwann mein Bus vorfuhr. Zu Hause angekommen, ahnte ich nichts Gutes, als ich den eiskalten Hausflur betrat, und ging nach oben. Als ich meine Wohnung betrat, konnte ich meinen Atem sehen, so kalt und feucht war es. Ein Glas mit Wasser vor dem Bett hatte sich in ein Glas mit Eis verwandelt. Unglaublich. Mit schwante nichts Gutes: Hoffentlich waren die Wasserleitungen nicht eingefroren, sie verliefen nämlich durch die Außenwände des Trockenbodens. Ich ging ins Bad und öffnete den Wasserhahn. Es floss kein Wasser. Auch das noch. Ich informierte die Wohnungsbaugesellschaft über mein Problem. Sie wollten umgehend einen ihrer Handwerker damit beauftragen. Es konnte aber noch dauern, denn in einigen ihrer Objekte herrschte das gleiche Problem, erfuhr ich. Wie lange ich denn ohne Wasser in meiner Wohnung warten sollte, wollte ich wissen. Man konnte mir aber keinen genauen Termin nennen. Es ging der Reihe nach. Mir blieb also nichts anderes übrig, als den Ofen wieder in Gang zu bringen und zunächst einmal die Wohnung zu heizen. Ich wärmte mich auf, indem ich jede Menge Briketts aus dem Keller holte und auf dem Trockenboden stapelte. Mir war es egal, dass die Nachbarin von unten dort auch ihre Wäsche aufzuhängen pflegte. Das würde sie bei diesen Minusgraden nicht machen, mutmaßte ich. Als der Kohleofen wieder vielversprechend vor sich hin bullerte, ging ich einkaufen. Ich brauchte Nahrungsmittel und vor allem Wasser. Zum Trinken, Zähneputzen und auch für eine Katzenwäsche. Die Toilettenspülung war auch vereist, was mir am meisten Unbehagen bereitete.

Am ersten Abend besuchte ich Longo in seiner überheizten Souterrainwohnung. Er hatte seine überdimensionierte Nachtspeicherheizung immer auf volle Leistung gedreht - seine Heizkosten übernahm das Arbeitsamt. In Longos »Basislager«, wie er seine Behausung nannte, besiedelten wieder einmal recht exotische Gestalten Couch und Teppichboden. Die bei der Kälte draußen offensichtlich wenig Lust verspürten, die warme Herberge wieder zu verlassen. Longo war das egal. Ich setzte mich auf die Heizung und wärmte mich gründlich auf. Nach zwei Bieren in der molligen Wärme zog mich ebenfalls nichts mehr nach draußen. Longo verscheuchte drei Gäste von »meiner« Couch, damit ich mich dort breit machen konnte. Sie sollten auf dem Boden Platz nehmen oder verschwinden, kommentierte er das Murren der Vertriebenen. Ich stellte Longos Wecker auf sechs Uhr, steckte mir die Ohrstöpsel aus dem Krankenhaus in die Ohren und schlief todmüde ein. Als am nächsten Morgen der Wecker schrillte, waren nur noch Longo und ich vor Ort. Die anderen Gäste hatten dann doch das Basislager verlassen. Longo schnarchte lautstark auf seiner Matratze vor sich hin. Ich musste mich zwingen aufzustehen, um dann wieder nach Hause zu fahren. Draußen warteten Kälte und Dunkelheit und drinnen eine leere Wohnung voller Erinnerungen ohne fließendes Wasser auf mich - aber der

Handwerker konnte ja jederzeit auftauchen. Deswegen wollte ich ab sieben Uhr dort auf ihn warten. Ich fragte mich, wie er die Wasserleitungen wieder durchlässig machen wollte bei der Eiseskälte. Als ich die Wohnungstür aufschloss, merkte ich gleich, dass der Ofen über Nacht wieder ausgegangen war. Der Handwerker kam nicht, und ich fuhr wieder zum Longo. Mir reichte es, den ganzen Tag über allein in der Wohnung warten zu müssen und ich wollte wenigstens am Abend ein wenig Ablenkung. So ging es noch zwei weitere Tage und Nächte weiter. Am dritten Tag klingelte dann endlich morgens der Handwerker. Er kontrollierte kurz die Wasserhähne in Bad und Küche und ging dann gleich zu seinem Transporter, um zwei Heizgeräte zu holen. Die er anschließend auf dem Trockenboden vor die Außenwand meines Badezimmers positionierte und anstellte. Mittels Kabeltrommel, deren Stecker er bei mir im Wohnzimmer wie selbstverständlich in die Anschlussdose steckte. Also sollte der Strom für die Radiatoren über meinen Zähler laufen, rund um die Uhr. Und durch das Kabel konnte ich meine Wohnungstür nicht komplett schließen. Wann er denn glaubte, dass diese Maßnahme meine Leitungen wieder auftauen würden, wollte ich von ihm wissen. Er zuckte nur mit den Schultern und verwies darauf, dass in vielen Dachwohnungen seiner Gesellschaft das gleiche Problem herrschte und ich mich wohl ein wenig gedulden musste. Vielleicht würde es auch bald wieder wärmer werden. Damit war sein Job erledigt.

Nachdem ich zu Hause zum Warten verurteilt war, konnte ich mich um die neue Wohnung kümmern. Ich vereinbarte einen Termin mit dem Vermieter und Anke schon für den kommenden Tag. Anke gefielen Wohnung und Garten ausgesprochen gut, und sie schien sich richtig drauf zu freuen, bald dort einziehen zu können. Sie unterschrieb den Mietvertrag und erhielt auch gleich die Schlüssel. Ich lieh mir Ankes Wagen, um zum Baumarkt fahren zu können. Ich kaufte alles Erforderliche für die Renovierung ein. Was die Kosten dafür anging, so hatten wir uns auf fifty-fifty geeinigt. Unser Verhältnis war distanziert und unsere Gespräche auf die neue Wohnung fokussiert. Meine Gedanken und Gefühle über unsere Beziehung verdrängte ich einstweilen. Die nächsten Tage verbrachte ich mit Tapezieren, Anstreichen und Teppichböden legen. Nach nur fünf Tagen war die Wohnung schon so weit renoviert, dass ich mit Jacksons Hilfe aus dem Keller meiner Eltern noch fehlendes Mobiliar holen konnte. Dann brachten wir Ankes Möbel aus meiner Wohnung in die neue. Einschließlich Messingbett. Ich musste mich zu Hause vorerst mit meinem Schlafsack begnügen. Anke hatte die kleine Einbauküche übernommen, ebenso den großen Kaminofen. Bis auf Vorhänge und andere Kleinigkeiten war nun alles vorhanden. Sie konnte umgehend einziehen. Ich rief sie wieder auf der Arbeit an und informierte sie vom Stand der Dinge. Sie klang erfreut und wollte gleich nach Feierabend vorbeikommen und sich alles ansehen. Als sie ihr Bett aufgebaut und alle ihre anderen Sachen im Schlafzimmer vorfand, beschloss sie freudig, schon am nächsten Abend dort zu schlafen und somit einzuziehen. Da ich zunächst nur einen Sack Briketts für den Kaminofen eingekauft hatte, schlug ich vor, sie für ihre letzte Übernachtung zu ihrer Arbeitskollegin zu fahren, um noch weitere Säcke als Vorrat zu besorgen. Bei diesen Außentemperaturen hielt ein Sack nicht lange vor. Sie war einverstanden. Das sollte dann aber auch mein letzter Einsatz für ihre neue Wohnung bedeuten. Ich hatte dann mein Versprechen gehalten. Danach wollte ich mich zu nichts mehr verpflichtet fühlen.

*

Am kommenden Abend holte ich Anke von der Arbeit ab. Auf dem Weg zu ihrer neuen Wohnung hielten wir noch beim Discounter, um Lebensmittel einzukaufen. Als wir gemeinsam durch die Gänge des Supermarktes schlenderten war Anke exzellent gelaunt, warum auch immer. Als sie irgendwas aus einem Regal hervorholte, sagte sie fast beiläufig in meine Richtung: »Eigentlich wäre ich gerne wieder mit dir zusammen.« Ich dachte, ich hörte nicht richtig; nahm das aber ebenso überrascht wie auch geschmeichelt zur Kenntnis. Was sollte ich davon halten? Wieder zusammen sein – nach all dem, was passiert war? Jetzt, wo wir zwei Wohnungen hatten? Unter den gleichen Voraussetzungen wir zuvor? Ich konnte das absolut nicht einordnen, schob diese Bemerkung zunächst beiseite und kaufte weiter ein. Als wir an der neuen Wohnung vorfuhren, sagte Anke zu mir beim Aussteigen: »Wir könnten zur Feier des Tages doch heute eigentlich zusammen hier zu Abend essen, oder ...?!« Ich hatte Hunger und ich verspürte auch nach wie vor wenig Lust, in meine ausgekühlte und fast leere Wohnung zurückzukehren. Inzwischen hatte ich wenigstens wieder fließendes Wasser. »Gut, warum eigentlich nicht?«, fragte ich eher rhetorisch zurück und kurz darauf bereiteten wir uns gemeinsam ein leckeres Essen zu. Der Kaminofen in der Küche bullerte vor sich hin und verbreitete eine wohlige Wärme und im Hintergrund lief leise Radiomusik. Mit »Zu zweit essen macht doch mehr Spaß als allein, oder?« kommentierte Anke unser schweigsames, aber auch irgendwie harmonisches Abendessen. »Ja, stimmt«, pflichtete ich ihr bei und konnte dabei ein Gähnen nicht unterdrücken. Der Tag war anstrengend und lang gewesen. »Willst du denn jetzt unbedingt noch nach Hause fahren?« fragte Anke weiter. »Dein Ofen ist doch bestimmt wieder ausgegangen. Du könntest auch hierbleiben.« Ich dachte kurz nach. »Ich habe aber noch nicht einmal eine Zahnbürste dabei«, hörte ich mich sagen. »Egal, du kannst meine mitbenutzen« entgegnete Anke und machte sich daran, den Küchentisch abzuräumen. »Ich mach dann noch den Wein auf, ok?« Ich hatte mir auch eine Flasche Wein gekauft. »Warum nicht?« hörte ich von ihr zu meinem Erstaunen, während sie mit dem Geschirr klapperte. »Ich trink aber nur ein kleines Gläschen.« Ich öffnete die Flasche und schenkte uns das erste Mal zusammen ein. Wir stießen auf die neue Wohnung an. »Oh, jetzt ist es aber wirklich schon spät geworden«, sagte sie mit Blick auf ihre Armbanduhr. »Sollen wir uns nicht noch die Spätnachrichten anschauen?« fragte sie und verschwand, ohne die Antwort abzuwarten. Während sie sich bettfertig machte, setzte ich mich auf »meine« Seite ihres Bettes und schaltete den Fernseher an. Sie kam mit einem kurzen Nachthemd bekleidet ins Zimmer und sah mich an. Trotz allem, was vorgefallen war, begehrte ich sie mehr denn je. Sie ging dicht an mir vorbei und setzte sich auf die andere Seite des Bettes. Als die Nachrichten zu Ende waren, schaltete sie den Fernseher aus und kroch unter ihre Bettdecke. Ich löschte das Deckenlicht und legte mich neben sie. Dann schaltete Anke ihre Nachttischlampe aus und wünschte mir eine gute Nacht. Es war stockdunkel im Zimmer – die Rollläden schließen dicht. Da lagen wir beide friedlich nebeneinander in ihrem Messingbett wie bis ein paar Wochen zuvor in meiner Wohnung. Wieder Mal ein Déjà-Vu. Was passierte da gerade nur? Ich murmelte noch »Gute Nacht« und versuchte, schnell einzuschlafen.

Am nächsten Morgen waren wir spät dran – Anke hatte ihren Wecker bei ihrer Arbeitskollegin vergessen und deshalb verschlafen. Hektisch und ohne gefrühstückt zu haben fuhren wir zu ihrer Arbeitsstelle und ich wieder zurück zu ihrer Wohnung. Es waren noch einige Kleinigkeiten zu erledigen wie Löcher bohren und Fußleisten anbringen. Als alles so weit erledigt war, kümmerte ich mich noch um den Kaminofen. Draußen herrschte immer noch tiefstes Winterwetter - es nahm einfach kein Ende. Auf dem Weg zur Ankes Arbeitsstelle hielt ich noch beim Kohlehändler und kaufte zwei große Säcke Briketts, damit sie Vorrat hatte. Dann holte ich sie ab und wir fuhren wieder zu ihrer Wohnung. Anke blickte unterdessen starr aufs Armaturenbrett und sagte nichts. Sie wirkte müde. Als wir bei ihr ankamen, ging Anke schnell hinein, während ich noch die Briketts aus dem Kofferraum holte. Vielleicht hatte sie ihre Tage und wollte schnell ins Bad. Nachdem ich die beiden Säcke vor der Gartentür abgestellt hatte und mir anschließend in der Küche den Kohlenstaub von den Händen wusch, erschien Anke plötzlich im Türrahmen. »Du hättest ja wenigstens mal tanken können heute!«, schrie sie mich wütend an. Ich war sprachlos, sah sie entgeistert an und schob mich dann an ihr vorbei. Ich öffnete die Wohnungstür und knallte sie hinter mir zu. Ich musste schnell weg, bevor etwas passierte. Ich ging heim und beschloss, sie nie wieder sehen zu wollen.

*

Drei Tage später klingelte bei mir das Telefon. Es war Anke. Sie wollte mir nur mitteilen, dass sie einen neuen Freund hatte. »Wie bist du denn daran geraten?« wollte ich wissen. Sie war, als ich gegangen war, am selben Abend noch zu ihrer Arbeitskollegin gefahren und sie sind gemeinsam in eine Kneipe gegangen. Dort hat sie ihn dann kennengelernt, erfuhr ich. »Da hast du dich ja aber schnell hinweggetröstet …«, sagte ich verstört. »Och … ich habe mich eigentlich gar nicht trösten müssen«, sagte sie und legte auf.

Ein paar Wochen später rief Anke noch einmal an. Sie kam direkt zur Sache: »Ich habe meine Wohnung gekündigt. Du solltest am besten schnell die Möbel deiner Eltern abholen. Andernfalls stelle ich sie an die Straße. Ich werde bald zu meinem Freund ziehen. Übrigens: Ich bin schwanger.«

Ich legte auf und beschloss, Fritz in Bombay zu besuchen. Und zwar schnell.

# INHALT

Zeig´ doch mal... 4
Volltreffer 14
Tutto bene! 18
Taschengeld 22
Südindien, Ostwestfalen 26
Schachmatt 35
Sag´ mal irgendwas! 40
Kurzes Glück 44
Komm´...! 52
Ich bin nicht käuflich! 59
Griechische Hunde graben nur 80 Zentimeter tief 63
Frühlingsgefühle 72
Flugzeugromanze 77
Feierabend 85
Ein schlaues Kerlchen 92
Ein gebrauchter Tag 93
Ein Fall für Sherlock Holmes 97
Die Zwickmühle 102
Die Schnapsidee 109
Die Einschulung 113
Der Tag des Ganesha 117
Der Schnetzler 127
Der kleine Mann und der Beweis 129
Der Gassigänger 135

Der Doppelgänger 136
Das Date beim Chinese 144
Aus der Arbeitswelt 146
Armer Willi 157
Am Straßenrand 163
Also, wenn ich dir irgendwie helfen kann... 64
Alles ist relativ 166

Wo die Liebe hinfiel - eine Erzählung 168

ISBN 978-3-7549-3211-7
9 783754 932117 00001
www.epubli.de